Das
Diamantenriff

Ein Tropenthriller rund um Chase Gordon

Douglas Pratt
Aus dem Englischen von Stephan Waba

Für Ashlee

1

Ich erwachte vom Geräusch des Großfalls, das gegen den Mast knallte. Verschlafen hob ich meinen Kopf, der unter den Kissen vergraben gewesen war. Die Bullaugen waren zugezogen und verdunkelten den Großteil des Lichts. In der Kabine war es stickig und feucht, und der Geruch, der von mir ausging, war nicht weniger widerlich. Meine Laken waren durchgeschwitzt und ich strich mir mit der Hand mein schweißnasses Haar zurück. Die Locken hingen mir über die Ohren, nachdem ich vier Monate lang keinen Friseur zu Gesicht bekommen hatte.

Ich griff über meinen Kopf und drehte die Knöpfe, um die Luke zu öffnen. Normalerweise schalte ich immer die kleine Klimaanlage ein, wenn ich an den Landstrom angeschlossen bin und die Luken geschlossen sind. Ich hatte Glück, dass ich gestern Abend noch vor dem Sturm an die Anlegestelle kam, und ich war zu müde gewesen, um mich darum zu kümmern. Jetzt war ich schweißgebadet und mein Geruch entsprach fast dem einer alten Sportsocke. Erschwerend kam hinzu, dass ich seit mehreren Tagen nicht mehr geduscht hatte. Wahrscheinlich roch das ganze Boot so. Die Heckklappe war wegen des Regens immer noch geschlossen, stellte ich fest, was den Luftzug einschränkte.

Die Sonne war bereits untergegangen und die letzten Sonnenstrahlen waren schnell verschwunden, als ich in den Yachthafen eingelaufen bin. Nachdem ich mich den Großteil des Tages durch den Golfstrom gequält hatte, lieferte ich mir zum Schluss ein Rennen mit einer Sturmböe, die mir in die Quere kam. In den letzten vier Monaten hatte ich mich mit meinem Segelboot, einer Tartan 40 namens *Carina*, auf den Bahamas herumgetrieben. Nachdem ich die letzten Leinen befestigt hatte, als der Regen niederprasselte, zog ich in Windeseile den Regenanzug und die klatschnassen Klamotten aus und ließ mich nackt und erschöpft in meine Koje fallen.

Wenn das Wetter nicht stürmisch ist, wie letzte Nacht, bleiben alle Luken offen. Die Meeresbrise strömt durch die Kabine und sorgt für erträgliche Temperaturen, vor allem wenn das Boot vor Anker liegt. In einem Yachthafen blockieren die Mauern und andere Gebäude oft den Wind, sodass die Luken nicht genug Luftzufuhr bekommen und die Kabine zur reinsten Sauna wird. Das ist ein guter Grund, sich von Yachthäfen fernzuhalten.

Für mich persönlich ist das kein Problem. Ich genieße die abgelegenen Inseln und leeren Buchten, die unbegrenztes Angeln und Schnorcheln ermöglichen.

Ich drehte den Wasserhahn in der Kombüse auf und füllte die Kaffeekanne mit Wasser. Das Wasser gurgelte ein wenig aus dem Auslauf. Meine Tanks gingen langsam zur Neige, wie auch meine Kaffeevorräte. Eigentlich waren die meisten meiner Lebensmittel und Grundnahrungsmittel schon ziemlich aufgebraucht. Das ist auch der Grund, warum ich wieder in Florida war. Ich musste die Vorräte aufstocken und meine Reisekasse auffüllen, bevor ich weiter in den Süden fahren konnte. Meine Pläne sind in der Regel ziemlich spontan und hängen von meinem Bankkonto und meinen Wünschen ab. Langfristig plane ich eine längere Fahrt durch Kuba und runter nach Panama. Kurzfristig stehen eine Dusche, ein Frühstück und ein paar Schichten in der Bar auf dem Programm.

Wenn ich an Land bin, arbeite ich etwa 200 Meter von meinem Liegeplatz entfernt im Manta Club. Als Barkeeper kann man prima die Kasse füllen, ohne den Stress eines Vollzeitjobs auf sich nehmen zu müssen. Der Manta Club befindet sich im Tilly Inn, und der Besitzer und ich haben eine Vereinbarung getroffen, die mir sehr vorteilhaft erscheint. Ich darf einen der Liegeplätze für Boote nutzen, die nur weniger als zwei Wochen im zum Hotel gehörenden Yachthafen bleiben. Neben meiner Tätigkeit als Barkeeper soll ich auch als Rausschmeißer für Wochenendtouristen fungieren. Meistens geht es darum, dass ich den Leuten sage, sie sollen sich nach 23 Uhr beruhigen, und einmal habe ich einen Typen, der sich zu viel Mut angetrunken hatte, davon abgehalten, Hafenmeister Randy zu verprügeln.

Als ich die Heckluke und die Seitenluke öffnete, kühlte sich der Innenraum der *Carina* schnell ab, da die Luft hindurchströmen konnte. Ich war noch nicht angezogen, also steckte ich nur meinen Kopf hinaus. Auf den Docks schien es ruhig zu sein. Die Sonne stand schon am Vormittag hoch am Himmel.

Ich liebte die frische Atlantikluft, aber ich würde später die Klimaanlage einschalten. Florida hat die unangenehme Angewohnheit, dunkle Wolken mit Regen aufziehen zu lassen. Mit offenen Luken wäre mein Bett in wenigen Minuten durchnässt.

Ich zog mir eine kurze Hose an und nahm eine Tasse Kaffee mit nach oben. Dort lehnte ich mich zurück und trank einen Schluck, während die Möwen über meinem Kopf kreischten.

„Wieder im Hafen, was?", fragte eine Stimme hinter mir. Ich warf einen Blick über meine Schulter und sah Randy, der am Dock entlang auf die *Carina* zusteuerte. Mit seinen kurzen Beinen und seinem schnellen Gang sah er aus, als würde er torkeln und versuchen, sein Gleichgewicht zu halten.

„Ja", erwiderte ich. Ich stand auf und ergriff seine Hand. Seine raue Hand drückte meine kräftig und seine Zähne blitzten durch den grauen Bart. „Ich bin gestern Abend in der Dämmerung angekommen."

„Hast du den Sturm überstanden?", fragte er.

„Gerade noch so. Ich war gerade dabei, das Boot zu vertäuen, als der Sturm aufzog. Ich wurde bis auf die Knochen durchnässt." Ich hielt meine Tasse Kaffee in die Höhe. „Willst du auch eine?"

„Klar, zu einem Kaffee sage ich niemals nein." Er sagte immer dasselbe, wenn ich ihm eine Tasse Kaffee anbot. Randy ließ nie eine Gelegenheit aus, mit Leuten ins Gespräch zu kommen.

Ich hielt mich an beiden Seiten der Luke fest und sprang über die Treppe hinunter.

Meine einzige andere Kaffeetasse hing an einem Haken in der Kombüse. Ich tat weder Sahne noch Zucker in den Kaffee. Der Schrank war leer, also konnte Randy ihn schwarz oder gar nicht haben. Ich sauste wieder die Treppe hinauf und fand Randy bereits auf der anderen Bank sitzen, als ob sein Arbeitstag schon zu Ende gewesen wäre.

Ich reichte ihm die warme Tasse und fragte: „Ist in den letzten Monaten irgendetwas Aufregendes passiert?"

„Ach, nicht viel. Letzte Woche mussten wir zwei tote Seekühe aus ein paar Liegeplätzen fischen."

Ich stöhnte: „Wie schön."

„Ja, das Gesundheitsamt und ein paar Arbeiter der Behörde sind gekommen und haben sie abgeholt. Eine der Frauen ist fast ausgerastet, als sie von dem aufgedunsenen Tier angesabbert wurde. Es könnte ihr erster Arbeitstag gewesen sein." Er nahm einen Schluck Kaffee, während er über aufgeblähte Seekuhkadaver sprach, als ginge es um Baseball.

„Kommt und besucht das saubere, erfrischende Wasser in Südflorida", stellte ich fest.

„Als ich ein Kind war, haben wir nie aufgeblähte Bären im Lake Winnipeg gefunden", sagte Randy.

„Das mag ja sein", antwortete ich, „aber in Winnipeg trugen die Mädchen auch nicht das ganze Jahr über Bikinis."

Randy lachte: „Nein, mir sind die verwesenden Seekuhleichen und Bikinis lieber als die Kälte."

„Trink nur ja das Wasser nicht", antwortete ich und leerte meine Tasse.

Randy brauchte noch ein paar Minuten. „Ich gehe dann besser wieder an die Arbeit, bevor der Boss auftaucht."

„Verdammt, die Hälfte der Zeit arbeitest du ohnehin nicht", erwiderte ich.

„Nein, aber es geht nur darum, so auszusehen, als würde ich arbeiten." Randy stand auf und reichte mir die Tasse. „Übrigens, der Boss hat gesagt, ich soll dich hochschicken, wenn du zurückkommst."

„Natürlich", antwortete ich. „Als ob ich nicht ohnehin auftauchen würde."

Randy zuckte mit den Schultern. „Danke für den Kaffee." Er trat auf den Steg.

„Jederzeit", sagte ich. „Sind die Duschen heute belegt?"

„Nein, die meisten Durchreisenden sind schon weg oder schlafen noch." Mit diesen Worten drehte Randy sich um und stapfte den Steg hinauf.

Zum Glück gibt es in der Tilly Marina eine Dusche. Die *Carina* hat zwar eine anständig große Dusche im Bad, aber der Wasserdruck lässt zu wünschen übrig. Solange ich mich nicht an die Wasserversorgung in einer Marina anschließen kann, dusche ich nicht oft an Bord. Auf den Inseln sind die Wasservorräte ziemlich kostbar. Selbst die wenigen Duschvorgänge verlaufen schnell und kalt, um Wasser zu sparen.

Mit den Tassen in der Hand kehrte ich in die Kombüse zurück. Ich spülte Randys Tasse aus. Meine füllte ich ein weiteres Mal auf. Dann griff ich in den Hängeschrank neben der Koje. Heute Nachmittag war Wäsche waschen angesagt. Ich konnte ein paar saubere Klamotten und ein Handtuch ergattern. Mit dem Handtuch über der Schulter, meinen Klamotten und der Tasche mit den Toilettenartikeln in der einen und dem Kaffee in der anderen Hand verließ ich die *Carina*. Ich nahm mir ein paar Minuten mehr Zeit, um den Landstrom und das Wasser anzuschließen, bevor ich mich auf die Suche nach einer heißen Dusche machte.

Das dampfend heiße Wasser war unglaublich erfrischend. Ich wusch mir das Salz und den Schweiß der letzten Monate in der Duschwanne ab. Seeleute scherzen, dass „Hollywood"-Duschen himmlisch sind.

Obwohl diese Duschen zu den wenigen Dingen gehören, die ich während meiner Zeit auf dem Schiff vermisst habe, überwog die Freiheit dieses Lebensstils das Fehlen einer täglichen heißen Dusche bei weitem.

Nachdem ich irrsinnig viel Zeit unter der Dusche verbracht hatte, zog ich mich an und machte das Boot dicht. Der Kaffee hatte mich nicht satt gemacht, und mein Magen knurrte. Ich stieg die Treppen vom Yachthafen zum Tilly Inn hinauf. Das Gasthaus war Mitte der 1930-er Jahre erbaut worden. Die Fassade war vor kurzem renoviert worden und das Äußere war sandgestrahlt worden. Die Doppeltüren an der südöstlichen Ecke führten in den Manta Club.

Die Fenster der Bar standen offen, damit die Atlantikluft durch die Bar strömen konnte. Außerdem wurde der Raum so gestaltet, dass natürliches Licht durch die östlichen und südlichen Fenster eindringen konnte. Nachts schufen die dunkle Holzvertäfelung und die Theke aus Mahagoniholz eine fast düstere Atmosphäre. Auf dem Fernseher über der Bar lief der Sportkanal.

„Wenn das nicht der hiesige SEAL ist", meinte ein kleiner, dunkelhaariger Mann in einem maßgeschneiderten Anzug von der anderen Seite der Bar. „Er ist bestimmt zurück und bettelt um seinen Job."

„Ich war nie ein SEAL, Mike", murmelte ich ihm zu.

„Michael", korrigierte er mich.

Ich lächelte ihn an. „Es heißt Marine."

„Wie auch immer, ein Kurzhaarschnitt ist ein Kurzhaarschnitt", bellte Michael Seine. „Man sollte meinen, dass das Militär dir Respekt vor Autoritäten beigebracht hat."

Ich ließ mich auf einen Barhocker gleiten. Hunter, der Barkeeper, schob mir ein kaltes Swamp Ape IPA hin. „Etwas früh für ein Bier", schnauzte Michael.

„Mit dem Boss verheiratet zu sein, macht dich nicht selbst zum Boss", erwiderte ich, während ich einen Schluck aus der Flasche nahm.

„So darfst du nicht mit mir reden", ärgerte sich Michael mit rauer Stimme.

„Michael, sprich nicht so mit meinen Angestellten", rief eine blonde Frau vom Treppenabsatz aus, der zur Lobby des Hotels führte.

Michael funkelte die Frau an und grummelte vor sich hin. „Hast du nicht eine Besprechung?", fragte sie.

Michael warf einen Blick auf seine Uhr. Er raffte die Papiere zusammen, die er auf dem Tresen ausgebreitet hatte. Dann huschte er an der Frau vorbei. „Tschüss, Missy."

„Tschüss, Felicia", murmelte Hunter hinter der Theke. Ich schmunzelte vor mich hin.

„Schön, dass du wieder da bist, Chase", freute sich Missy, als sie auf den Tresen zuging. „Wie war deine Reise?"

„Ziemlich erholsam."

„Wo warst du denn überall?", fragte Hunter.

„Nur runter zu den Abacos und nach Eleuthera und zurück Richtung West Side. Ich habe einen Monat in West Side verbracht."

„Klingt einsam", schnurrte Missy.

„Hast du Fische gefangen?", fragte Hunter.

„Einen Haufen. Zwischen Sandy Point und Dunmore habe ich eine 60-Pfund-Gelbflosse gefangen. Dort habe ich auch haufenweise Muscheln verdrückt."

„Kommst du zurück zur Arbeit?", fragte Hunter.

„Das sollte er besser", antwortete Missy.

Ich lächelte. „Ja, wenn du ein paar Schichten frei hast."

„Du könntest morgen meine Schicht übernehmen", schlug Hunter vor, „ich habe schon fast sechs Tage am Stück gearbeitet."

Missy runzelte die Stirn.

„Versteh mich nicht falsch, Missy", stammelte er, „ich liebe das Geld. Nur meine Füße sind müde."

„Du bist 24. An dir sollte eigentlich gar nichts müde werden", stellte sie fest.

Ein verlegenes Grinsen breitete sich auf seinem Gesicht aus.

„Ich könnte morgen arbeiten", erklärte ich.

„Chase, ich habe einen Stapel Nachrichten für dich."

„Alter, wann besorgst du dir endlich ein Handy?", lachte Hunter.

„Wenn ich will, dass man mich anruft", bemerkte ich.

„Ich habe auch deinen letzten Scheck", verkündete Missy, „in meinem Büro."

Ich kippte mein Bier runter. „Bin gleich wieder da", sagte ich zu Hunter und schob ihm die Flasche hinüber. Dann folgte ich Missy in die Hotellobby.

Ihr Büro befindet sich im zweiten Stock, weit weg von den anderen Büros im ersten Stock. Ihre Assistentin arbeitet nur in Teilzeit, und als wir das Vorzimmer betraten, war es verwaist. An Missys Tür stand: „Melissa Seine – Managerin". Eine Untertreibung, denn ihr gehörten 100 % von Teleti Hospitality, der Muttergesellschaft von The Tilly Inn. Missy war Anfang

30, als ihr Vater starb und ihr das Unternehmen hinterließ. Sie hatte es jedoch schon seit ihrem Abschluss an der Universität von Florida geleitet.

Als sich die Tür hinter mir schloss, murmelte sie: „Ich habe dich vermisst."

Ihre Lippen drängten sich leidenschaftlich gegen meine. Sofort wanderten meine Hände zu ihren Hüften, ich drückte sie gegen die Tür und küsste ihren Hals.

„Willst du mir sagen, dass du seit vier Monaten enthaltsam bist?", hauchte ich ihr ins Ohr.

„Natürlich nicht", erwiderte sie und schob mich zur Couch an der Wand, „aber du bist mein Liebling."

Ich ließ mich in die Kissen sinken, als sie ihre Bluse aufknöpfte und sich sich rittlings auf mich setzte. Ihre Brüste schmiegten sich an mein Gesicht, und ich küsste sie. Sie zog mir das Hemd aus und fuhr mit ihren Fingernägeln über meinen Rücken. Innerhalb einer Minute lagen wir umschlungen auf der Couch.

Als wir schließlich zusammensackten, lagen wir auf dem Boden, die Sofakissen waren zur Seite geschoben.

Missy rollte sich in meiner Armbeuge zusammen und fuhr mit ihren Fingern immer noch über meinen Körper. „Verdammt, ich habe dich vermisst", seufzte sie und biss mir ins Ohr.

Ich drehte sie auf den Rücken, küsste ihre Lippen und begann, ihren Hals zu bearbeiten. „Hör auf damit", stöhnte sie. „Ich muss zurück zur Arbeit."

„Ich aber nicht." Mein Mund wanderte weiter nach unten, und sie stöhnte laut auf.

2

„Verrate mir eines", sagte ich, als wir nach unserem zweiten Ritt keuchend auf dem Boden lagen.

„Was?", fragte Missy und legte ihren Kopf auf meine Brust.

„Warum gibst du dich eigentlich mit diesem Wichser von Ehemann ab? Ich meine, du bist doch ziemlich selbstständig.

Außerdem liebt ihr einander offensichtlich nicht. Was ist da los?"

„Er ist ein anständiger Vater", erwiderte sie.

„Aber ein beschissener Ehemann?"

„Das habe ich nicht gesagt. Er ist in Ordnung."

„'Er ist in Ordnung' ist das Romantischste, was es gibt."

„Chase, lass gut sein. Wir können nicht den ganzen Tag so tun, als wären wir Jack Sparrow. In einer Ehe geht es nicht immer um Romantik."

Ich musste lachen. „Jack Sparrow?"

„Ich kenne keine anderen Piraten."

„Also, warum das alles?"

„Was?", fragte sie. „Die Ehe?"

Ich nickte.

„Status, schätze ich."

Ich schüttelte den Kopf und fragte: „Was meinst du?"

Missy stieß sich von mir ab und schlug ihre Beine übereinander. „Als meine Mutter meinen Vater heiratete, geschah das gegen den Willen ihrer Familie. Er war ein dreckiger Italiener und die Drexlers waren eine gute, jüdische Familie mit Einfluss in der Gemeinde."

Sie stand auf und griff nach ihrem BH. Dann fuhr sie fort: „Michael ist ein 'guter, jüdischer Junge', der sogar erfolgreicher Anwalt ist. Damit verschafft er mir einen Status in der jüdischen Gemeinde, was mir zu deiner Überraschung jeden Tag bei der Führung dieses Ladens hilft."

Ich zuckte mit den Schultern und begann mich anzuziehen. „War da jemals Liebe?"

„Keine Ahnung. Wahrscheinlich schon. Auf dem College war ich auf jeden Fall total in Michael verknallt. Er war fürsorglich und süß. Wahrscheinlich ist er ein eher durchschnittlicher Liebhaber, aber ich bin mir sicher, dass ich auf dem College auch nicht viel mehr als eine Kissenprinzessin war."

„Dann hast du dich ja total verbessert", scherzte ich.

Missy lief um ihren Schreibtisch herum, nur mit BH und Höschen bekleidet, einer sehr reizvollen roten Garnitur. Sie sah nicht aus wie eine Mutter von zwei Teenagern. Verdammt, sie würde fast selbst als Teenager durchgehen.

„Was grinst du so?", fragte sie.

„Ich habe gerade überlegt, ob die Freunde deiner Tochter wohl viel Zeit in deinem Haus verbringen."

Sie lächelte verschmitzt.

„Hier sind ein paar Nachrichten für dich", erklärte sie und legte einen kleinen Stapel Zettel auf die Ecke ihres Schreibtischs.

Ich zog meine Shorts an, nahm sie in die Hand und fing an, sie durchzublättern. Zwei waren von meiner Schwester.

„Hast du dich im Yachthafen eingerichtet?", fragte Missy.

Ich warf ihr einen Blick zu, während sie ihre Bluse zuknöpfte. „Ja, gleich unten am Dock C."

Das war eine unausgesprochene Einladung. Sie würde irgendwann später auftauchen, sobald Michael weg war. Ich vermutete, dass sie nach den Lichtern der *Carina* Ausschau hielt, bevor sie zum Yachthafen stapfte, aber ich fragte nicht nach.

In Wahrheit habe ich nicht viel Zeit in Beziehungen verbracht. Meine letzte richtige Freundin hatte ich in der elften Klasse. Im Sommer vor meinem Abschlussjahr wurde ich 18 Jahre alt, machte das Examen und heuerte dann bei den Marines an. Das letzte, was ich von Lauren hörte, war, dass sie verheiratet war und zwei Jungs hatte. Heiraten oder überhaupt nur eine Beziehung waren für mich kein Thema mehr. Aber Missy war immer noch mehr als bloß eine Spielerei.

Vier Nachrichten waren von Tristan Locke. Tristan Locke. Ich starrte auf den Namen auf dem gelben Zettel. Seit über zwei, vielleicht drei Jahren hatte ich nicht mehr mit Tristan gesprochen. Er und ich hatten zusammen in Afghanistan gedient. Tristan war der Jüngste in unserer Einheit und nicht unbedingt der Hellste. Er steckte immer in irgendwelchen Schwierigkeiten. Tristan, ich und Jay Delp, ein anderer Mann aus unserer Einheit, gerieten in eine Kneipenschlägerei mit sieben Männern der afghanischen Armee, nachdem Tristan einen von ihnen angesprochen und zum Tanzen aufgefordert hatte. Wir drei Marines konnten uns durchsetzen, aber zur Belohnung fassten wir drei Tage lang Liegestütze in der Kaserne aus.

Tristan hatte seine Macken, aber ich verdankte ihm mein Leben. Einmal wurde unsere Einheit mit einem Überfall auf ein feindliches Lager beauftragt. Dabei rettete mich Tristan vor einer Kugel im Rücken.

Nachdem ich aus dem Dienst ausgeschieden war, wurde er unehrenhaft entlassen. Er behauptete, man habe ihn reingelegt. Er wurde nie verurteilt, aber bei einer Razzia in einem Lager verschwanden 50 Kilo Heroin. Er sagte, sie hätten ihn nie verurteilt, weil es keine Beweise gab. Ich war mir da nicht so sicher. Ich mochte den Jungen, aber wie ich schon sagte, war er nicht der Hellste.

Die nächste Nachricht war von meiner Schwester in Arkansas.

Die letzte Nachricht stammte von Kayla Locke. Tristans Schwester? Ich konnte mich nicht erinnern, ob er überhaupt eine Schwester hatte. Vielleicht eine Frau.

„Ich habe mit ihr gesprochen", meinte Missy. „Sie sagte, es sei wichtig."

„Hat sie gesagt, was sie will?"

Missy zuckte mit den Schultern, als sie sich ihre Schuhe wieder überstreifte. „Das hat sie nicht gesagt. Nur, dass sie mit dir reden muss."

„Wir sollten lieber zurück, bevor Hunter sich etwas dabei denkt", meinte ich.

Missy lachte und erwiderte: „Ich bin sicher, Hunter weiß, dass etwas im Busch ist."

„Was ist, wenn Michael etwas davon mitbekommt?"

„Und wenn schon", murmelte sie, während sie mich küsste, „er zieht ohnehin sein eigenes Ding durch. Komm schon, lass uns gehen." Ich folgte Missy aus dem Büro.

„Ich muss zur Rezeption", erklärte sie, anstatt sich zu verabschieden.

Ich übersprang zwei Stufen auf einmal und stürmte die Treppe zum Manta Club hinunter. Hunter stand immer noch hinter der Bar und sprach mit einem Kunden. Ich setzte mich links von Hunter hin. Er warf einen Blick in meine Richtung und griff in eine Kühlbox, um ein weiteres Bier hervorzuholen. Dann schob er es mir vor die Nase.

„Kannst du mir das Handy geben?", fragte ich Hunter.

Er schnappte sich das Handy unter der Theke und legte es vor mich hin. „Schön, dass du wieder da bist", sagte er, „ich habe einen Monat lang sechs Tage die Woche gearbeitet."

„Dann nimm dir ein paar Tage frei", schlug ich vor. „Ich kann morgen wieder anfangen."

„Das ist ja prima", erwiderte Hunter. Er überlegte schon, wie er den freien Tag verbringen könnte.

Zuerst wählte ich die Nummer aus Tristans Nachricht. Aber da ging direkt die Mailbox ran. Ich hinterließ eine Nachricht mit meiner Nummer, dann versuchte ich die Nummer von Kayla. Nach dreimaligem Klingeln meldete sich die Mailbox – wieder eine Nachricht.

Ich legte auf und beschloss, meine Schwester später zurückzurufen. Es wäre nur ein weiterer Anruf, bei dem ich mir Vorwürfe über meine Lebensentscheidungen anhören müsste. Ich konnte warten, bis ich das Bedürfnis verspürte, mich selbst zu geißeln. Manche würden sagen, dass sie es gut meint, aber ich bezweifle das. Sie hat einen Ehemann, einen Ex-Ehemann und drei Kinder. Sie nimmt mir übel, dass ich so früh abgehauen bin. Sie will aus ihrem beschissenen Leben gerettet werden; aber an mir ist dieser Kelch vorübergegangen. Wäre ich geblieben, dann wäre ich jetzt wohl geschieden und unglücklich. Wahrscheinlich hätte ich in der Baumwollfabrik gearbeitet oder einen John Deere auf einem Feld im Kreis gefahren. Der Gedanke ließ mich erschaudern.

Ich trank das Bier langsam aus und wartete darauf, dass Hunter sich wieder auf den Weg zu meinem Platz an der Bar machte.

„Hunter", rief ich, als er näher kam, „kann ich ein Thunfischsandwich bekommen?"

„Klar, wie hättest du es denn gerne?"

„Gebraten, mit Pommes."

Hunter tippte die Bestellung in den Computer ein. Eine laute Stimme brüllte: „Das klingt gut! Das nehme ich auch!"

Ich schaute an die Ecke der Bar und sah, wie Wilson Peterson dort am Tresen herumwippte.

Peterson, der Bürgermeister von West Palm Beach, ist ein geselliger Stammkunde. Er isst mittags und ab und zu abends hier, aber seit Jahren ist der Manta Club sein Stammlokal am Freitagnachmittag. Jeden Freitag um vier Uhr füllt sich die Bar mit Anwälten, gewählten und berufenen Amtsträgern und einigen anderen Leuten, die ihren politischen Einfluss geltend machen wollen. Heute war kein Freitag, also war es nur ein weiteres Mittagessen.

„Chase, du bist zurück von deiner Reise", stellte er fest.

„Bin gestern Abend angekommen", erklärte ich.

„Darf ich mich zu dir setzen?", fragte Peterson.

„Klar", sagte ich. „Du hast also keine Verabredung?"

„Nein, bloß Hunger", antwortete er. Er sah zu Hunter und sagte: „Bring mir bitte bloß einen Eistee. Süß."

Hunter goss seinen Tee ein, bevor er zu den Kunden auf der anderen Seite ging. Aus dem Fernseher ertönte der Jingle für die Mittagsnachrichten.

„Eilmeldung. Erneut endet Hauseinbruch für Hausbesitzer mit lebensbedrohlichen Verletzungen", verkündete die Nachrichtensprecherin.

„Scheiße", murmelte Peterson. „Noch so was."

Ich griff über die Theke, um mir die Fernbedienung zu schnappen, die wir auf der Ablage liegen hatten. Ich stellte die Lautstärke leise und fragte: „Was ist denn passiert?"

„Diese Hauseinbrüche. In den letzten zwei Monaten hatten wir fünf. Dieses Mal haben sie den Besitzer bloß spitalsreif geprügelt. Beim letzten Mal haben sie den Besitzer umgebracht."

„Hat die Polizei etwas herausgefunden?", fragte ich.

Er zuckte mit den Schultern. „Sie nehmen nur teuren Schmuck und Bargeld mit. In meinem Büro steht das Telefon nicht still. Verdammter politischer Albtraum."

Ich zuckte mit den Schultern. Was konnte man sonst tun?

„Wie war dein' Trip?", fragte er, um das Thema zu wechseln.

„Prima. Langsam fange ich an, die Zivilisation zu hassen", erwiderte ich und blickte auf den Fernseher. „Aber ich muss noch ein bisschen arbeiten, bevor ich wieder hier rauskomme."

Peterson schaute an der Bar entlang, wo Hunter mit einer Brünetten in den Dreißigern sprach. „Ich habe vielleicht eine kleine Möglichkeit für dich, etwas Geld zu verdienen", meinte er.

Ich legte den Kopf schief. „Worum geht's denn?"

Wilson Peterson kniff die Augen zusammen und erklärte: „Das muss streng vertraulich behandelt werden."

Ich nickte.

„Das könnte mich ruinieren, also musst du mir versprechen, dass du die Sache für dich behältst."

„Versprochen", erwiderte ich.

Peterson drehte sich noch einmal um, um sicherzustellen, dass niemand in Hörweite war. „Ich werde erpresst."

Ich saß still da und starrte ihn an.

Er fuhr fort: „Jemand hat ein äußerst brisantes Video von mir. Ich soll 50.000 Dollar zahlen, oder es wird im Internet veröffentlicht."

„Was erwartest du von mir?", fragte ich.

„Chase, jeder spricht über dich. Ich weiß, dass du das nicht an die große Glocke hängst, aber ich weiß, dass du bei den Special Forces warst oder so."

Ich schüttelte den Kopf. „Aufklärungseinheit."

„Richtig", erwiderte Peterson, als wäre es genau das, was er gesagt hatte. „Ich fühle mich nicht wohl dabei, so viel Bargeld bei mir zu haben. Ich hatte gehofft, du würdest es für mich abliefern."

„Wilson, warum rufst du nicht einfach die Polizei?"

„Das darf nicht nach außen dringen."

Ich musterte ihn. Seine Augen waren unruhig, aber er war Politiker. Ich mochte Wilson, aber wie jeder Politiker ging ich davon aus, dass er log.

„Du willst, dass ich 50.000 Dollar in bar mitnehme und irgendwo abliefere? Wo?"

Er schüttelte den Kopf. „Das weiß ich noch nicht."

„Willst du herausfinden, wer es ist, und ihn dann aufhalten?", fragte ich. Ich rechnete schon damit, dass der nächste Vorschlag lauten würde, dass ich die Bedrohung beseitigen solle. Das ist nichts, was ich auf die leichte Schulter nehme.

„Oh, nein", versicherte er mir. „Ich will nur, dass du das Geld nimmst. Ich entschädige dich natürlich für die Mühe. 5.000 Mäuse."

Ich kratzte mich am Hinterkopf. Hunter kam wieder auf uns zu und ich bestellte noch ein Bier. Peterson bekam seinen Eistee nachgefüllt. Dann beeilte sich Hunter, zu der attraktiven Kundin zurückzukehren.

„Wenn du das Geld bezahlst, hindert die Erpresser nichts daran, später mehr zu wollen."

„Ich habe keine große Wahl", erklärte er. „Das darf nicht rauskommen."

„Ich muss dich fragen", meinte ich, „was ist eigentlich auf dem Video zu sehen? Keine Einzelheiten, nur ganz allgemein."

„Es ist ein Sexvideo."

„Du bist Single", erwiderte ich. „Was kümmert dich das?"

Sein Gesichtsausdruck beantwortete mir meine Frage. Ich konnte mir einiges zusammenreimen. Seine Partnerin ist vielleicht nicht Single. Oder eine Frau. Oder es war mehr als nur der übliche Sonntagnachmittags-Sex. Der Gedanke an den rundlichen Bürgermeister in einer Sexschaukel ließ mich erschaudern.

„Gut", antwortete ich, „ich helfe dir. Weißt du, wann die Übergabe stattfinden wird?"

Er schüttelte den Kopf. „Noch nicht. Mir wurde gesagt, ich solle das Geld bereithalten und man würde mir Bescheid geben."

„Du willst nur, dass ich dich begleite?“

„Nein, ich hatte gehofft, du würdest für mich gehen. Ich will nicht in die Fänge derjenigen geraten, die so etwas abziehen.“

„Wilson, überleg dir das noch mal. Wenn du bezahlst, ist nicht sichergestellt, dass das Video zerstört wird. Die Erpesser könnten in einer Woche oder einem Monat zurückkommen und mehr Geld verlangen.“

„Das ist die einzige Möglichkeit“, beharrte Peterson. „Du musst nur das Geld für mich abliefern. Ich entlohne dich angemessen für deine Mühe.“

Kopfschüttelnd fragte ich: „Du vertraust mir 50.000 Dollar an?“

Peterson betrachtete mich. „Ich denke schon. Ich kann Leute gut einschätzen. Du bist immer gradeheraus.“

Da erschien Hunter mit unseren Sandwiches. Die Knoblauch-Aioli, die der Koch auf das Sandwich getan hatte, erinnerte mich zusammen mit dem Duft der Gewürze daran, dass ich heute noch überhaupt nichts gegessen hatte.

„Danke“, sagte ich zu Hunter, der unser Besteck vorbeibrachte und sich dann wieder dem Flirt mit dem Mädchen zuwandte.

„Wenn sie anrufen, kannst du mich hier erreichen.“

„Ich weiß das wirklich zu schätzen, Chase.“

„Du musst eine Sache verstehen“, erklärte ich. „Ich bin immer direkt, also warne ich dich schon mal vor. Wenn etwas schief geht oder ich das ungute Gefühl habe, dass etwas nicht stimmt, blase ich die Sache ab.“

Peterson nickte. „Verstehe. Aber das sollte ein Kinderspiel sein.“ „Woher kommt das Geld?“, fragte ich.

„Was meinst du?“, wollte Peterson wissen.

„Die 50.000 Dollar? Woher hast du die?“

„Von der Bank. Es ist mein Geld, wenn du das wissen willst.“

Ich packte das Besteck aus und legte die Serviette auf meinen Schoß. „Tut mir leid, Wilson, aber genau das würde ich gerne wissen.“

„Das Geld ist in Ordnung“, versicherte er mir. Ich nickte, während ich mein Sandwich in die Hand nahm.

Als ich in das Sandwich biss, tropfte der Saft von Thunfisch und Aioli auf den Teller. Meine Gedanken kreisten darum, wie lange ich mit einem Startkapital von 5.000 Dollar auf den Exumas untertauchen könnte. Damit könnte ich mir bestimmt einige Sixpacks Sands Beer leisten.

3

DER MANN IN DEM lachsfarbenen Poloshirt winkte mich zu sich. Aus Georgia, erklärte er mir. Ich vermutete, dass er geschäftlich hier war. Nichts an ihm deutete darauf hin, dass er ein Tourist war. Er hatte einen Bourbon mit Cola getrunken, während er sich eine Wiederholung des Spiels zwischen den Bears und den Cowboys von 1996 ansah. Irgendwann hörte ich, wie er leise vor sich hinmurmelte und fragte mich, ob ihm bewusst war, dass das Spiel schon 24 Jahre her war.

„Könnte ich mal die Speisekarte sehen?", fragte er.

Ich holte eine Speisekarte hinter der Kasse hervor und legte sie neben ihn auf den Tresen. „Noch einen Bourbon?", fragte ich und betrachtete sein fast leeres Glas.

Er nickte.

Ein hervorragender Abend, um wieder mit der Arbeit zu beginnen. Mittwochs ist oft wenig los, aber heute war es außergewöhnlich ruhig.

Ich servierte Bourbon und Cola und zwei andere Gäste an der Bar, Stella Artois und Merlot. Keiner von ihnen war gemeinsam da und alle waren männlich, was bedeutete, dass sie sich nicht gegenseitig anmachen wollten. Sie alle wohnten im Tilly's. Wahrscheinlich Vertreter. In solchen Nächten hoffte ich inständig, dass einmal eine anständig aussehende Geschäftsfrau zum Abendessen hereinspaziert, bevor sie auf ihr Zimmer geht. Dann wird die Runde an der Bar interessant. Unweigerlich beginnt einer der drei Männer ein Gespräch mit ihr. Mitunter buhlen zwei oder sogar alle drei um ihre Aufmerksamkeit. Dann beginnt die Show.

Selten wird es allzu aufregend, aber gelegentlich fliegen die Funken.

Heute Abend nicht. Es gibt einfach nie genug herumreisende Geschäftsfrauen, die in Bars abhängen.

Ich schenkte ihm Bourbon und Cola ein und nahm seine Bestellung für einen Hamburger mit Pommes auf. Er war langweilig, starrte auf ein 24 Jahre altes Spiel, das schon damals keine Rolle gespielt hatte, und nippte kaum an seinem Drink. Da ist er nun im Süden Floridas, wo es einige der besten Meeresfrüchte der Welt gibt, und der Mann bestellt einen Burger. Durchgebraten. Mit amerikanischem Käse.

Kristy stand an der Essensausgabe, scrollte durch ihr Handy und wartete darauf, dass sich ein Gast an einen Tisch setzte.

„Gelangweilt?", fragte ich sie.

Sie schürzte die Lippen, als ob ich ihr auf die Pelle rücken wollte.

Sie war neu. Zumindest für mich. Ich weiß nicht, wie lange sie schon als Bedienung arbeitete, aber sie war noch nicht hier gewesen, als ich meine Reise angetreten hatte. Sie war zu jung für mich. Vielleicht war sie 19.

„Nur langsam", stellte sie fest.

„Ja", stimmte ich zu. „Gehst du zur Uni oder so?"

„Ja, ich belege Onlinekurse." Sie scrollte wieder durch ihr Handy. Offenbar sollten wir heute Abend nicht die besten Freunde werden.

Ich machte meine Runde durch die Bar. Stella Artois brauchte noch ein Bier und ein kubanisches Sandwich. Merlot wollte noch ein Glas Rotwein und wissen, ob ich einen guten Laden zum Abendessen kenne. Diese Frage fand ich schon immer klasse, als ob das Essen hier nicht gut genug wäre. Es sind immer die Jungs, die den Hauswein bestellen, die auf einmal zu Feinschmeckern werden.

„Bei Bimini Twist ist es lecker." War es auch. Es gab die gleichen Meeresfrüchte wie bei uns und das für den doppelten Preis, aber er würde die höheren Preise als Qualitätsmerkmal ansehen.

„Wo ist es?", fragte Merlot.

„Haben Sie ein Auto?" fragte ich. Merlot schüttelte den Kopf.

„Der Concierge kann Ihnen ein Taxi besorgen. Es ist ein bisschen zu weit, um zu laufen."

Merlot nickte, und ich war bereit, mit mir selbst zu wetten, dass er am Ende doch hier bestellen würde. Da kam eine Frau aus dem Hotel mit einem Kleinkind an der Hand herein. Ich warf einen Blick auf Kristy.

Sie verdrehte die Augen und das war der Blick, den ich erwartet hatte. Kinder in einer Bar rufen immer diese Reaktion hervor. Sie ging auf die Frau zu, um ihr einen Sitzplatz anzubieten.

Der Hamburger von Bourbon und Coke kam und ich reichte ihm das Besteck und eine Flasche Ketchup. Er schien zufrieden zu sein, kein langes Gespräch führen zu müssen und versank in seiner altbackenen Sportsendung.

„Chase", hörte ich Kristy an der Bar rufen. Als ich in ihre Richtung schaute, erklärte sie: „Diese Dame möchte mit dir sprechen."

Die Frau und ihre Tochter gingen zu einem der Tische in der Nähe des Fensters. Sie sah aus wie Ende Zwanzig, hatte blondes Haar und gebräunte Haut. Sie war hübsch, achtete aber nicht auf sich. Das vom Wetter gezeichnete Haar hatte den steifen Look, den die Mischung aus Salz und Sonne erzeugt. Im Gegensatz dazu trug ihre Tochter ein leichtes Sommerkleidchen mit rosa Schleifen im Haar.

„Kannst du auf meine Jungs aufpassen?", fragte ich Kristy.

Sie zuckte mit den Schultern, was ich als ein „Ja" auffasste. Mit schnellen Schritten ging ich die zwei Schritte auf den Tisch zu.

„Hi, kann ich Ihnen helfen?", fragte ich, als ich an ihrem Tisch stand.

„Sind Sie Chase Gordon?" Ihre Stimme klang sanft.

„Ja", antwortete ich.

„Ich bin Kayla Locke. Das ist Abbie. Ich bin Tristans Frau."

„Oh", war alles, was ich dazu sagen konnte. Ihr Gesichtsausdruck war düster und ich spürte einen Schlag in die Magengrube. Ihre Nachricht war immer noch in der Tasche meiner Shorts. Seit gestern hatte ich nicht mehr versucht, sie anzurufen.

Ich setzte mich an den Tisch. „Was ist los?" murmelte ich.

„Ich weiß nicht, wo er ist", sagte sie.

„Tristan?"

„Ja, er ist schon seit über einem Monat weg. Ich habe seit über zwei Wochen nichts mehr von ihm gehört." Ihre Augen weiteten sich und wurden feucht.

„Kayla, ich habe seit Jahren nicht mehr mit ihm gesprochen", erklärte ich und erwähnte dabei nicht die vier Nachrichten, die ich von ihm hatte.

„Ich weiß, es tut mir leid. Tristan hat immer nur von Ihnen gesprochen. 'Geh zu Chase', hat er gesagt, falls ihm etwas zustoßen sollte."

„Warum ausgerechnet zu mir?"

„Er hat Ihnen vertraut. Er hat die ganze Zeit nur von Ihnen gesprochen."

Ich ergriff ihre Hand. Ich war mir nicht sicher, was ich in dieser Situation tun sollte. „Kayla, ich weiß nicht, was Sie von mir wollen."

Sie schüttelte den Kopf und sagte: „Das weiß ich auch nicht. Ich weiß bloß, dass ich keine Ahnung habe, was ich tun soll."

Abbie fing an, an ihrer Mutter zu zerren, bis Kayla sie auf ihren Schoß hob. Das Mädchen streckte ihre Hand aus und streichelte das Haar ihrer Mutter, während sie leise vor sich hin sang.

„Er war noch nie so lange weg."

„Wo ist er hin?", fragte ich.

„Normalerweise geht er auf 'Angelausflüge'. So nennt er es jedenfalls. In Wirklichkeit schmuggelt er Drogen, aber er tut so, als wäre das nicht der Fall. Für uns."

„Drogen?" Ich seufzte. Der Junge hatte sich nicht verändert. Diese Art von Arbeit ging nie gut aus.

„Er hat versucht, Arbeit zu bekommen, aber diese Gauner haben ihn immer wieder verfolgt. Das Ganze hat eigentlich als letzter Ausweg begonnen, aber das Geld war wirklich gut."

„Wie lange dauern diese", ich hielt inne und sah Abbie an, die mich anstarrte, „'Angelausflüge' normalerweise?"

„Ein paar Tage. Vielleicht eine Woche."

„Hat er ein Boot?"

„Ja, aber es liegt noch im Hafen."

„Wie bekommt er die", ich schaute das kleine Mädchen an, „... äh ...Fische?"

„In seinem Boot", erklärte Kayla.

„Hat er gesagt, dass er einen 'Angelausflug' machen würde?", fragte ich. Der Vorwand schien zwecklos, denn Abbie schien völlig in ihrer eigenen Welt versunken zu sein und spielte mit den Knöpfen an der Bluse ihrer Mutter.

„Das glaube ich nicht. Letzten Monat ist etwas passiert, aber er hat nicht darüber gesprochen. Er machte sich Sorgen, mehr Geld zu bekommen."

„Chase", sagte Kristy von der Bar aus.

„Entschuldigen Sie mich, Kayla. Wollt ihr etwas zu essen?" Abbie drehte ihren Kopf zu mir und nickte.

Kayla schüttelte den Kopf. „Nein, Abbie. Aber trotzdem danke." „Geben Sie mir eine Minute, in Ordnung?"

Ich lief hinter die Theke, um Stella Artois abzukassieren. Merlot wollte die Combo aus Filet und Snapper bestellen. Ich hatte gewusst, dass ich diese Wette gewinnen würde.

Ich bestellte einen Teller Hühnerstreifen und ein gegrilltes Hähnchen für Kayla und Abbie.

„Kristy", bat ich, „holst du mir bitte eine Schokomilch aus der Küche und eine Limonade?"

Kristy verdrehte die Augen und schlenderte in Richtung Küche.

Ich setzte mich wieder zu Kayla an den Tisch. „Also gut, was ist letzten Monat passiert?"

Kayla schüttelte den Kopf. „Keine Ahnung", antwortete sie. „Nicht genau. Er hat über die Küstenwache gemeckert. Er schimpfte, dass sie nur mit ihren Booten herumfahren können. Dass sie gar keine richtigen Soldaten seien."

„Sie sagten, Sie hätten vor ein paar Wochen mit ihm gesprochen. Was hat er gesagt?"

„Er sagte, er hätte einen Job, der ihn auf Trab halten würde."

Ich seufzte. „Keine Ahnung, was für ein Job, nehme ich an?" „Nein."

Ich warf einen Blick zur Bar hinüber. Missy war hereingekommen, stand an der Bar und schaute in meine Richtung. Ich nickte ihr zu, woraufhin sie sich umdrehte und den Club verließ. Kristy ging mit einem Glas Schokomilch an ihr vorbei. Dann blieb sie an der Bar stehen und schnappte sich ein Glas Limonade. Sie brachte beide Getränke an den Tisch.

„Das hätten Sie nicht tun müssen", meinte Kayla.

Ich lächelte: „Nein, ich habe es hauptsächlich für Abbie getan." Ich schob die Schokomilch zu Abbie. „Magst du Schokomilch?"

Abbie grinste und nickte.

Kayla reichte Abbie das Glas. „Sei vorsichtig, Abs", mahnte sie.

Abbie nippte an der Milch und lächelte mich an. Ihre Lippen waren mit brauner Milch beschmiert. „Ich habe ihr ein paar Hühnerstreifen bestellt", verkündete ich. „Ich hoffe, das ist in Ordnung."

„Oh", sagte Kayla, „das kann ich mir nicht leisten."

Ich legte den Kopf schief. „Sie sind eingeladen. Sind Sie finanziell grade knapp bei Kasse?"

„Ja", murmelte sie mit gesenktem Kopf, „normalerweise hätte Tristan schon etwas Geld aufgetrieben."

Ich seufzte. Tristan war da in irgendwas reingeraten. Er hat zwar einige schlechte Entscheidungen in seinem Leben getroffen, aber Tristan war zuverlässig. Der Marine, den ich kannte, hätte seine Frau und seine Tochter nicht auf diese Weise im Stich gelassen. Ich konnte mir nur vorstellen, dass es sich bei dem Problem mit der Küstenwache wahrscheinlich um eine Durchsuchung handelte. Wahrscheinlich hat er die Schmuggelware, die er bei sich an Bord hatte, entsorgt. Die Besitzer der Drogen wären alles andere als glücklich, wenn er mit leeren Händen zurückkäme. Ich hoffte, dass er sich versteckte, während er versuchte, einen Ausweg aus der Situation zu finden, und nicht irgendwo in den Glades entsorgt worden war.

„Warten Sie", bat ich und ging hinter die Bar. Ich zog meine Karte durch und öffnete die Kasse. Dann zählte ich 500 Dollar ab. Das wäre mein gesamter Lohn für das Wochenende, aber darüber würde ich mir später Gedanken machen.

Ich kehrte an den Tisch zurück, als Kristy den Mädchen das Essen servierte.

„Hier", meinte ich und reichte Kayla das Bündel Zwanziger. „Vielleicht hilft das, bis wir ihn finden."

„Das kann ich nicht annehmen", erwiderte sie und schob das Geld von sich.

„Kayla", ich sah ihr in die Augen, „wissen Sie, warum Tristan Sie zu mir geschickt hat?"

„Sie sind sein Freund."

„Nein, wir sind keine Freunde. Wir sind mehr als das", erklärte ich. „Er wusste, dass ich mich um Sie kümmern würde. Wir waren Brüder. Ich verdanke ihm mein Leben. Also beleidigen Sie ihn bitte nicht, indem Sie das hier nicht annehmen."

Ein Lächeln umspielte ihre Lippen, als sie nickte. Sie ließ die Scheine in ihre Tasche gleiten. Dann hob sie Abbie von ihrem Schoß und setzte sie auf einen Stuhl. „Hier, Schatz, Mr. Gordon hat dir ein paar Hühnerstreifen gekauft. Was sagst du?"

Abbie strahlte: „Daaangeee, Mista Gordon."

Ich zwinkerte ihr zu und sagte: „Wie wäre es, wenn du mich Chase nennst. Auch Onkel Chase ist in Ordnung. Ich bin kein 'Mister'."

Abbie nickte. „Daaangeee, Shase."

„Wie alt bist du, Süße?"

Das Mädchen hielt vier Finger hoch. Sie versuchte, ihren kleinen Finger zu senken, aber er richtete sich immer wieder auf. Schließlich benutzte sie ihre andere Hand, um ihn nach unten zu drücken und drei Finger zu zeigen.

Ich fügte hinzu: „Wenn es Mommy recht ist, haben wir auch noch Eiscreme."

„Oh, das ist nicht nötig", beharrte Kayla.

„Wenn du es nicht gemeinsam mit mir isst, muss ich es wohl alleine essen."

Abbie blickte ihre Mutter mit flehenden Augen an. „Iss dein Hähnchen, dann sehen wir weiter."

Abbie begann, das Hähnchen in das Glas mit dem Honigsenf zu tunken. Sie knurrte wie ein Löwe, bevor sie ihre Zähne in das Hähnchen schlug.

„Abbie, Baby", erklärte Kayla, „kaue mit geschlossenem Mund." Der Kopf des Mädchens bewegte sich im Takt des Kauens mit offenem Mund.

„Wissen Sie, wo Tristan normalerweise hinfährt, um diese Sachen abzuholen?"

„Keine Ahnung. Er hat mir nie etwas erzählt. Er wollte vor mir so tun, als wäre es legal, schätze ich."

„Wo legt er mit seinem Boot an?"

„Es liegt unten in Boynton. Im Yachthafen dort."

Ich lehnte mich zurück. „Würde es Ihnen etwas ausmachen, wenn ich mir das Boot mal ansehe?"

„Keineswegs. Meinen Sie, das hilft?"

Ich zuckte mit den Schultern. „Vielleicht. Ich bezweifle es, aber vielleicht. Was für ein Boot ist es denn?"

„Es ist eine Bertram. Ihr Name ist *Kristol*."

4

MIT GESCHLOSSENEN AUGEN LEHNTE ich meinen Kopf gegen den Steuerstand. Von einem Boot drei Stege weiter ertönte ein King's X-Song. Zwei Jungs waren zuvor auf dem Deck der Pearson herumgelaufen. Sie waren im Laufe des Nachmittags angekommen, als ich noch im Manta Club gewesen war. Es machte mir nichts aus, zumindest bis jetzt. Beide waren äußerst entgegenkommend gewesen, als ich zum Boot zurückkehrte. Die Musik war zumindest gut und kaum zu hören, und sie schienen es sich mit ihrem Bier im Steuerstand gemütlich zu machen.

Ein Glas mit dunklem Rum und einem Spritzer Ananassaft, alles ausgeliehen von der Bar, stand auf der Reling. Na ja, eigentlich war nur Eis im Glas. Der Rum und der Saft verschwanden schnell, als ich darüber nachdachte, was für ein Problem Tristan haben könnte. Für das Problem brauchte ich ein bisschen mehr Rum.

Der Wind trug das Lachen einer kleinen Gruppe auf einem Hausboot auf der anderen Seite des Hafens über das Wasser. Wahrscheinlich war es die *SeaHorse*. Die Besitzer waren im Ruhestand und liebten ihre Sundowner. Wenn sie an Deck waren, stand ihr Boot allen offen. Steve war Immobilienmakler in Indianapolis gewesen und Mariane eine ehemalige Buchhalterin. Beide liebten ihr Bier beziehungsweise ihren Wein. Sie waren zweimal pro Woche im Manta. Für einen Drink und ein Abendessen. Am liebsten tranken sie mit Freunden auf der *SeaHorse*.

Nachschub schien angesagt gewesen zu sein. Aber der Rum stand auf dem Tresen in der Kombüse und ich fühlte mich wohl, wo ich war. Die Sterne waren hier viel dunkler als auf den Exumas, wo man jeden entfernten Stern deutlich erkennen konnte, wie er sich durch die Sternbilder zog. Aber selbst jetzt, mit der Lichtverschmutzung von der Küste, bot der Nachthimmel Anlass zum Staunen. Oder vielleicht auch etwas zum Anstarren, während ich über Tristans Problem nachdachte.

Wenn ich Recht hatte, hing Tristan vielleicht bis zum Hals in einem Drogenvertrieb fest. Nach dem, was Kayla mir erzählt hatte, vermutete ich, dass er vielleicht kontrolliert worden war, was seinem Arbeitgeber wahrscheinlich nicht gefallen würde. Ich wusste zwar nichts aus erster Hand, aber ich konnte mir vorstellen, dass es in dieser Branche nicht viel Verständnis und Mitgefühl gab. Ich nehme an, dass diese Sichtweise durchaus verständlich ist. Jeder könnte behaupten, er sei gezwungen worden, seine Ladung loszuwerden, bevor er durchsucht wurde, obwohl er in Wirklichkeit einfach nur zu gierig war. Drogendealer haben ein Image zu wahren.

Der Versuch, diese Situation auszunutzen, erschien mir dämlich genug, dass Tristan denken könnte, er würde es schaffen. Dass er seinen großen Zahltag erleben würde. Tristan hielt sich nämlich für schlauer als die meisten Menschen. Das war er aber nicht, wie es bei solchen Leuten oft der Fall ist.

Ich musste ständig an Kayla und Abbie denken. Wie kann jemand seine Liebsten bloß in dieser Lage zurücklassen?

Tristans Kindheit war ähnlich verlaufen. Sein Vater hatte die Familie verlassen, als Tristan acht oder neun Jahre alt war. Nach Tristans Aussage hat sein Vater eine neue Familie gegründet. Ich habe das so aufgefasst, dass er eine Frau mit Kindern geheiratet hat. Tristan dachte immer, dass sein Vater ihn und seine Mutter einfach vergessen hatte. Als wir zusammen gedient haben, hatte er keine Hemmungen, seine Verachtung für seinen Vater zum Ausdruck zu bringen.

Danach geriet Tristan immer mehr in Schwierigkeiten. Er erzählte mir einmal, wie er zum ersten Mal ins Gefängnis kam, nachdem er verhaftet worden war, weil er ein Sixpack Smirnoff Ice geklaut hatte. Im Gefängnis lernte er nichts und landete schließlich im Jugendstrafvollzug in Birmingham, Alabama, bis er 18 war. Sein Bewährungshelfer drängte ihn, den Marines beizutreten, in der Hoffnung, dass er sich mit ein bisschen Disziplin bessern würde. Während er unter mir gedient hat, schien es ihm gut zu gehen. Er war zwar nicht gerade besonnen, aber zumindest nicht selbstzerstörerisch. Nachdem unsere Einheit aufgelöst wurde, geriet er wieder in Schwierigkeiten. Als er aus der Truppe entlassen wurde, kam er wohl nie wieder auf die Beine. Er wusste nicht, wie das geht, vermutete ich.

Keine Fähigkeit, die einem fehlen sollte, wenn man eine Frau und ein Baby zu Hause hat.

„Du siehst aus, als könntest du noch einen Drink gebrauchen", meinte Missy vom Steg aus. Sie lächelte zu mir herunter. Sie hatte sich ein dünnes weißes Sommerkleid angezogen, das ihr um die Knie flatterte. Ihr Haar war bis auf zwei bis drei blonde Strähnen, die in der Atlantikbrise tanzten, zurückgesteckt.

Ich erhob mein leeres Glas und erklärte: „Ich schon, aber der verdammte Rum ist ganz unten."

„Hier unten scheint einiges los zu sein", stellte sie fest und blickte zu dem Boot drei Stege weiter.

„Die sind heute Nachmittag reingekommen. Bis jetzt machen sie keinen Ärger."

„Was hören sie denn?", fragte sie.

„Keine Ahnung", antwortete ich und hörte, wie eine E-Gitarre durch die Luft hallte. „Es klingt aber wie der 80er-Metal, den sie vorhin gespielt haben."

„Darf ich an Bord kommen?", fragte sie zaghaft, als ob meine Antwort von Bedeutung wäre.

„Aye, Kleine. Komm an Bord." Ich stand auf, streckte ihr meine rechte Hand entgegen und winkte ihr mit der linken zu.

Sie ergriff meine Hand zur Unterstützung und kam herüber. *Carina* schwankte und schaukelte, als Missys Fuß die Seite des Bootes nach unten drückte. Dann verebbte das sanfte Schaukeln. Missy beugte sich über mich und küsste mich auf die Lippen, bevor sie mir mein Glas abnahm und unter Deck verschwand.

„Wo ist Michael?", fragte ich mit einem nur leicht abschätzigen Ton. Missys Besuche auf der *Carina* schienen nur dann stattzufinden, wenn sie mit einer von Michaels Reisen zusammenfielen, normalerweise um seine aktuelle Freundin zu besuchen. Während ich mit der moralischen Zweideutigkeit in meiner Beziehung zu Missy kein Problem hatte, fiel es mir schwer, die Beziehung zwischen ihr und Michael zu verstehen. Die beiden gingen meist höflich, aber nie liebevoll miteinander um.

„Er ist rauf nach Orlando gefahren. Er sagte, er hätte ein Meeting, aber ich bin mir sicher, dass er diese Teenie-Schlampe besucht."

„Die Disney-Prinzessin?", fragte ich.

„Sie ist keine Prinzessin mehr", entgegnete Missy von unten. „Sie ist jetzt eine Concierge."

„Verfolgst du sie auf Facebook?", fragte ich.

Missy tauchte am Einstieg auf und reichte mir einen frischen Drink. „Nur so weit, dass er mich nicht mehr verarschen kann. Besser, ich weiß mehr als er."

Der Cocktail war stärker als meine ersten beiden. Entweder war die Frau beim Einschenken ziemlich plump oder sie versuchte, mich betrunken zu machen.

„Warte nur", meinte ich, „er wird behaupten, dass du eine neue Concierge für das Tilly's brauchst."

„Eher friert die Hölle zu", schnauzte sie.

„Du klingst eifersüchtig", scherzte ich. „Das ist vielleicht ein bisschen heuchlerisch."

„Ganz und gar nicht. Michael kann ihn reinstecken, in wen er will. Das ist seine Sache", sagte sie. „Aber das Tilly's gehört mir."

„Wenn sie im Tilly's arbeiten würde, könntest du wenigstens ein Auge auf sie haben." Sie verdrehte die Augen.

„Wer weiß, vielleicht hat er das Boot ja verkabelt", scherzte ich. „Vielleicht geht es ihm ja genauso."

„Wenn er uns beobachtet, sollte er langsam selbst die Initiative ergreifen und sich etwas von dir abschauen." Sie ließ sich auf die andere Bank im Steuerstand fallen.

„Langer Tag?"

Sie nickte. „Ja, morgen kommt eine ganze Reisegruppe an, und die Banker führen eine Prüfung durch."

„Siehst du, du brauchst vielleicht doch eine neue Concierge."

Sie warf mir einen Blick zu, der sagte: „Halt die Klappe." Vielleicht war er sogar noch etwas schärfer.

„Wer ist gerade mit Paige zu Hause?", fragte ich.

„Sie ist siebzehn", erklärte Missy. „Sie braucht keinen Babysitter, obwohl sie wahrscheinlich wollen würde, dass du auf sie aufpasst."

„Das könnte seltsam werden." Ich trank den Cocktail aus.

„Sie ist total verknallt in dich", stichelte Missy. „Als sie dich das letzte Mal gesehen hat, hat sie eine Stunde lang nur von dir gesprochen."

Ich lachte. „Wer empfindet das nicht für mich?"

„Es ist ein bisschen merkwürdig, meine Tochter von dir schwärmen zu hören", stellte sie fest.

Ich lächelte: „Ich hoffe, du weißt, dass ich keine Absichten mit Paige habe."

„Schade. Sie würde so gerne mit dir zum Abschlussball gehen", scherzte sie, bevor sie hinzufügte: „Du scheinst in letzter Zeit viele Verehrerinnen gehabt zu haben."

„Wie bitte?", fragte ich.

„Die Kleine heute", meinte sie. „Die mit dem Baby."

„Oh, Kayla. Ich schätze, das Baby war so drei oder vier."

„Ja, und immer noch eine kleine Ratte. Nicht deines, hoffe ich", bemerkte Missy.

Ich warf Missy einen Blick zu. „Nein, das ist nicht mein Stil."

Sie zuckte mit den Schultern. „Man kann nie wissen. Du hast ihr einen Haufen Geld zugesteckt."

Ich schüttelte den Kopf und erwiderte: „Ich hätte nicht gedacht, dass du so eifersüchtig bist."

„Bin ich auch nicht. Es ist nur besser, mehr zu wissen." Sie hob ihr Knie an und ließ ihren Rock über ihr Bein gleiten.

„Es ist ja nicht so, dass du keine Kinder hattest, bevor wir uns kennengelernt haben."

„Ein Kind. Nur das eine", erklärte sie. „Das war die Kleine, die dir die Nachricht hinterlassen hat, richtig?"

Ich antwortete: „Ja. Kayla ist die Frau von einem alten Kumpel von den Marines."

Das Eis klirrte im Glas, als Missy einen Schluck nahm. „Wo war dein Kumpel?", fragte sie. „Weiß er, dass du mit seiner Familie zu Mittag isst?"

„Er wird vermisst. Sie hat ihn seit einem Monat nicht mehr gesehen."

Ihr Gesicht verdüsterte sich. „Oh, ich verstehe."

„Sie hoffte, ich wüsste, wo er sein könnte. Tristan sagte ihr, sie solle zu mir kommen, wenn es einen Notfall gäbe."

„Und weißt du es?", fragte sie. „Weißt du, wo er ist?"

Ich schüttelte den Kopf. „Nein, er ist in Schwierigkeiten. Er hat schon immer dumme Sachen gemacht. Er gehört zu den Leuten, die dazu neigen, sich ziemlich kopflos zu verhalten, aber er hat ein Herz aus Gold. Ich kann mir nicht vorstellen, dass er seine Familie ohne einen guten Grund verlassen würde."

„Und der wäre?"

„Ich habe Angst, das herauszufinden", entgegnete ich, während ich den Rest meines Cocktails leerte. „Aber ich habe eine Idee." Der Rum wirkte sich zwar auf meine Gliedmaßen aus, aber er trug nicht dazu bei, dass ich mich wegen Tristan besser fühlte. Mir ging immer wieder die Frage durch den Kopf, was ihn davon abgehalten haben könnte, mitzukommen.

„Du wirst ihr helfen", meinte sie. „Aber du fühlst dich verpflichtet, weil er gesagt hat, du würdest ihr zu Hilfe kommen? Das ergibt doch keinen Sinn."

„Als ich in Afghanistan war", begann ich, „wurde unsere Einheit losgeschickt, um ein Ziel auszuschalten. Angeblich war es ein Warlord der Taliban. Wer weiß das schon? Wir haben uns in ein Gebäude eingeschleust. Dabei war ich an der Spitze, das heißt, ich führte die Männer hinein."

„Ich weiß, was 'an der Spitze' bedeutet, du Penner", schnauzte sie.

„Tut mir leid, ich erkläre wohl zu viel."

„Meinetwegen", winkte sie ab. „Das nennt man 'Mansplaining'. Mach weiter."

„Ich dachte, die erste Etage wäre schon frei. Deshalb wollte ich gerade die Treppe hinaufgehen. Da eröffnete Tristan das Feuer auf eine Tür hinter mir. Ein neunjähriges Kind mit einem Kalaschnikow-Sturmgewehr zielte auf mich. Er tötete das Kind und die Gruppe im oberen Stockwerk verlor die Nerven. Wir hatten großes Glück, dass wir da rausgekommen sind."

„Verdammt", flüsterte Missy.

„Tristan hat es schwer getroffen, den Jungen zu töten. Er hat mir das Leben gerettet, und ich bezweifle nicht, dass er es wieder getan hätte. Aber ich weiß, dass es ihn fertig gemacht hat."

„Du glaubst, dass du ihm etwas schuldig bist", erklärte sie sachlich.

„Da drüben schuldet man jedem in seiner Einheit etwas."

„Was hast du jetzt vor?", fragte sie.

Ich stellte mein Glas auf dem Tischchen im Steuerstand ab. „Ich weiß nicht. Laut Kayla hat der Junge Drogen auf seinem Boot geschmuggelt. Das scheint ein guter Anhaltspunkt zu sein."

„Sein Boot", fragte sie, „oder die Drogen?"

„Ich schätze, das Boot. Ich habe keine Ahnung, für wen er die Drogen geschmuggelt hat."

Missy stellte ihr Glas ab und schob sich quer durch den Steuerstand auf meinen Schoß. „Ich bin mir sicher, dass du ihn findest, aber wie wäre es, wenn wir heute Abend etwas anderes unternehmen würden?"

Ihre Lippen berührten meine, und ich schmeckte die Limette ihres Cocktails. Ihre Hände streichelten über meine Wangen, während sie mich küsste; und ich schlang meine Arme um ihre Taille und zog sie fest in meinen Schoß. Sie atmete schwer, als ich ihren Hals küsste und meine Hände unter ihre Bluse schob. Ihre Haut war weich und kühl. Mein Mund wanderte ihren Hals hinunter und küsste den oberen Teil ihrer Brüste, die durch den geöffneten Knopf lugten.

„Untenrum", murmelte ich.

„Was?", hauchte sie.

Ich zog mich zurück, sah ihr in die Augen und sagte: „Ich will dich da unten."

Sie verlagerte ihr Gewicht auf ihre Füße und fuhr mit ihrer Hand über meine Shorts. „Diesmal bin ich zuerst dran", meinte sie lächelnd und schlüpfte die Treppe hinunter.

Ich wälzte mich auf, folgte ihr und ließ die beiden leeren Gläser im Sternenlicht stehen.

5

ICH BESITZE KEIN AUTO mehr, nicht seit ich die *Carina* gekauft habe. Als ich beschloss, monatelang auf See zu fahren, schien mir ein Auto eine überflüssige Ausgabe zu sein. Der Yachthafen stellt für Gäste, die auf der Durchreise sind, ein Auto zur Verfügung, mit dem sie zum Einkaufen fahren können. Ich habe Randy versprochen, heute einen Ölwechsel zu machen, wenn ich schon mal da bin. Mühsam quetschte ich mich aus dem Toyota Corolla. Da ich auf einem Boot lebe, sollte ich mich eigentlich an enge Räume gewöhnt haben. Ich schätze jedoch, das Gegenteil ist der Fall. Ich liebe Freiraum, und die meisten Tage verbringe ich an Deck, wo ich mich auf irgendeine Weise ausstrecke.

Die Liegeplätze des Yachthafens von Boynton wurden etwa sechs Meter über den Meeresspiegel angehoben. Die Bucht von Boynton ist eine Einbuchtung in der vorgelagerten Insel, die die meisten Städte im Osten Floridas schützt und die sich zum Atlantik hin öffnet. Der Yachthafen befindet sich auf der Westseite der Schutzinsel. Die Liegeplätze waren größtenteils belegt. Kein Wunder für einen Donnerstagvormittag. Morgen würden die Boote zum Wochenende auslaufen. Heute war es ruhig an den Docks.

Der Steg schwankte, als ich ihn überquerte. Es wehte kein Lüftchen; die Uferböschung hielt die Atlantikbrise zurück. In Florida kann sich die Hitze normalerweise hinter einer Meeresbrise verstecken, aber wenn die Luft so abgeschirmt ist, wird die Hitze schnell drückend. Paradoxerweise gilt das auch für die Moskitos.

Schweißperlen bildeten sich auf meiner Stirn. Ich dachte, vier Jahre in Afghanistan hätten mich immun gegen die Hitze gemacht. Das schien aber nicht der Fall zu sein. Ständig triefe ich vor Schweiß. Ich wischte mir über die Stirn, das erste von vielen Malen, während ich zwischen den angedockten Booten umherschlenderte.

Yachthäfen sind berüchtigt dafür, heiß zu sein. Normalerweise sind sie vor Wind und Wellen geschützt, ein perfekter Nährboden für stehende, feuchte Luft. Wenn ich auf See bin, versuche ich, mich weit von solchen Orten fernzuhalten. Zum Glück lag die Tilly Marina direkt an der Bucht, und die Brise hielt an.

Ein paar pensionierte Seeleute tummelten sich an den Decks ihrer Boote. Ich winkte einem Mann zu, der das Deck seines Beneteau-Segelboots säuberte. Auf dem Heck war der Name *C'est Vie* zu lesen. Er antwortete mit einem Lächeln und einem Nicken.

„Guten Tag", wünschte er, während er den Steuerstand schrubbte.

„Hallo", antwortete ich. „Können Sie mir vielleicht eine Wegbeschreibung geben?"

„Klar doch", erwiderte er und richtete sich auf.

„Ich suche den Hafenmeister", erklärte ich.

„Das Büro ist dort drüben", antwortete er und deutete in Richtung Westen. „Es ist offen, aber ich denke nicht, dass Nick da ist."

„Wissen Sie, wo eine Bertram liegen könnte?"

„Ich kenne hier zwei", erwiderte der Seemann. „Da drüben ist eine." Er deutete in Richtung Süden.

Meine Augen folgten seinen Fingern, aber ich konnte das Boot nicht ausmachen.

„Das andere liegt auf der anderen Seite des Hafens, in einem der überdachten Liegeplätze. Wissen Sie, wie sie heißt?"

„*Kristol*, schätze ich."

„Ah", meinte er wissend. „Das ist die am Süddock."

„Danke", erwiderte ich.

„Steht sie zum Verkauf?", fragte er misstrauisch.

Ich schüttelte den Kopf: „Das denke ich nicht."

„Sind Sie von der Bank?", fragte er.

Ich lächelte entgegenkommend und antwortete: „Nein, sie gehört einem Freund von mir."

Er hob neugierig eine Augenbraue. „Sie braucht ein wenig Pflege", stellte er schroff fest.

„Bereiten Sie sie für die Weiterfahrt vor?", fragte ich, um das Gespräch in eine andere Richtung zu lenken.

Das gebräunte Gesicht lächelte: „Ich bin gerade aus Kuba zurückgekommen."

„Super", pfiff ich. „Das steht bald auf meiner Wunschliste. Ich bin vor ein paar Tagen von den Exumas zurückgekommen."

Er wurde hellhörig: „Nächsten Monat fahre ich wieder hinüber. Was haben Sie denn für eine?"

„Eine *Tartan 40*."

Er nickte und lächelte.

In den nächsten Minuten unterhielten wir uns über unsere jeweiligen Boote und die Orte, an denen wir beide schon gewesen waren. Er war ein pensionierter Teilzeitsegler wie ich, was bedeutete, dass wir ein paar Dinge gemeinsam hatten.

Nach ein paar weiteren Minuten, in denen wir uns über Krabbenfangtechniken und tolle Ankerplätze unterhielten, bedankte ich mich bei ihm für das Gespräch und machte mich auf den Weg zur zweiten Bertram. So wie ich Tristan kannte, vermutete ich, dass bei diesem Boot nicht die gleichen Wartungsstandards wie auf der *Carina* und der *C'est Vie* galten.

Der Seemann hatte Recht gehabt: Die Bertram brauchte dringend Aufmerksamkeit. Die UV-Strahlen hatten die Gelbeschichtung angegriffen und verblassen lassen, und die hellen Stellen waren grau und verlangten nach etwas Teaköl. Der Schriftzug auf dem Heck lautete *Kristol*.

Die grünen Ablagerungen, die man auf dem Wasser einfach nicht loswird, bedeckten die Reling und den Steuerstand. Nichts, was man nicht in ein paar Stunden mit einem Hochdruckreiniger und etwas Muskelschmalz entfernen könnte. Mir wurde ganz schlecht bei dem Gedanken, wie die Unterseite wohl aussehen würde.

Trotz Kaylas Erlaubnis warf ich einen kurzen Blick über meine Schulter, um zu sehen, ob jemand in der Nähe war, bevor ich über die Reling trat. Die Seitentür war verschlossen, und ich hatte keinen Schlüssel dabei. Wenn Kayla also keinen Schlüssel hatte, bot sich mir die Gelegenheit, meine Fähigkeiten im Schlösserknacken unter Beweis zu stellen. Ich konnte immer schon gut Schlösser knacken; das hatte ich als Teenager gelernt. Damals half ich im Sommer einem örtlichen Schlosser, ich war also nicht auf die schiefe Bahn geraten.

Acht Minuten. So lange brauchte ich dafür. Wie ich schon sagte, ganz gut.

Ein muffiger Geruch schlug mir entgegen, als ich die Luke öffnete und den Salon der Bertram betrat. Das Innere war ein einziges Trümmerfeld. Vielleicht eine Art Aussage über Tristans Leben im Allgemeinen. Der Navigationstisch war offen und die Karten lagen auf dem Boden verstreut. Vor allem diese ausgebreiteten Karten erregten meine Aufmerksamkeit

– eine von der Küste um Panama City und eine von der Küste von Texas. Egal, wie schlampig er auch sein mochte, diese beiden Karten waren hier mehr als nutzlos. Ob es nun Tristan oder jemand anderes war, die Navigationsübersicht war durchstöbert worden.

Ich hob die losen Karten auf und sah sie durch, während ich sie wieder zusammenrollte. In die Ecke der Texas-Karte war eine Telefonnummer gekritzelt. Ich riss die Ecke ab. Dann faltete ich sie zusammen und steckte sie in meine Tasche.

Die Kombüse wäre ja ganz nett gewesen, aber sie musste dringend erneuert werden. In einem der Schränke war eine Mikrowelle eingebaut. Als ich sie öffnete, stellte ich fest, dass das Innere wie ein Tatort aussah.

„Deck doch mal den verdammten Teller ab, Junge", flüsterte ich.

In dem kleinen Kühlschrank hatte sich Schimmel angesammelt. Die wenigen Lebensmittel, die sich darin befanden, waren hauptsächlich Grundnahrungsmittel. Etwas Butter, amerikanischer Schnittkäse und ein paar Dosen Busch-Bier.

Im Ofen befand sich ein kleiner roter Werkzeugkasten.

Als ich ihn öffnete, fand ich darin ein tragbares GPS-Gerät und ein batteriebetriebenes UKW-Radio. Diesen Trick wenden viele Segler an. Sogar ich habe das schon mal getan. Auf einem Segelboot schien das immer besonders wichtig zu sein, aber ich nehme an, dass der Trick auch auf Motorbooten funktionieren könnte. Die Grundidee ist, dass bei einem Blitzeinschlag in das Boot oder auch nur in dessen Nähe oft die Elektronik durchgeschmort wird, und mit der Werkzeugkiste im Ofen kann ein einfacher Faradayscher Käfig geschaffen werden. Im Idealfall ist so das Ersatzgerät vor einer elektrischen Überlastung geschützt.

Ich steckte die elektronischen Geräte wieder in die Werkzeugkiste und die Werkzeugkiste in den Backofen. Als ich mich in die vordere Kabine wagte, fand ich Stapel von Kleidung, die Tristan ausgezogen und vergessen hatte, sie zur Wäsche zu bringen. Bei dem Gedanken, in diesem heruntergekommenen Ding leben zu müssen, sträubten sich mir die Nackenhaare.

Plötzlich kam jemand an Bord und das Boot bewegte sich. Ich drehte mich nach achtern und sah zwei Männer, die durch die Luke traten. Beide waren Latinos, aber ich konnte ihre genaue Abstammung nicht bestimmen. Das Zweite, was mir auffiel, war, dass jeder von ihnen eine 9 mm Glock in der Hand hielt.

„Hallo", sagte ich etwas ängstlich. Sie versperrten mir den einzigen Weg nach draußen.

„Wer bist du?“

„Der Hafenmeister“, log ich. „Der Besitzer hat mich gebeten, seine Wäsche abzuholen.“

Der vordere Typ trug eine schwarze Leinenjacke und legte den Kopf schief. Zwei dünne Linien Gesichtsbehaarung rahmten sein Kinn ein. Sein Haar war kurz und mit einer großen Menge Haargel zu kleinen Spitzen gestylt. Der andere war größer. Sein Gesicht war schroff und er verbrachte offenbar mehr Zeit damit, seinen Bizeps, Trizeps und alles andere zu trainieren, als mit seinen Haaren.

„Versuchen wir es einfach nochmal“, erklärte Stachelschwein. „Wo ist Tristan Locke?“

Ich hob langsam meine Hände. „Ich wünschte, ich wüsste es.“

„Wo ist Locke?“, wiederholte er.

„Keine Ahnung“, erwiderte ich. „Ich suche nach ihm.“

„Was genau suchst du?“

„Sicherlich keine saubere Unterwäsche“, erklärte ich.

„Du hältst dich wohl für sehr witzig“, knurrte Stachelschwein und trat näher.

Zu nah. Meine Hand schnellte vor und riss ihm den Lauf der Waffe aus der Hand.

Mit der anderen Hand packte ich Stachelschwein am Unterarm und zog ihn zu mir heran.

Dann richtete ich die 9 mm auf den Muskelmann und nahm den Hals von Stachelschwein in den Schwitzkasten.

„Lasst uns vernünftig sein“, mahnte ich mit ruhiger Stimme. „Das hier ist ein Yachthafen und jeder Bootsbesitzer, an dem ihr vorbeigekommen seid, hat euch beide beobachtet.“

Der Muskelmann starrte mich an. Ich schob Stachelschwein nach vorne und benutzte ihn als Schutzschild. „Was wollt ihr von Tristan?“, fragte ich.

Muskelmann antwortete nicht.

„Was ist mit dir?“, fragte ich Stachelschwein, während ich meinen Arm um seinen Hals schlang.

„Das wirst du bereuen“, würgte er hervor.

„Das tue ich jetzt schon“, erwiderte ich. „Du hast mein ganzes Hemd mit Haargel besudelt.“

Für den Bruchteil einer Sekunde sah ich, wie die Mundwinkel von Muskelmann zuckten. Ich drehte Stachelschwein so, dass Muskelmann jetzt nach vorne blickte, während ich mit dem Rücken zum Gang stand. Stachelschwein begann zu zappeln und die Pupillen von Muskelmann weiteten sich. Ich drückte ab und streifte dabei die Schulter von Muskelmann, sodass er seinen Arm nach unten riss. Meine Hand knallte gegen Stachelschweins Kopf und ich stieß ihn in Muskelmann hinein.

Nachdem ich mich umgedreht hatte, kletterte ich aus der Luke, als hinter mir zwei Schüsse ertönten. Mein Fuß stieß gegen die Sitzbank und ich wurde über die Bordwand der Bertram geschleudert. Sofort begann ich zu strampeln. Das Wasser war trüb und braun, aber ich schwamm fluchtartig davon. Ich hoffte, dass die schattigen, dunklen Umrisse von den Stegen des Docks stammten.

Meine Arme vollführten mehrere Schmetterlingszüge, und ich tauchte unter dem Steg auf.

Dort hielt ich mich an einem Stützbalken fest und zog meinen Kopf zwischen zwei schwarzen Schwimmplattformen nach oben. Die schleimigen Algen, die den Balken und alles andere hier unten bedeckten, quollen zwischen meinen Fingern hervor.

Über mir waren gedämpfte Stimmen zu hören. Das Plätschern des Meeres und das Knarren des Stegs machten es unmöglich, irgendetwas von dem zu verstehen, was gesagt wurde. Der Steg schwankte, als die beiden über mein Versteck kamen. Einer der beiden schrie fast, als sie vorbeigingen. Ich konnte die Worte nicht genau verstehen; aber alles schien darauf hinauszulaufen, dass meine Mutter einem zweifelhaften Gewerbe nachgegangen war, als ich geboren wurde.

Ein kleiner Schwarm Buntbarsche schwärmte aus, als ich die Algen, die um mich herum wuchsen, zur Seite schlug. Ein paar knabberten an meinen Beinen und schnappten nach toten Hautzellen. Ich hing noch ein paar Minuten am Stützbalken und ließ die Fische um mich herumschwärmen, bevor ich wieder untertauchte. Eine Sekunde später tauchte mein Kopf im Sonnenschein wieder auf. Ich schlenderte zum Heck der *Kristol*.

Die Einstiegsleiter war immer noch aufgerichtet, und ich schob mich aus dem Wasser, bis ich eine der Haltegriffe an der Seite der Bertram erreichen konnte. Ich versuchte, nach der Leiter zu greifen, aber die rührte sich kein Bisschen. Stattdessen griff ich mit der freien Hand nach der Leine am Steg. Ich verlagerte mein Gewicht und die Bertram wurde zur Seite der Anlegestelle gezogen. Dann stemmte ich mich mit dem Bein gegen den Steg und drückte mich zum Steuerstand der Bertram hinauf. Als ich meine Finger um die Edelstahlreling gelegt hatte, konnte ich mich schließlich vollständig auf das Boot ziehen.

„Das war ja ganz schön viel Arbeit", bemerkte eine Stimme.

Ich blickte auf und sah eine rothaarige Frau, die mich vom Steg aus anlächelte.

„Sie wissen schon, dass es vorne an Ihrem Boot eine Leiter gibt", stellte sie fest. Sie deutete auf eine Leiter auf der anderen Seite des Buges der Bertram.

„Nein, das wusste ich nicht", gestand ich. Daraufhin lachte sie mich aus.

6

Gin and Tonic bestellte gerade seine dritte Runde. Seine Freundin, Frozen Strawberry Margarita, war immer noch mit der ersten Runde zugange. Zum Glück, da ich es hasse, Frozen Drinks zu machen. Ich schätze, das ist die Regel unter Barkeepern, aber im Süden Floridas ist es ein notwendiges Übel. Aber der Manta Club ist nicht so eingerichtet wie viele andere Tiki-Bars an der Küste. Es gibt keine riesige Maschine, die gefrorene Daiquiris, Margaritas, Piña Coladas oder all den anderen gefrorenen Mist, den Touristen gerne trinken, ausspuckt. Stattdessen arbeite ich mit einem Doppelmixer, was bedeutet, dass meine eisgekühlten Cocktails tatsächlich von Hand gemacht sind. Wir haben sogar frische Zitrusfrüchte und Früchte im Sortiment, statt der üblichen Getränkemischungen, die zur Hälfte aus Zucker bestehen.

Ich hasse es zwar, diese verdammten Dinger zu machen, aber wenigstens sind sie dann gut.

Kristy sprach mit den Gästen an einem Tisch in der Nähe des Kamins. Sie nahm ihre Getränkebestellungen auf und ich beobachtete sie und versuchte zu erraten, was sie wollten. Der Mann war eher ein Flaschenbiertyp. Die Frau hingegen schien mir *„nur eine Cola Light"* zu wollen.

Der Ansturm auf das Abendessen würde bald einsetzen. Ich ließ Bobby, den Barkeeper, das Bier einräumen und das Eis auffüllen.

Hunter war schon zum Aufbruch bereit, als ich ankam, aber ich konnte ihm wenig vorwerfen. Ich war spät dran, nachdem ich eine halbe Stunde lang versucht hatte, den Geruch von Algen und totem Fisch loszuwerden. Meine nassen Klamotten waren über die Rettungsleinen der *Carina* drapiert und warteten darauf, dass ich die Wäsche wasche, was ich schon vor zwei Tagen hätte machen sollen. Ich wollte auf keinen Fall, dass die Bude anfängt, wie der Grund eines Yachthafens zu stinken. Ich nahm mir vor, meine Wäsche zu waschen, sobald ich heute Abend Feierabend hatte.

„Ich brauche einen Malibu, Pineapple und Macallan pur", rief Kristy von der Servicetheke aus. Ich hatte mich wieder geirrt. „Bitte sag mir, dass der Malibu für sie ist."

Kristy lächelte mich an, antwortete aber nicht. Vielleicht wird sie jetzt doch noch warm mit mir. „Hat er gesagt, welcher Macallan?"

Sie schüttelte den Kopf.

„Den 18-Jährigen", teilte ich ihr mit.

Wir hatten einen 18-Jährigen und einen 25-jährigen Macallan. Beide standen im hinteren Regal. Ich griff über die drei anderen Reihen mit Spirituosen hinweg nach dem 18-jährigen Scotch und goss ein paar Zentimeter in ein kleines Glas, bevor ich die Flasche an ihren Platz zurückstellte. Dann schaufelte ich etwas Eis in ein hohes Glas, fügte einen Schluck Malibu Rum hinzu und goss den Rest des Glases mit dem Ananassaft auf, den Bobby zuvor ausgepresst hatte. Schließlich ließ ich eine Kirsche und einen Papierstrohhalm in das Glas fallen.

„Danke", meinte Kristy, als sie die Getränke auf dem Tablett abstellte und an ihren Tisch brachte.

Ich lehnte mich an die Theke und betrachtete den zusammengeknüllten Zettel. Die Telefonnummer, die ich von Tristans Karte abgerissen hatte, hatte den Sprung ins Meer nicht so gut überstanden wie ich. Ich hatte sie völlig vergessen, bis ich unter der Dusche stand. Dann zog ich sie aus meiner Tasche und stellte fest, dass sich das dünne Papier zu einem unförmigen Klumpen zusammengerollt hatte. Mehrere Versuche, das Schlamassel zu entwirren, blieben erfolglos. Ohne ein archäologisches Labor sah ich keine guten Chancen, die Nummer zu retten.

Ich tröstete mich mit der Tatsache, dass es wahrscheinlich ohnehin ein aussichtsloses Unterfangen war. Die Karten konnten verwendet worden sein, und diese Nummer war über zwanzig Jahre alt.

Ich würde die ganze Angelegenheit Stück für Stück durcharbeiten. Wenn ich etwas finde, dann gut. Wenn nicht, wollte ich mir nicht zu viele Gedanken machen.

Kristy saß wieder am Computer und gab die Bestellung des Paares ins System ein. Ihre Augen huschten über den Monitor zu mir hinauf, bevor sie wieder zum Bildschirm zurückkehrten.

Ich umkreiste die Bar, um nach Gin and Tonic und Frozen Strawberry Margarita zu sehen. Sie fragte nach der

Speisekarte und ich holte eine unter der Theke hervor. Da lächelte sie mich an.

Stephanie Akins, die Nachrichtensprecherin von Channel Six News, tauchte auf dem Fernseher auf, auf den Gin and Tonic gerade starrte. „Ein weiterer Einbruch in ein Haus in der Nähe von Hillsboro Beach, schalten Sie um 17:30 Uhr wieder ein.“

Da kam Wilson Peterson durch die Tür. Er sah auf den Bildschirm und verdrehte die Augen. Ich begrüßte ihn mit einem Nicken, als er sich an das andere Ende der Bar setzte.

„Kann ich die Krabbenküchlein bekommen?“, fragte Frozen Strawberry Margarita fröhlich.

„Aber natürlich“, antwortete ich. Danach fragte ich Gin and Tonic: „Auch etwas für Sie, Sir?“

„Diese Garnelen sehen lecker aus. Sind sie das auch?“

„Sehr“, sagte ich, „aber sie verdammt heiß.“

„Klingt gut.“

Ich ging an Peterson vorbei und fragte: „Möchtest du einen Martini?“

Der Bürgermeister hat schon immer gerne Martinis getrunken. Wahrscheinlich dachte er, dass er dadurch weltmännisch wirkte.

„Ja, Chase“, antwortete er. „Danke.“

Ich tippte die Vorspeisen des Paares in den Computer ein. Dann holte ich den Ketel One Vodka aus dem Regal, um Petersons Martini zuzubereiten.

Ich füllte eine ordentliche Portion Olivensaft vom Tablett mit den Knabbereien in einen Cocktailshaker. Nach einem kräftigen Schütteln begann der Metallshaker von außen zu vereisen. Ich goss den salzigen, olivenfarbenen Wodka in ein gefrorenes Martiniglas. Eiskristalle schwammen auf der Oberfläche, und ich ließ eine gefrorene Olive in das Glas fallen.

„Danke“, meinte Peterson, als er den ersten Schluck nahm. „Keiner kann das so gut wie du, Chase.“

Ich zuckte mit den Schultern. Das war nicht gerade Raketenwissenschaft. Vielleicht Thermodynamik, aber ich bin mir nicht einmal sicher, was das ist, also wer weiß.

„Ich habe heute einen Anruf bekommen“, erklärte Peterson in gedämpftem Ton. „Ich soll morgen die Übergabe stattfinden lassen.“

Ich nickte. „Einen Anruf?“, fragte ich. „Hast du dir die Nummer des Anrufers gemerkt?“

Peterson nickte. „Ich habe sie überprüfen lassen. Es ist ein Prepaid-Handy, das in Fort Lauderdale gekauft wurde. Wir haben aber keine Ahnung, wer es gekauft hat.“

„Wie hast du das herausgefunden?", fragte ich neugierig.

„Ich bin der Bürgermeister. Ich habe jede Menge Beamte, die sich bei mir einschmeicheln wollen", antwortete er mit einem süffisanten Blick.

„Wann findet die Übergabe statt?"

„Das erfahre ich morgen. Ich soll mich jederzeit bereithalten."

Ich wischte zum zweiten Mal über die Theke vor ihm und sagte: „Ich habe morgen frei. Ich kann jederzeit los."

„Danke, Chase."

„Wilson", redete ich ihm ins Gewissen, „du solltest dir noch einmal überlegen, die Polizei zu rufen. Es gibt keine Garantie, dass die Erpresser auch wirklich das tun, was sie behaupten."

Der Bürgermeister schürzte seine Lippen und erwiderte: „Ich weiß, aber die ganze Sache ist kompliziert."

„Ich verstehe ja, dass es kompliziert ist", versicherte ich ihm.

„Das bedeutet mir sehr viel, Chase", sagte er.

„Möchtest du etwas essen?", fragte ich.

„Oliven sind Essen", erwiderte er.

„Dann viel Spaß beim Essen", scherzte ich.

Bobby öffnete den Bierkühler und warf einen Blick in den vollgepackten Kühlschrank. „Es gibt heute Garnelen und Krabbenkuchen in der Küche", verriet ich ihm.

„Verstanden", erwiderte er und war dankbar, irgendetwas zu tun zu haben.

Ein Mann trat durch die Tür und schritt zur Bar. Er trug einen billigen Anzug, der schon ein paar Tage lang nicht mehr gebügelt worden war. Sein Kopf und seine Bartstoppeln waren ergraut. Eine drahtgefasste Bifokalbrille klebte an seinem Nasenrücken.

„Wie geht's?", fragte ich, als ich mich ihm näherte. „Was kann ich für Sie tun?"

„Sind Sie Chase Gordon?", fragte er.

Meine Nackenhärchen stellten sich auf. Ein weiterer kurzer Blick auf ihn schrie förmlich danach, dass er ein Beamter war. Aber ich konnte mich noch nicht entscheiden, welcher Gattung er angehören könnte.

„In der Tat", erwiderte ich langsam.

Er zog seine Brieftasche heraus und zeigte mir seinen Ausweis. „Van Kohl. Drogenfahndung." Noch bevor die letzte Silbe seine Lippen verlassen hatte, steckte er seine Brieftasche wieder ein.

„Darf ich mir den Ausweis mal genauer ansehen?", fragte ich.

Er schaute über den Rand seiner Brille. Sein linker Mittelfinger schob die Brille zurück auf seine Nase. An seinem Ringfinger trug er einen glänzenden goldenen Ehering. Er nahm sein Portemonnaie wieder heraus und öffnete es erneut.

„Würden Sie ihn für mich wohl herausholen?", bat ich ihn. Diese Frage muss ich als Barkeeper oft stellen. Es ist immer einfacher, Fälschungen zu erkennen, wenn ich sie selbst in der Hand halte. Ich zweifelte nicht daran, dass er von der Drogenfahndung war, aber in diesem Moment befand er sich in meiner Bar. Damit hatte ich das Sagen.

Sein Gesicht verzog sich ein wenig. Ich schätze, dass er diese Frage nicht oft gestellt bekam. Er zog den Ausweis heraus und ließ mich ihn lesen.

Ich weiß, wie Ausweise von Bundesbeamten aussehen, aber einen Ausweis einer der supergeheimen Behörden habe ich noch nicht oft gesehen. Dieser sah auf jeden Fall echt aus – kein Mickeymaus-Stempel oder ein an den Haaren herbeigezogener falscher Name, der im Internet kursierte.

Ich reichte ihm des Ausweis zurück. „Was kann ich für die Drogenfahndung tun?", fragte ich.

„Mr. Gordon, waren Sie heute in der Marina von Boynton?", wollte er wissen, während er seinen Ausweis wieder in seine Brieftasche steckte.

„Warum fragen Sie?"

„Wollen Sie mir das Leben schwer machen?", entgegnete er mit zusammengekniffenen Augen.

„Ich will doch nur wissen, was hier los ist."

„Ich könnte es auch ganz offiziell machen. Sie in Handschellen hier rausführen und wir können irgendwo hingehen und dieses Gespräch dort fortsetzen."

„Das können wir", erwiderte ich und nickte. „Das Gespräch würde darin bestehen, dass ich nach meinem Anwalt frage und darauf warte, dass Sie Anzeige erstatten. Da Sie mich von hier wegbringen müssten, wäre das Ganze ein wenig öffentlich. Die ganze Sache wäre für Sie äußerst unvorteilhaft. Ich wiederum würde ein oder zwei Tage in Ihrer Haftanstalt einsitzen. Und wenn ich dann wieder rauskomme, würde ich mit meiner Freundin Stephanie Akins sprechen. Kennen Sie sie? Sie ist die Moderatorin von Kanal 6."

Eigentlich kenne ich sie nicht, aber da ich ihren Namen noch im Kopf hatte, schien es mir ein guter Grund zu sein, ihn zu erwähnen.

„Andererseits", meinte ich, „könnten Sie auch etwas offener sein und mir verraten, was hier vor sich geht. Dann kann ich entscheiden, ob ich mit Ihnen reden möchte."

„Sie wurden bei einem Vorfall in der Marina von Boynton identifiziert. Zwei Zeugen haben Sie wiedererkannt."

Ich lächelte. „War eine davon die süße Brünette?"

„Waren Sie nun dort?", fragte er.

„Natürlich."

„Und was haben Sie dort gemacht?"

„Ich habe nach dem Boot eines Freundes gesehen."

„Tristan Locke?"

Ich starrte ihn eine ganze Sekunde lang an, bevor ich nickte.

„Wo ist Mr. Locke?", fragte Agent Kohl.

„Keine Ahnung. Ich war auf Geheiß seiner Frau dort." Kohl warf mir einen Blick zu.

„Was haben Sie mit Mr. Locke zu schaffen?", fragte er.

„Da Sie mich bereits vor Ihrer Ankunft identifizieren konnten, haben Sie bereits meine Dienstakte eingesehen. Das heißt, Sie kennen die Antwort darauf bereits."

Kohl starrte mich an. „Wann haben Sie zuletzt mit Locke gesprochen?"

„Keine Ahnung. Vor ein paar Jahren."

Bobby kam in die Bar und brachte einen Teller mit meinen Garnelen und Krabbenküchlein. Er stellte das Tablett für mich auf die Theke.

„Agent Kohl, ich weiß nicht, wo er sich gerade aufhält. Wenn es Ihnen nichts ausmacht, ich bin am Arbeiten. Falls Sie nichts bestellen wollen, sollten Sie lieber machen, dass Sie weiterkommen."

Er legte eine Karte auf den Tresen. „Ich bin auf der Suche nach Locke. Er muss mit mir reden. Es ist in seinem eigenen Interesse."

Ich nahm die Karte in die Hand und sah sie mir an. „In was ist er verwickelt?", fragte ich.

„Schauen Sie sich am besten die Karte an", schnauzte Kohl, als er aufstand und die Bar verließ.

Ich warf seine Karte auf die Kasse, neben meinem zusammengeknüllten Notizzettel mit der Telefonnummer. Dann schnappte ich mir die beiden Vorspeisen und brachte sie zu Gin and Tonic und Frozen Strawberry Margarita.

Nachdem ich zwei Bestecke neben die beiden gelegt hatte, fragte ich: „Brauchen Sie noch was?"

„Noch eine Runde", antwortete Gin and Tonic.

„Kann ich auch ein Wasser bekommen?", fragte Frozen Strawberry Margarita.

Als ich ihre Getränke vorbereitet und sie serviert hatte, blieb ich vor Peterson stehen. „Ich habe eine Frage", erklärte ich.

„Die Antwort lautet: 'Ja, ich hätte gern noch einen Martini.'„

Ich lächelte und sagte: „Gut, aber ich wollte etwas Anderes fragen. Du hast Beamte, die sich bei dir beliebt machen wollen. Kennst du jemanden, der hier mit dem Drogenhandel zu tun hat?"

Peterson zog eine Augenbraue hoch. „Ja, Tom Schilling ist der Detective, der das leitet."

„Arbeitet er oft mit der Drogenbehörde zusammen?", fragte ich.

„Die ganze Zeit. Wahrscheinlich sehr zu seinem eigenen Leidwesen."

„Könntest du ihn bitten, mit mir zu reden?"

„Klar, kann ich fragen, was hier los ist?", erkundigte sich der Bürgermeister.

„Das kommt darauf an", antwortete ich, „kann ich fragen, was sich auf dem Video befindet?" Peterson nickte. „Also gut. Ich rufe ihn noch heute an."

7

DAS SOFA IN MEINEM Salon war voll mit sauberen Klamotten. Nachdem ich die Manta abgeschlossen hatte, verbrachte ich ein paar Stunden im Waschsalon des Yachthafens mit einem starken Drink und dem neuesten Roman von David Berens. Um halb drei kippte ich die Kleider auf das Sofa und klappte dann in meiner Koje zusammen. Während ich das Wasser für meinen Kaffee erhitzte, starrte ich auf den Wäschestapel. Später würde ich die Klamotten wegräumen, aber jetzt konnte ich erst einmal den Stapel durchstöbern und etwas für heute finden.

Peterson erwartete heute einen weiteren Anruf mit Anweisungen, aber ich hoffte, dass das nicht gleich am frühen Morgen geschehen würde. Er hatte gestern Abend für mich in Tom Schillings Büro angerufen und ihm mitgeteilt, dass er heute morgen mit mir rechnen müsse. Er wusste, wo er mich finden könnte, falls der Anruf kam, während ich bei der Polizei war.

Kohls Besuch bei mir gestern Abend machte mich stutzig. Das Auftauchen von Stachelschwein und Muskelmann auf Tristans Boot hatte mich schon mehr als nur ein bisschen neugierig gemacht. Die beiden waren Auftragskiller. So langsam fügen sich die Teile von Tristans Puzzle zusammen. Kohl hatte es gestern Abend geschafft, einige Teile an die richtige Stelle zu setzen.

Er oder zumindest jemand von der Drogenfahndung beobachtete entweder Tristans Boot oder das von Stachelschwein und Muskelmann. Vielleicht auch beides. Irgendwie hatte ich Zweifel daran, dass Tristan, Stachelschwein oder Muskelmann im Fokus der Drogenfahndung standen. Ich war ziemlich neugierig, wer das wohl sein könnte. Hoffentlich konnte der Detective, den Peterson erwähnt hatte, einen Hinweis auf den Drahtzieher im Hintergrund liefern.

Der Teekessel pfiff, als das Wasser kochte. Ich goss das dampfende Wasser in meine Kaffeemaschine und überließ es der Wissenschaft, den Kaffeesatz und das Wasser in einen Zaubertrank zu verwandeln. Ich weiß, dass es etwas widersprüchlich ist, Kaffee als eine Verbindung von Wissenschaft und Zauberei zu bezeichnen, aber so betrachte ich ihn gern.

Ich ließ mich auf das Sofa neben meiner frischen Wäsche fallen und machte mich daran, Socken zusammenzulegen und Unterwäsche zu falten, während ich wartete. Diese banale Aufgabe half mir, ein wenig nachzudenken. Neben der Gewissheit, dass Tristan in zwielichtige Geschäfte verwickelt war, fiel mir auf, dass auch sein Arbeitgeber nach ihm suchte. Das bedeutete, dass derjenige, der sein Drogengeschäft finanzierte, ihn noch nicht abgeschrieben hatte.

Nach fünf Minuten hatte ich mehrere ordentliche Kleiderstapel, die zum Verstauen bereit waren. Ich goss meinen Kaffee in eine riesige Isoliertasse aus Edelstahl. Der erste Schluck drang in meine Kehle, bevor ich das Boot verließ.

In West Palm Beach und überall im Süden Floridas herrschte jeden Tag das gleiche Wetter. Heiß mit einer gewissen Aussicht auf Regenschauer. Ich liebte dieses Wetter. Da ich im Norden von Arkansas aufgewachsen war, war ich an heiße Sommer gewöhnt, aber die Kälte jeden Winter hatte ich verflucht. Als Kind verbrachte ich meine Sommer immer am See und an den Flüssen. Schwimmen, Wasserski fahren und viel Kanu fahren. In meinem zweiten Jahr an der High School versuchte ich es mit Fußball. Nicht, dass ich etwas gegen das Spiel gehabt hätte, es hat mir Spaß gemacht. Mein Problem war nur, dass ich meine Sommer für das Training opfern musste. In dem einen Juli und August, in dem ich jeden Tag mit dem Team trainierte, verlor ich eine Saison und zwei Monate Wasserski. Zur großen Enttäuschung meiner Eltern meldete ich mich im nächsten Jahr nicht mehr an. Das war weder das erste noch das letzte Mal, dass sie davon überzeugt waren, dass ich sie enttäuscht hatte.

Randy richtete gerade die Leinen an einem der Pontonboote des Yachthafens, die man mieten konnte, als ich auf ihn zuging. Er blickte von seinen Knien auf. „Morgen, Chase", winkte er.

„Hey, Randy, wie geht's?"

Der Hafenmeister verzog das Gesicht. „Diese Kids wissen ums Verrecken nicht, wie man ein Boot festmacht."

Ich war mir nicht sicher, welche Kids er meinte. Vielleicht einige der Highschool-Schüler, die er als Handlanger im Hafen anheuert.

„Ich leihe mir mal das Auto. Benutzt es heute jemand?"

Er schüttelte den Kopf. „Jetzt wohl du", lachte er.

„Ich bin in ein paar Stunden zurück", versicherte ich ihm.

Er verabschiedete mich mit einem „Bis später" und zog von dannen, um die Heckleinen an den Pontonbooten zu befestigen.

Das Polizeirevier von West Palm Beach ist etwa zehn Minuten vom Yachthafen entfernt, und ich hielt einen Block weiter im Pink Flamingo, um ein paar Waffelsandwiches zu verdrücken. Als ich im Diner ankam, hatte ich meinen gesamten Liter Kaffee ausgetrunken. Ich bestellte einen kleinen Kaffee und entschied mich dafür, ihn direkt in meinen großen Kaffeebecher umzufüllen.

Auf dem Weg zum Polizeirevier verschlang ich eines der Waffelsandwiches. Tom Schillings Schreibtisch befand sich in der Mitte eines Büros mit etwa acht anderen Schreibtischen.

„Detective Schilling?", fragte ich, als ich mich näherte.

Der glatzköpfige, übergewichtige Detective blickte von seinem Computerbildschirm auf.

Ich reichte ihm die Hand. „Mein Name ist Chase Gordon. Ich schätze, Bürgermeister Peterson hat schon angerufen."

Der Beamte verdrehte so unauffällig wie möglich die Augen. „Ja, ich vermute, er hat den Chief angerufen."

Er hatte mir noch keinen Sitzplatz angeboten, und ich versuchte, geduldig zu lächeln. „Danke, dass Sie sich Zeit für mich nehmen. Ich habe Ihnen ein Waffelsandwich mit Speck, Ei und Käse aus dem Flamingo mitgebracht."

Er nickte leicht, aber seine Augen weiteten sich. „Danke", antwortete er und nahm die Tüte entgegen. „Warum setzen Sie sich nicht? Normalerweise habe ich hier nicht so viele VIPs."

Ich überging den Spruch und setzte mich ihm gegenüber.

Er wickelte das Sandwich aus und nahm einen großen Bissen. „Was kann ich für Sie tun?", murmelte er mit Waffel, Ei und Speck im Mund.

„Ich interessiere mich für den Drogenhandel im südlichen Florida."

„Schreiben Sie ein Buch oder so?"

„So was in der Art", antwortete ich.

„'Kay", er schluckte. „Das ist ein umfangreiches Thema."

„Wie wäre es, wenn wir es auf Drogenschmuggel eingrenzen?"

„Das ist immer noch sehr weit gefasst", erklärte der Detective.

„Sagen wir, ich habe ein Boot – etwas mit einer ordentlichen Reichweite. Und ich wollte mir zusätzlich etwas dazuverdienen. Wie könnte das laufen?"

Schilling legte die ungegessene Hälfte seines Sandwiches auf den Schreibtisch. Dann lehnte er sich in seinem Stuhl zurück und blickte mich über den Schreibtisch hinweg an. „Das ist unterschiedlich. Normalerweise gibt ein Kurier eine Ladung ab, das kann ein Paket, ein Bündel oder etwas anderes sein. In der Regel sind es bestimmte Koordinaten vor der Küste. Sie können Ihr Boot nehmen und die Ladung abholen. Dann bringen Sie sie an Land und können nur hoffen, dass Sie nicht aufgegriffen werden."

„Wie oft werden diese Schmuggler denn erwischt?", fragte ich.

„Ehrlich gesagt, nicht oft genug, um den Handel zu stoppen. In den letzten zehn Jahren ist die Menge an Kokain, die durch den Süden Floridas geschmuggelt wurde, um 500 Prozent gestiegen. Jedes Jahr finden Touristen Hunderte von Pfund Kokain, die an Land gespült werden. Der Schmuggel nimmt immer weiter zu, und es gibt keine Möglichkeit, ihn wirklich einzudämmen.

„Die Boote, die erwischt werden, sind meist diejenigen, die dumme Fehler machen. Sie sehen schon aus, als würden sie nichts Gutes im Schilde führen. Der beste Weg, um nicht entdeckt zu werden, ist eine Multi-Millionen-Dollar-Yacht. Die Küstenwache könnte sie zwar durchsuchen, aber sie wird nicht allzu genau hinschauen. Schließlich will niemand reiche Wähler verärgern."

Ich nickte zustimmend.

„Und wenn ich dann mit den Drogen wieder an Land bin?", fragte ich.

„Wenn Sie kein Freelancer sind, treffen Sie denjenigen, der Sie für die Abholung bezahlt hat, und übergeben ihm alles."

„Und wenn doch?"

„Dann würden Sie das Zeug selbst verkaufen", antwortete Schilling. „Aber dabei sollten Sie besser unter dem Radar bleiben, denn dann ist das Gesetz Ihre geringste Sorge."

Ich zog eine Augenbraue hoch.

Er fuhr fort: „Die großen Jungs im Drogenhandel sind deshalb so groß, weil sie keine Konkurrenz dulden. Wenn sich jemand in ihr Geschäft einmischt, dann ist das nicht wie in der Unternehmenswelt. Er wird nicht von einem der Großen aufgekauft. Sondern er wird in den Sumpf geschleift und abgeknallt."

„Üble Sache", meinte ich.

„In der Tat", bemerkte er, während er einen weiteren Bissen von seinem Sandwich nahm.

„Wer ist denn hier eigentlich der große Junge?", fragte ich.

Detective Schilling schluckte. „Was genau interessiert Sie denn an der Sache?"

„Ich habe einen Freund. Ein alter Kumpel von den Marines, der sich vielleicht mit einigen dieser Leute eingelassen hat. Er versucht nur, seine Familie zu ernähren, und hat vielleicht ein paar schlechte Entscheidungen getroffen."

„Glauben Sie, dass Sie ihm irgendwie aus diesen Entscheidungen heraushelfen können?"

Ich zuckte mit den Schultern. „Das bezweifle ich. Diese Art von Konsequenzen sind schwer zu vermeiden. Aber der Mann hat mir das Leben gerettet, und wenn ich es nicht wenigstens versuche ..."

Schilling nickte wissend. „Der Drahtzieher hier in der Gegend heißt Julio Moreno. Er kontrolliert den Großteil des Drogenhandels zwischen Kuba und Tallahassee, vielleicht sogar noch weiter nördlich. Er ist extrem gefährlich, und wenn Ihr Freund für ihn arbeitet, muss er mit großen Schwierigkeiten rechnen. Am besten macht er sich aus dem Staub. Vielleicht kann er einen Deal mit dem Staat aushandeln. Ich weiß, dass die Drogenfahndung gerade hinter Moreno her ist. Falls sie ihm etwas anhängen könnten, würde er für den Rest unseres Lebens im Bau landen."

„Das ist ziemlich riskant", meinte ich. „Ich wette, dass er nicht genug hat, um einen anständigen Deal auszuhandeln. Dann ist seine Familie in Gefahr und er endet mit einem Messer im Rücken in einer Gefängnisdusche."

Das Gesicht des Detectives zeigte einen zustimmenden Gesichtsausdruck. „Das könnte einer dieser Fälle sein, bei denen die Antworten nicht viel besser sind als die Fragen."

„Wie groß ist denn Morenos Unternehmen?"

Schilling zuckte mit den Schultern.

„Was passiert, wenn Sie", ich machte eine Pause, „die Drogenfahndung und der Staat etwas gegen ihn in der Hand haben?"

„Dann wandert er in den Knast und jemand aus seiner Organisation nimmt seinen Platz ein. Oder eine andere Organisation übernimmt sein Geschäft. Aber im Moment hat er so viel Einfluss, dass ich mir vorstellen kann, dass er die Operation von seiner Gefängniszelle aus leitet."

„Was kann man ihm anhängen?", fragte ich.

„Im Idealfall Mord, organisierte Kriminalität und eine lange Liste von Anklagen, die wir ihm nur allzu gerne aufbrummen würden.

Realistisch gesehen ist das alles, was wir ihm anlasten können."

Ich lehnte mich in meinem Stuhl zurück und dachte eine Sekunde lang nach. Schilling aß sein Sandwich auf und knüllte das Papier zusammen. Dann warf er das fettige Papierknäuel in den Mülleimer.

„Ihnen scheint grade eine Menge durch den Kopf zu gehen", bemerkte er.

„Klingt so, als wäre es das Beste für meinen Freund, mit heiler Haut davonzukommen und sich so weit wie möglich von ihm fernzuhalten."

„Ehrlich gesagt", erwiderte Schilling, „ja. Ich schätze, Morenos Sog hat unzählige Leben zerstört, und es ist nicht schwer, da hineinzugeraten. Für verzweifelte Männer ganz besonders."

„Danke für deine Offenheit", antwortete ich.

Schilling nickte. „Und danke für das Sandwich. Ich kann ja verstehen, dass Sie Ihrem Kumpel helfen wollen. Ich hatte auch so einen. Wir waren in der Armee drüben im Desert Storm. Er konnte sich aber nie an das echte Leben gewöhnen. Hat sich in Alkohol ertränkt, und wenn das nicht reichte, hat er sich Heroin reingezogen. Mindestens einmal im Jahr stand er vor der Tür von einem von uns aus der Einheit. Jeder von uns hat versucht, ihm zu helfen. Ihm einen Job zu besorgen, ihn in die Reha zu bringen, was auch immer wir konnten. Er revanchierte sich bei uns, indem er uns bestahl und anlog. Aber das spielte für uns keine Rolle; er war immer noch ein Bruder. Bis er in Georgia ein paar Polizisten niederschoss. Er hatte sich in einem Motel außerhalb von Macon, Georgia, versteckt."

Schillings Blick schweifte zur Decke. „Ich schätze, er wollte nicht lebend gefasst werden. Also ist er einfach losgestürmt und hat das Feuer eröffnet. Der Mistkerl war aber auch ein guter Schütze. Er hat zwei Polizisten aus Georgia umgelegt, bevor sie auf ihn schossen. Dann stellte sich heraus, dass er einen anderen Kerl getötet hatte, als dieser versuchte, sein Haus auszurauben. Deshalb war er auf der Flucht."

Ich wusste, was er damit sagen wollte. Manchen Menschen konnte man einfach nicht helfen.

„Hatte dieser Typ eine Familie?", fragte ich.

Schilling schüttelte den Kopf. „Nein, eine Mutter und eine Schwester, aber keine Frau und Kinder."

„Ich muss wenigstens seiner Frau und seinem Kind helfen", sagte ich.

Schillings Kopf nickte verständnisvoll.

„Seien Sie einfach auf das Schlimmste gefasst", riet er. „Ich habe das als Polizist zu oft erlebt. Niemand bereitet sich auf das Schlimmste vor, und wenn es dann passiert, ist man am Boden zerstört."

8

DEN REST DES TAGES verbrachte ich mit Arbeiten am Boot. Ich wollte nicht zu weit vom Yachthafen oder dem Tilly's entfernt sein, wenn Peterson anrief. Missy schimpfte wieder mit mir, als ich ins Tilly's kam, dass ich mir ein Handy besorgen sollte.

„Daraus wird nichts", erklärte ich ihr.

Sie schüttelte den Kopf, als ich durch den Manta Club marschierte. „Wir sind nicht dein privater Anrufbeantworter", rief sie mir nach.

Aber ich winkte ihr bloß über meine Schulter zurück.

Randy stand hinter dem Tresen des Ladens in der Marina. Ich holte mir eine Dr. Pepper und sagte ihm, dass ich einen Anruf erwarte.

„Kein Problem", erwiderte er, als er mir das Wechselgeld zurückgab.

„Hast du noch den kleinen Hochdruckreiniger?", fragte ich.

„Ja, willst du ihn ausleihen?"

„Wenn es dir nichts ausmacht. Ich muss noch das Deck der *Carina* schrubben."

„Er ist drüben im Lagerraum", meinte er und deutete hinter den Laden, wo alle Werkzeuge und zusätzlichen Leinen aufbewahrt wurden.

„Danke, Randy."

Der Hochdruckreiniger war zwar nur ein kleiner elektrischer, aber er reichte aus, um das Deck von Salz und Schmutz zu befreien. Während ich die Maschine zu meinem Liegeplatz rollte, beobachtete ich das Treiben rund um den Yachthafen. Zwei Männer in einem Flachboot angelten mitten im Hafen. Eine alltägliche, aber lästige Erscheinung. Es hat mich nie wirklich gestört, bis ich versucht habe, mein 12 Meter langes Ungetüm vom Steg zu holen, und sich irgendein Idiot weigerte, seine Leine einzuholen und mir Platz zu machen.

Den Rest des Nachmittags verbrachte ich in meiner Badehose und spritzte das Salz vom Rumpf ab.

Als ich endlich fertig war, war mein Hemd schweißdurchtränkt.

„Wann ist die Show zu Ende?", fragte Missy vom Steg aus. Überrascht schaltete ich den Reiniger aus und wandte mich um.

„Du bist doch nur gekommen, um einen Blick zu erhaschen", scherzte ich.

„Du hast eine Nachricht", antwortete sie. „Das ist alles."

„Du hättest mich auch anfunken können", betonte ich.

Sie grinste verschmitzt. „Ich habe nie abgestritten, dass ich einen Blick auf dich werfen will", erwiderte sie. „Hier." Sie reichte mir einen Zettel. Kein Name, nur eine Nummer.

„Er hat nicht gesagt, wer es ist", sagte sie. „Geht es um deinen Freund?"

„Nein", erklärte ich und zog den Stecker des Hochdruckreinigers heraus. „Ein Gefallen für jemand anderen."

„Bist du heute Abend da?"

„Im Laufe des Abends sicher", meinte ich. Ich wusste nicht, wie lange ich für Petersons Übergabe brauchen würde. „Ich hoffe, ich komme heute Abend ins Bett. Wie viel Uhr ist es eigentlich?"

„Gut", antwortete sie. „Kurz nach halb fünf." Sie drehte sich um und ging den Weg zurück zum Eingang zum Tilly's.

Mein Blick folgte ihr, als sie wegging, was sie sicher erwartet hatte.

Als sie im Inn verschwunden war, kletterte ich auf den Steg und drehte den Wasserhahn zu. Ich schloss alles ab und trug den Hochdruckreiniger zurück in den Werkzeugraum.

„Kann ich das Telefon benutzen?", fragte ich Randy, als ich den Laden betrat.

„Klar, geh ruhig in mein Büro", erwiderte er.

Randys Büro war eher eine Abstellkammer. Der Geruch von Beef Jerky und Mentholzigaretten hing in der Luft. Der Schreibtisch war mit Rechnungen und Notizen übersät. An der Wand hing ein Poster, auf dem der Yachthafen mit den Liegeplatznummern und Docks eingezeichnet war.

Der Telefonhörer war schmierig, weil er jahrelang von fettverschmierten Händen bedient wurde. Ich wählte die Nummer.

„Hallo", meldete sich Peterson nach dem ersten Klingeln.

„Wilson, hier ist Chase."

„Zum Glück. Kannst du mich in 15 Minuten im Manta treffen?" „Ja, Wilson. Bis dann."

Er legte auf und ich erwog, dass ich, wenn ich mich beeilen würde, noch schnell duschen könnte, bevor ich ihn treffen würde.

Wilson Peterson war bereits an der Bar, als ich durch die Tür kam. Er saß am hinteren Ende des Tresens. Die Gäste des Tilly's begannen, sich zum Abendessen zu versammeln.

Die Einheimischen folgten in der Regel 15 bis 20 Minuten später als die Gäste.

Peterson hatte ein Corona Light vor sich stehen. Ich ließ mich auf den Hocker neben ihm fallen. Sofort tauchte Hunter vor mir auf.

„Was möchtest du, Chase?"

„Gib mir ein Tecate", bat ich.

Hunter verschwand und holte mein Bier.

„Die Übergabe soll 45 Minuten nach Sonnenuntergang im Dehrer Park stattfinden." Peterson deutete auf ein Päckchen, das auf dem Boden neben seinem Hocker lag. Sein Fuß ruhte darauf.

„In Ordnung", sagte ich, als Hunter mir eine kalte Bierflasche hinstellte. Als er sich wieder seinen anderen Gästen zuwandte, fragte ich: „Wilson, hast du eigentlich daran gedacht, mich wenigstens versuchen zu lassen, herauszufinden, wer dahinter steckt?"

Der Bürgermeister schüttelte den Kopf. „Nein, lass uns die Sache einfach aus der Welt schaffen. In einem Umschlag sind noch einmal fünf Riesen für dich."

Ich nickte knapp und dankte ihm. „Hast du vor, hier zu bleiben?", fragte ich ihn. „Oder möchtest du mitkommen?"

„Ich warte hier."

„Wilson, das ist eine Menge Geld. Ich würde es dir nicht verübeln, wenn du Zweifel oder Sorgen hättest."

„Chase", meinte Peterson ruhig. „Ich vertraue dir. Sonst wäre ich nicht zu dir gekommen."

„Das weiß ich zu schätzen", erwiderte ich. Aber in Wahrheit war ich selbst ein wenig besorgt. Der Bürgermeister war nicht ganz aufrichtig, und obwohl ich ihn mochte, traute ich ihm nicht besonders. Schließlich war er ein Politiker. Trotzdem hatte ich nicht das Gefühl, dass der Mann mich über den Tisch ziehen wollte. Er war ernsthaft beunruhigt über etwas. Aber es war kein Sextape, da war ich mir sicher.

Ich hatte mein Bier zur Hälfte ausgetrunken. „Wo im Park soll ich denn eigentlich hin?"

„Hinter dem Pavillon befindet sich eine Palme. Etwa 30 Meter, hieß es. Lass das Paket dort liegen und hau dann wieder ab."

Ich kippte die Flasche um und trank den Rest meines Bieres aus. Dann ließ ich sechs Dollar auf den Tresen fallen und schnappte mir das Paket.

„Bin gleich wieder da", erklärte ich.

„Danke, Chase", antwortete der Bürgermeister.

Ich salutierte Hunter mit zwei Fingern und verließ das Lokal durch den Eingang in Richtung Yachthafen.

Randy wollte gerade gehen, als ich auf den Parkplatz zusteuerte. „Nimmst du das Auto?", fragte er.

„Wenn es dir nichts ausmacht. Ich werde es volltanken."

„Kein Problem, wir sehen uns dann morgen, Mann." Er stieg in seinen 2006er Trailblazer, um nach Hause zu fahren.

Der Dehrer Park ist, wie alles andere hier, nur zehn Minuten entfernt. Er liegt direkt an der I-95, und gegenüber des Zoos. Als die Dämmerung einsetzte, leerte sich der Park langsam. Ich fuhr mit dem kleinen Corolla über den Parkplatz und sah mir die Autos an. Der Dehrer Park eignet sich zum Spazierengehen und Laufen, und die meisten Leute, die dort unterwegs waren, trugen Joggingkleidung für ihren Feierabendlauf.

Um den Erpresser nicht zu verscheuchen, verließ ich den Park. Der südliche Eingang liegt in der Nähe eines Wohnviertels, und ich parkte in einer der Seitenstraßen, die dem kleinen Teich gegenüber lagen. Dabei beobachtete ich, wie die Sonne hinter dem Horizont verschwand. Ein paar Nachzügler strömten aus dem Park, es waren nur noch ein paar Leute unterwegs.

Auf den Schildern an den beiden Eingängen stand, dass der Park bei Einbruch der Dunkelheit geschlossen wurde — ein cleverer Schachzug des Erpressers. Ich konnte die Übergabe durchziehen, ohne viel Aufsehen zu erregen, solange ich nicht zu lange in der Nähe blieb. Ich musste schnell sein. Die Wahrscheinlichkeit, dass ein Cop auftauchte, stieg mit jeder Sekunde, die ich dort war.

Das bedeutete aber auch, dass der Erpresser nicht in der Nähe bleiben konnte. Ziemlich kompliziert, um es mal so zu sagen.

Peterson hatte einen alten Amazon-Karton benutzt. Er hatte ihn mit Klebeband zugeklebt und ihn zusammen mit meinem Umschlag in eine große Plastiktüte gesteckt. Ich wusste zwar nicht, wie viel 50.000 Dollar wiegen, aber es fühlte sich schwer genug an. Dann zählte ich die Hundertdollarscheine in meinem Umschlag. Es ist schwer, nicht zu lächeln, wenn man so leicht fünf Riesen verdient.

Die Sonne war schon seit zehn Minuten untergegangen. Nun musste ich noch eine halbe Stunde warten, bevor ich hinfahren konnte. Wenn ich hingegen zu Fuß ginge, dachte ich, könnte ich es in weniger als dreißig Minuten schaffen, und die Wahrscheinlichkeit, von der Polizei bemerkt zu werden, wäre geringer.

Mit der Amazonschachtel unter dem Arm schloss ich den Corolla ab und spazierte in Richtung Park. Der Rundweg, der um den Teich führte, war der schnellste Weg, aber auch der am besten einsehbare. Um mich unauffällig zu nähern, schlug ich den Weg über die Wiese entlang der Bäume ein.

Innerhalb von zwanzig Minuten, nachdem ich das Auto verlassen hatte, spähte ich über den Parkplatz zu dem leeren Pavillon. Ich kauerte hinter einer Baumreihe und wartete. Meine Augen hatten sich schon längst an die Dunkelheit gewöhnt. Im Südosten hing die Mondsichel tief im Himmel. Die Sterne wurden größtenteils von den Lichtern der Stadt überstrahlt, aber sie reichten aus, damit ich in der Dunkelheit etwas erkennen konnte.

Leider war aber niemand zu sehen. Der Park war leer. Ich schaute auf meine Uhr; der Sonnenuntergang war genau 41 Minuten her – Zeit für mich, aufzubrechen.

Ich überquerte den Parkplatz. Hinter dem Pavillon verlief ein Wanderweg in einem Bogen nach Nordwesten. Er wurde von einem schmalen, unbefestigten Weg gekreuzt, der von all jenen Wanderern angelegt wurde, die sich nicht mit dem betonierten Bürgersteig abfinden können. Dieser Weg führte direkt hinter dem Pavillon entlang. Vorsichtig setzte ich einen Fuß auf die Erde. Die Gegend war bewaldet, und das Letzte, worauf ich treten wollte, war irgendein Kaltblüter. Der Süden Floridas war voll von solchen Viechern. Alles, was man braucht, um einen Alligator zu bekommen, ist ein Gewässer. Die verdammten Dinger tummelten sich in jeder Pfütze, die tief genug war.

Ich schritt die Entfernung ab und hielt nach schätzungsweise 30 Metern an. Vor mir ragten zwei Palmen in die Nacht. Ich schaute mich um, ob sich irgendetwas bewegte. Mir stockte kurz der Atem, als ich lauschte, ob sich noch jemand mit mir im Wald befand. Aber da war niemand. Ich war mir sicher, dass ich allein war.

Die Amazonschachtel lehnte an einer der Palmen. Ich trat zurück und schaute mich noch einmal um. Aber ich konnte nichts sehen, was sich im Park bewegte.

Meine Zeit war um. Solange ich noch hier war, würde niemand kommen. Als ich mich zurückzog, versuchte ich, über meine Schulter zu schauen, ob sich irgendetwas regte. Doch ich war allein. Also kehrte ich im Laufschritt zum Auto zurück und wartete.

Und wartete. Kein Fahrzeug kam in den Park.

Eine halbe Stunde verging, und immer noch nichts. Ich wartete noch ein wenig länger. Peterson sagte, er wolle nicht, dass ich herausfinde, wer ihn erpresst, aber er hat mich auch wegen einer Sache angelogen. Daher war meine Neugierde groß. Außerdem erinnerte ich mich daran, was Missy gesagt hatte, dass es besser sei, etwas über Michael zu wissen, als überrascht zu werden. Das Gleiche gilt auch hier. Ich würde lieber wissen, ob ich von Peterson oder seinem Erpresser über den Tisch gezogen werde, bevor es dazu kam.

Nach einer Stunde überlegte ich, ob ich zurückgehen sollte, um nachzusehen, ob das Paket noch da war. Doch das erschien mir unklug. Wenn ich nachsah, konnte das auch der Erpresser.

Wer würde so viel Kohle einfach so in einem Park liegen lassen? Die Antwort war einfach. Keiner würde das tun. Die Erpresser taten das Gleiche wie ich. Sie sind zu Fuß gekommen. Durch den Wald, der an die Interstate grenzt. Ganz einfach. Einfach auf dem Pannenstreifen der I-95 parken und sich durch den Wald schlängeln.

Das ganze Unterfangen dürfte nur zehn Minuten in Anspruch nehmen. Der Parkplatz war von der Autobahn aus gut einsehbar, und sie konnten einfach warten, bis sie mich über den Parkplatz laufen sahen. Sie hätten schon im Park und zurück sein können, bevor ich zu meinem Auto gelangt war.

Daran hätte ich früher denken sollen, schimpfte ich mit mir selbst.

Ich ließ das Auto an und fuhr zurück zum Tilly's. Bevor ich auf der I-95 nach Norden fuhr, warf ich von der Interstate aus einen Blick auf den Ort. Meine Vermutung war richtig. Der Pannenstreifen in Richtung Norden war der optimale Ort, um meine An- und Abfahrt zu beobachten.

Im Manta war viel los, als ich dort ankam. Peterson saß immer noch an der Bar. Ein paar seiner Kumpels waren gekommen und hatten sich um ihn geschart. Er schaute zu mir auf, als ich eintrat. Ich nickte ihm zu, bevor ich durch die Bar zum Ausgang zum Yachthafen ging.

9

MEIN KÖRPER WAR AM Ende, als ich es endlich in den Manta Club schaffte, um die Bar aufzumachen. Missy war gegen halb eins aufgetaucht. Ich hatte bereits in der Koje geschlafen, als sie mich weckte und zu mir ins Bett kletterte. Dann hielt sie mich bis kurz vor vier wach, bevor sie mir einen Gute-Nacht-Kuss gab und sich von Bord schlich.

Die Frühschicht war nie ein großes Vergnügen. Hunter hinterließ die Bar immer in einem einwandfreien Zustand, so dass es nur darum ging, Obst zu schneiden und Eis nachzufüllen. Die Bar öffnete um zehn Uhr, aber nur eine Handvoll Leute tauchte vor halb zwölf auf. Es mag zwar der Süden Floridas sein, aber nur die Hartgesottenen fangen so früh an zu trinken. Sogar im Urlaub.

Taylor, unser anderer Barkeeper, war erst mittags eingeteilt. Kein Problem, vor dem Mittagsansturm hatten wir nicht viel zu tun. Also lehnte ich mich an den Bierkühler und schaute Der Preis ist heiß. Ich fand Drew Carey zwar nicht schlecht, aber ich hatte das Gefühl, dass sein Talent hier verschwendet wurde. Außerdem war er kein Bob Barker.

„Chase", hörte ich eine Stimme von der Tür. Als ich mich in der Mitte der Bar umsah, sah ich Kayla an der Tür stehen.

„Kayla?", fragte ich überrascht. „Was ist denn los?"

Abbie war nicht bei ihr und Kayla sah ein wenig zerzaust aus. Ihre Haare waren zurückgekämmt, aber nicht wirklich gebürstet. Und ihr Baumwollkleid war zerknittert. Sie kam zur Bar herüber.

„Sie sehen nicht gut aus", stellte ich fest.

„Gestern waren zwei Männer bei uns zu Hause und haben nach Tristan gesucht."

Sie brach in Tränen aus. Die Kleine hatte es unterdrückt und nun drohte der Damm einzureißen. „Setzen Sie sich, Kayla", bat ich sie. „Ich hole Ihnen etwas zu trinken."

Sie nickte.

„Wollen Sie einen Kaffee oder vielleicht eine Cola?"

„Kann ich eine Sprite bekommen?", fragte sie, während eine einzelne Träne ihre Wange hinunterlief.

Ich füllte ein Glas mit Sprite aus der Schank, und tat ein paar Maraschino-Kirschen ins Glas. Sie lächelte leicht, als sie die Kirschen sah.

„Wann sind diese Männer denn vorbeigekommen?"

Sie nahm einen Schluck von der Sprite. „Gestern Abend, ungefähr um neun. Abbie hat schon geschlafen."

„Wo ist Abbie denn im Moment?", fragte ich.

„Sie bleibt bei einer Freundin", erklärte sie.

„Waren die beiden Männer Latinos?"

Sie nickte.

„Der eine war klein und hatte gepflegtes Haar, der andere war ein ziemlich großer Typ?"

Sie nickte wieder. „Woher wussten Sie das?"

„Ich habe sie neulich auf der *Kristol* getroffen."

Ihre Augen blitzten vor Angst. „Das haben Sie mir gar nicht gesagt."

„Nein, das habe ich nicht. Ich war mir nicht sicher, was ich Ihnen überhaupt sagen sollte", sagte ich. „Was wollten die beiden?"

„Sie haben behauptet, Tristan schulde ihnen Geld. Und dass sie glauben, ich wüsste, wo er ist."

Ich hörte aufmerksam zu.

„Sie waren bei mir zu Hause." Ihre Stimme wurde immer aufgeregter. „Mein kleines Mädchen war dort."

„Ich weiß", antwortete ich mitfühlend.

„Was zum Teufel hat sich Tristan dabei gedacht?", schnauzte sie. „Wo ist er?"

„Haben Sie hier Familie?"

Sie schüttelte den Kopf. „Meine Mutter lebt in Sanford."

„In der Nähe von Orlando?", fragte ich.

Sie nickte.

„Hören Sie, könnten Sie Abbie zu sich nehmen und bei ihr bleiben? Wenigstens für ein paar Tage."

„Glauben Sie, dass sie zurückkommen?"

„Ich fürchte ja. Die beiden haben doch behauptet, Tristan schulde ihnen 25.000 Dollar. Das ist nichts, was sie einfach so durchgehen lassen werden."

Nun brach der Staudamm und sie fing hemmungslos an zu weinen. Ich reichte ihr eine Serviette. Nicht gerade ein Taschentuch, aber das Beste, was ich in einer Bar auftreiben konnte.

„Wir haben doch gar nicht so viel Geld", flüsterte sie.

„Können Sie für eine Weile zu Ihrer Mutter gehen?“, wiederholte ich.

Sie nickte. „Ich rufe sie gleich heute an.“

Da kam ein Mann in den 70-ern herein. Er neigte den Kopf und betrachtete das hübsche Mädchen, das an der Bar in Tränen ausgebrochen war. Ich beachtete ihn nicht weiter, als er auf die andere Seite meiner Bar ging.

„Gehen Sie nicht weg“, bat ich Kayla.

Der alte Mann wollte eine Cola mit Rum, aber er wollte lässig rüberkommen, also bestellte er einen Cuba Libre. Der einzige Unterschied ist die Limette, die ich sowieso in eine Rum-Cola packe. Ich bin faul. Ich will sie nicht später holen müssen, wenn der Kunde merkt, dass er etwas Falsches bestellt hat.

„Möchten Sie auch was essen?“, fragte ich den Mann.

„Nein, ich warte nur auf meine Frau“, erklärte er.

„Woher kommen Sie?“

„Philadelphia.“

„Tolle Sandwiches“, antwortete ich. Manchmal ist es schwer, eine gemeinsame Gesprächsbasis zu finden. Wer will schon über eine riesige kaputte Glocke reden? Aber Steak-Sandwiches mit Käse überbacken. Das trifft eine viel größere Zielgruppe.

„Geht es der Kleinen gut?“, drängte er.

„Es geht ihr gut“, antwortete ich. „Sie war nur von den Kirschen in ihrem Getränk aufgewühlt.“

Er verdrehte die Augen. Er würde auf jeden Fall dasselbe Trinkgeld geben. Selbst wenn er das nicht tun würde, ist es das gute Recht des Barkeepers, schnippisch zu sein.

Kayla starrte auf das halbleere Glas Sprite. Ich füllte das Glas mit mehr Sprite auf. „Es gibt aber auch eine gute Nachricht“, erklärte ich ihr.

„Und die wäre?“, fragte sie.

„Wenn diese Typen für den Kerl arbeiten, für den Tristan Drogen geschmuggelt hat, dann wissen wir, dass sie nach ihm suchen. Das bedeutet, dass sie ihm noch nichts angetan haben.“

Sie schaute von ihrem Glas auf. „Noch nicht.“

„Nun, das ist nur eine kleine gute Nachricht. Wir müssen erst einmal sehen, wie sich die Situation entwickelt.“ Sie nickte.

Ich wollte ihr nichts verschweigen und dass die Drogenfahndung und Agent Kohl in die Sache verwickelt waren, musste sie wissen.

„Hatten Sie schon einmal Besuch von einem Agenten der Drogenfahndung?“

Sie wirkte ernsthaft erschüttert. Dann besorgt. „Nein, sucht die Drogenfahndung nach Tristan?“

Ich nickte langsam. „Ich glaube, sie behalten sein Boot im Auge. Wahrscheinlich auch Sie.“

„Was soll ich tun?“

„Nichts“, antwortete ich. „Seien Sie vorsichtig, was Sie am Telefon sagen. Vorsichtshalber.“

„Werden sie Tristan verhaften?“

Ich schüttelte den Kopf und antwortete: „Keine Ahnung. Vielleicht verdächtigen sie ihn nur. Das könnte der Grund sein, warum die Küstenwache ihn aufgegriffen hat. Tristan ist ein kleiner Fisch. Sie wollen den großen Boss, aber sie werden Tristan ausnutzen und ihn ihm zum Fraß vorwerfen, wenn es ihnen nützt. Er wird sehr vorsichtig sein müssen.“

Kayla fing wieder an zu weinen. „Ich verstehe ihn einfach nicht.“

Ich versuchte, sie zu beruhigen. „Wie ich Tristan kenne, denkt er, dass er das Beste für Sie und Abbie tut.“

„Es ist das Beste, wenn er hier wäre“, erklärte sie.

„Ich weiß“, antwortete ich.

„Hören Sie zu, Kayla“, meinte ich, „ich habe heute eine Doppelschicht, aber ich gebe Ihnen die Nummer hier.“ Ich kritzelte die Durchwahl des Manta Clubs auf einen Bierdeckel.

„Hier“, sagte ich und reichte ihr die Serviette. „Ich möchte, dass Sie jetzt nach Hause fahren. Packen Sie eine Tasche für sich und Abbie. Dann fahren Sie zur Wohnung Ihrer Mutter. Haben Sie genug Geld, um dorthin zu kommen?“

Sie nickte langsam.

„Rufen Sie mich an, bevor Sie losfahren. Und melden Sie sich auf jeden Fall, wenn Sie bei Ihrer Mutter sind.“

„Glauben Sie, dass sie auf mich warten?“

Ich schüttelte den Kopf. „Nein, das war nur, um Ihnen und vermutlich auch Tristan Angst zu machen. Sie werden Ihnen einen Tag Zeit geben, bevor sie weitere Schritte ergreifen. Bis dahin sollten Sie von hier verschwunden sein.“

„Vielen Dank“, murmelte sie.

„Warum überlassen Sie mir nicht einen Schlüssel zu Ihrer Wohnung?“, schlug ich vor. „Ich möchte nach allem suchen, was mir Aufschluss darüber geben könnte, wo Tristan geblieben sein könnte.“

„Ich habe doch schon nachgesehen“, erklärte sie.

„Ich weiß, aber nur für den Fall.“ Dann fügte ich hinzu: „Ich verspreche, dass ich keine wilden Partys schmeiße.“

Sie lächelte unter den blonden Haarsträhnen, die ihr ins Gesicht hingen.

„Ich lasse Ihnen den Ersatzschlüssel da", erwiderte sie.

„Haben Sie einen Briefkasten an der Straße oder am Haus?" „Straße", antwortete sie.

„Kleben Sie ihn an die Unterseite des Briefkastens. Direkt unter der Fassade. Da wird niemand nachsehen." Sie nickte.

In meinem Blickfeld sah ich eine Gestalt, die die Bar betrat. Ich blickte auf und beobachtete, wie Michael Seine in der Tür stehen blieb, die Bar musterte und grinste. Selbstgefällig schritt er auf die Bar zu.

Ich beachtete ihn nicht und fragte Kayla: „Hätten Sie gerne etwas zu essen, bevor Sie gehen?"

„Nein, danke. Ich verschwinde jetzt besser."

Ich nickte ihr zustimmend zu. „Rufen Sie mich an", wiederholte ich.

Mit einem verhaltenen Lächeln stand sie auf und verließ die Bar. Ich sah ihr hinterher.

„Ich kann es dir nicht verdenken, dass du sie anstarrst", spottete Michael. „Sie ist wirklich ein heißer Feger."

Ich warf ihm einen vernichtenden Blick zu und knurrte so höflich, wie ich konnte: „Was willst du, Mike?"

„Ich heiße Michael", schnaufte er.

„Ich weiß", antwortete ich.

„Gib mir ein Weller und Wasser", befahl er. „Ich esse mit Missy zu Mittag."

Ich nahm den Bourbon aus dem Regal und mixte seinen Drink. Zugegeben, ich war ein bisschen zu zaghaft beim Einschenken.

„Ich dachte, du wärst nicht in der Stadt", stellte ich fest, als ich den Drink vor ihm abstellte.

„Darauf wette ich", erwiderte er. „Ich bin gerade erst zurückgekommen."

„Hast du genug von der Maus?"

Er starrte mich nur an. Ich ließ ihn stehen und umrundete die Bar, um nach der Rum-Cola zu sehen. Er bestellte noch eine und verlangte die Karte. Seine Frau sei noch beim Einkaufen, teilte er mir mit.

Missy kam durch die Tür, als ich gerade Rum-Colas Bestellung eintippte. Sie schenkte mir ein kurzes Lächeln, bevor Michael sich umdrehte und sie ansah. Ich goss ihr einen Eistee ein und stellte ihn vor ihr auf den Tresen.

„Du hättest sie fragen sollen, was sie will", schnauzte Michael. „Vielleicht hätte sie ja lieber einen richtigen Drink zum Mittagessen gehabt."

„Mein Fehler", antwortete ich. Mit einem Blick auf Missy fragte ich: „Was kann ich Ihnen bringen, Ma'am?"

„Der Eistee reicht völlig", erwiderte sie. Dann blickte sie Michael an und erklärte: „Ich trinke nicht bei der Arbeit. Da nehme ich immer Eistee."

Er stieß ein Brummen aus. „Was kann ich dir bringen?", fragte ich.

Missy antwortete: „Ein Club-Sandwich für mich."

„Ohne Tomaten?" fragte ich.

Sie nickte und ich schaute zu Michael, der mich mürrisch anstarrte. „Gib mir eine kubanische."

Als ich mit der Essensbestellung fertig war, kam gerade Taylor herein.

„Hey, Chase", rief der 19-jährige Junge. Er nahm ein Sabbatical von der Schule – seine eigenen Worte. Im Moment träumt er davon, Barkeeper zu werden und einen Job in einem der Nachtclubs in Miami zu bekommen. Ich kann es dem Jungen nicht verdenken, denn dort lässt sich eine Menge Kohle machen.

„Hallo, Taylor. Ich habe ein paar Bestellungen reinbekommen", erzählte ich ihm. Er nickte, als er seinen üblichen Rundgang machte und sich vergewisserte, dass ich das gesamte Bier eingelagert und alle Eiswannen aufgefüllt hatte. Seine Arbeitsmoral war bewundernswert, und er wollte alle Tricks des Barkeepings lernen.

„Mach ihn pink", meinte ich zu ihm, als er mich fragte, was das Wichtigste sei, das er wissen müsse.

„Was meinst du?", fragte er.

„Wenn du nicht weißt, wie man einen Drink macht, und er hat keine offensichtliche Farbe, wie ein Blue Hawaiian, dann mach ihn pink. Die meisten Leute kennen nicht den Unterschied zwischen einem Bay Breeze und einem Sea Breeze."

Das ist immer mein erster Ratschlag an angehende Barkeeper.

Immer wenn Missy mit Michael zu Mittag isst, gebe ich mein Bestes, so aufmerksam wie möglich zu sein, während ich so weit wie möglich von ihnen entfernt bin. Ich bin sicher, dass er dadurch eine Menge zum Nachdenken hat, aber ich kann ihn einfach nicht leiden, selbst wenn ich nicht mit seiner Frau schlafen würde.

Heute war es nicht anders, und zum Glück war in der nächsten Stunde viel los, als sich die Tische zum Mittagessen füllten. Bis zum Abend stand kein Kellner auf dem Plan, aber das war für mich kein Problem. Ich konnte das ganze Restaurant managen, und ich freute mich über das zusätzliche Geld.

Um halb zwei hatten Taylor und ich uns den Arsch aufgerissen. Als wir nur noch zwei Tische hatten, fragte er mich, ob er eine Zigarette rauchen könnte. Ich schickte ihn raus ab und machte mich daran, den Laden aufzuräumen. Die letzten beiden Tische bezahlten ihre Rechnungen, und ich konnte ein wenig verschnaufen. Die nächsten zehn Minuten verbrachte ich damit, alle Rechnungen abzuschließen und die Bar zu reinigen. Taylor würde die Tische abräumen, wenn er zurückkam.

Als er von der Verpestung seiner Lunge zurückkam, machte ich eine kurze Pause. Ich griff zum Telefon und wählte aus dem Gedächtnis eine Nummer.

„Delp", antwortete die Stimme am anderen Ende.

Jay Delp hat mit mir und Tristan in Afghanistan gedient. Er ist etwa zur gleichen Zeit wie ich ausgestiegen. Jetzt arbeitet Jay oben in Pensacola bei der Polizei. Er wurde gerade zum Sergeant befördert, bevor ich auf die Bahamas abreiste.

„Jay, ich bin's, Chase", erklärte ich.

„Chase, was gibt's? Bist du von deiner Reise zurück?" Er klang erfreut, von mir zu hören. Er war schon immer ein wenig temperamentvoll, aber er ist einer der wenigen Typen, von denen ich mir wünschen würde, dass sie mir den Rücken freihalten.

„Es geht um Tristan", erklärte ich. „Hast du in letzter Zeit mit ihm gesprochen?"

„Nein, habe ich nicht. Das ist mindestens ein Jahr her", antwortete Jay. „In was für Schwierigkeiten steckt er?"

„In schlimmen, schätze ich. Seine Frau hat mich besucht. Er ist verschwunden. Er ist seit einem Monat weg, aber sie hat seit Wochen nichts mehr von ihm gehört."

„Scheeeeeeeiiiiiiße", Jay zog das Wort mit seinem Mississippi-Akzent um mehrere Silben in die Länge.

„Ein paar Schläger suchen auch nach ihm. Ich glaube, er hat mit Drogen gehandelt. Vielleicht hat er was abgeliefert, bevor die Küstenwache ihn erwischt hat."

„Dieser verdammte Junge", rief Jay ins Telefon.

„So sehe ich das auch." Ich fügte hinzu: „Es wird noch besser. Die Drogenfahndung schnüffelt auch nach ihm. Ein Agent Van Kohl ist bereits zu mir gekommen."

„Du steckst ja schon ganz schön tief in der Sache drin, Chase. Was kann ich für dich tun?"

„Ich vermute, dass die meisten Drogengeschäfte hier von einem Julio Moreno abgewickelt werden. Kannst du sehen, was über ihn so alles bekannt ist? Überschreite aber keine Grenzen."

„Lass mich ein bisschen rumstochern. Mal sehen, was ich herausfinden kann."

„Danke, Jay."

„Nichts zu danken, Chase. Du weißt, wenn es brenzlig wird, bin ich sofort zur Stelle."

„Ich weiß", antwortete ich.

„Wenn du den Jungen findest, prügelst du ihn windelweich. Hast du mich verstanden?"

„Verstanden."

10

Meine Füße taten weh. Nicht, dass ich mich beklagen könnte. Es gab Zeiten auf Parris Island, da haben meine Füße am Ende des Tages regelrecht geblutet. Jetzt würde ich das einfach als wund bezeichnen.

Kristy machte sich an die Arbeit, während Bobby das letzte schmutzige Geschirr zum Spülen in die Küche trug.

„Das Getränk muss weg, damit ich die Kasse schließen kann", meckerte sie mich an.

Da ich als Vorgesetzter hinter der Bar stehe, kann ich Bestellungen anpassen oder ändern. Ich muss dafür bloß meine PIN eintippen und die Managerkarte durchziehen. Einem von Kristys Kunden hat es nicht gepasst, dass in seinem Greyhound Grapefruitsaft war. Also nahm ich den Greyhound raus, damit sie die Kasse mit dem genauen Geldbetrag schließen konnte.

„Kann ich sonst noch etwas für dich tun?", fragte sie.

„Alle Vorräte aufgefüllt?"

„Ja."

„Dann kannst du gehen."

Sie legte zwei 20-Dollar-Scheine für mich auf die Theke. „Danke, Chase", verabschiedete sie sich, während sie zur Tür hüpfte.

Als Bobby durch die Tür kam, hielt sie ihn auf und reichte ihm ein gefaltetes Bündel Geldscheine. „Möchte noch jemand was trinken gehen?", fragte sie uns beide.

Ich schüttelte den Kopf. „Nein, ich bin schon auf den Beinen, seit der Laden geöffnet hat."

„Ich komme mit." Bobby ergriff die Gelegenheit, mit der Kleinen etwas trinken zu gehen. „Kann ich noch was für dich tun, Chase?"

Ein Blick über die Bar zeigte, dass alles vorrätig war. „Nein, danke. Man sieht sich."

Sein Gesicht erhellte sich und die beiden machten sich gemeinsam aus dem Staub. Sie würden wahrscheinlich zu Marty's die Straße runter gehen. Die kleine Kneipe hatte bis drei Uhr geöffnet, und in der Küche wurde bis zwei Uhr gekocht.

Ich wollte gerade das Licht ausmachen, als das Telefon klingelte. Verwundert dachte ich, es hätte Kayla sein können, die wieder anrief. Sie hatte gegen sechs Uhr angerufen, als sie in Orlando angekommen war. Aber genauso gut könnte es jemand sein, der sich erkundigen wollte, ob wir noch geöffnet hatten.

„Manta", sprach ich in den Hörer.

„Hey", meldete sich Missy am Telefon.

„Selber hey."

„Bist du fertig da oben?", fragte sie.

„Ja", antwortete ich. „Bist du noch da?"

„In meinem Büro", meinte sie.

„Alles klar bei dir?", fragte ich.

„Ja, es war nur ein langer Tag. Warum bringst du nicht eine Flasche Wein mit? Ich brauche einen Drink."

Missy bevorzugte Spätburgunder und ich schnappte mir einen Erath Pinot Noir, zwei Gläser und einen Weinöffner.

Im Hotel war es inzwischen ruhig. Lediglich ein paar Gäste gingen durch die Lobby. Ich sah Natalie, die Nachtrezeptionistin, hinter dem Tresen. Sie schien konzentriert an ihrem Computer zu arbeiten. Ich vermutete, dass sie die Zahlen des Tages eintippte.

Der Flur, der zu Missys Büro führte, war wie ausgestorben. Die einzigen anderen Büroangestellten, die sie beschäftigte, gingen um Fünf schon nach Hause. Ich öffnete ihre Tür und sah sie hinter ihrem Schreibtisch sitzen. Sie trug denselben schwarzen Anzug mit einer weißen Button-Down-Bluse, in dem ich sie beim Mittagessen gesehen hatte. Das Jackett hatte sie ausgezogen, und der oberste Knopf ihrer Bluse war offen. Sie starrte auf ihren Computer, und ihr Mund verzog sich zu einem Grinsen, als ich durch die Türe hereinkam.

„Du arbeitest aber lange", stellte ich fest.

„Eh" war alles, was sie sagte.

Ich drehte den Korkenzieher und zog den Korken mit einem fast lautlosen Plopp heraus.

„Was ist los?", fragte ich, als ich ihr ein Glas reichte. Ich ließ mich mit meinem Getränk auf die Couch an ihrer hinteren Zimmerwand sinken.

„Ich bin mit einem Arsch verheiratet, das ist alles."

„Das kann ich nicht bestreiten", erklärte ich. „Du willst nicht nach Hause, was?"

„Paige ist bei einer Freundin, also wären wir nur zu zweit im Haus. Das könnte unangenehm werden.“

Ich trank den Wein aus und schwieg. Sie stand auf und kam um den Schreibtisch herum. Als sie sich neben mich setzte, rutschte ihr der Rock über die Oberschenkel.

„Willst du darüber reden?“, fragte ich.

„Nein“, erwiderte sie.

Ich beugte mich vor, um sie zu küssen. Ihre Hand drückte gegen mein Hemd und für den Bruchteil einer Sekunde kam mir in den Sinn, dass ich gerade von einer 14-Stunden-Schicht komme und vielleicht nicht mehr so frisch rieche, wie ich wollte. Als ihre Lippen zu meinem Hals wanderten, vergaß ich das.

Meine Finger knöpften ihre Bluse auf, und meine Hand glitt in ihr Shirt und streichelte ihre Haut.

In Sekundenschnelle waren wir beide fast nackt, und der Wein war völlig nebensächlich.

Als wir schließlich zusammensackten, lag sie über mich gebeugt auf dem Boden und wir kamen beide zu Atem. Ihr Gesicht schmiegte sich an meine Brust und ihre Finger zeichneten Muster auf meinem Körper nach. „Ich will noch mal“, flüsterte sie.

„Ich brauche mindestens zehn Minuten“, teilte ich ihr mit.

Sie zog ihr Bein über mich und blickte auf mich herab. Ihre Hüften begannen sich rhythmisch zu bewegen, bis ein Lächeln auf ihrem Gesicht erschien.

„Da ist es!“, rief sie aufgeregt.

Als sie fertig war, rollte sie sich keuchend von mir auf den Boden. Ich drehte meinen Kopf und sah sie an. „Willst du jetzt darüber reden?“, fragte ich.

Sie gab mir spielerisch eine Ohrfeige. „Nein“, sagte sie und erhob sich. Ich beobachtete jede ihrer Bewegungen, musterte ihre geschmeidige Gestalt und die trainierten Muskeln, die sie jeden Tag zwei Stunden im Fitnesscenter des Hotels malträtierte.

„Weißt du“, schlug ich vor, „du könntest doch jemanden anheuern, der sich um das Tilly’s kümmert, und wir könnten zusammen zu den Inseln segeln.“

„Es gibt da immer noch Paige.“

„Ich habe eine zusätzliche Kabine.“

Sie lachte. „Ja, genau das brauche ich. Meine 17-jährige Tochter, die vierundzwanzig Stunden am Tag um die Aufmerksamkeit meines Freundes buhlt.“

„Das wird sie nie bekommen“, antwortete ich ihr.

„Ist ja auch egal", sagte sie, während sie sich die Träger ihres BHs über die Schulter schob. „Das mit uns beiden würde nie klappen."

Ich zuckte mit den Schultern. „Es würde aber Spaß machen."

Sie schenkte mir ein schiefes Grinsen. „So macht es Spaß", erklärte sie. „Du weißt, dass ich nicht gerettet werden muss, oder?"

Ich erhob meine Hände. „Das weiß ich nur zu gut."

„Schön, aber woher kommt das dann?"

„Vielleicht mag ich einfach deine Gesellschaft", schlug ich vor.

„Blödsinn", erwiderte sie. Ihr Blick wanderte zu dem Sicherheitsmonitor auf ihrem Schreibtisch. „Was ist los?", fragte ich.

„Dieser Mann sitzt schon seit Stunden in der ostseitigen Laube. Ich habe ihn schon gesehen, bevor du hierher gekommen bist."

Ich richtete mich auf und ging um ihren Schreibtisch herum, um auf den Bildschirm zu schauen. „Ich dachte, er hätte sich vorhin nur eine Zigarette geholt", sagte sie.

Ich stöhnte auf. „Das ist der Bodybuilder von Tristans Boot."

Missy drehte ihren Kopf und starrte mich an. „Der, der versucht hat, dich umzubringen?"

„Er hat sich nicht viel Mühe gegeben", erklärte ich. „Die beiden haben Kayla gestern Abend einen Besuch abgestattet. Ich habe sie zu ihrer Mutter geschickt; ich vermute, sie wissen, dass sie weg ist."

„Sie waren zu zweit, stimmt's?", fragte Missy, während sie ihre Bluse zuknöpfte. Ich schnappte mir meine Hose und begann mich anzuziehen. „Ja."

„Vielleicht verfolgt der andere sie immer noch."

„Verdammt", murmelte ich. Die Uhrzeit auf Missys Computer zeigte halb zwei nachts an. Ich wollte Kayla nicht anrufen und sie damit verängstigen, wenn es nichts war.

Ich traf eine schnelle Entscheidung. „Ich bringe ihn vom Inn fort."

„Chase, das ist gefährlich."

„Das Letzte, was wir beide wollen, ist, dass sich hier ein Drama abspielt. Du willst kein Aufsehen erregen, und ich möchte die beiden auch nicht unbedingt zu *Carina* führen. Ich komme mit ihm schon klar."

„Was ist, wenn der andere Typ auch da draußen ist?"

„Dieses Mal werde ich nicht in die Kabine eines Bootes gesperrt", versicherte ich ihr. „Ich kann mich ein bisschen besser auf die beiden vorbereiten."

Sie starrte mich mürrisch an.

„Ich habe nicht vor, eine Schlägerei anzuzetteln. Ich will ihn nur woanders hinlenken."

Ich beugte mich zu ihr hinunter und küsste sie. „Du wirst es noch bereuen, dass du nicht mit mir auf die Inseln abgehauen bist."

Sie legte ihre Handfläche an meine Wange. „Den Luxus des Bedauerns kann ich mir nicht leisten."

Ich schlich mich aus ihrem Büro und versuchte, diskret zu sein und den Angestellten des Inns aus dem Weg zu gehen. Es gab bereits viele Gerüchte, und obwohl es für mich keine Rolle spielt, ist es für Missy nicht egal. Der Gedanke, dass wir beide zusammen durchbrennen würden, war zwar reizvoll, aber ich wusste, dass sie recht hatte. Wir waren nie die Art von Menschen, die für immer zusammen sind. Heirat und Liebe waren nicht Teil ihres Plans, und das wusste ich.

Ich verstand es nicht. Aber ich wusste, dass sie so dachte. Irgendwie wurde ihr Erfolg mit Tilly's in ihrem Kopf zur Nebensache, wenn sie nicht eine erfolgreiche Familie hatte.

Andererseits war ich nicht bereit, mich zu binden. Weder an eine Person noch an einen Ort. Es ist ja nicht so, dass ich mich mit jeder dahergelaufenen Frau abgebe. Missy war in den letzten paar Jahren meine einzige Affäre. Viele Jahre hatte man mir gesagt, wo ich hingehen soll und auch wann. Heutzutage gehe ich, wann es mir verdammt noch mal gefällt.

Zurück im Manta sah ich Muskelmann im Laubengang mit Blick auf den Yachthafen und die Hafenausfahrt des Manta Clubs sitzen. Nachdem ich gegangen war, hatte er eine Minute länger gebraucht, um von der oberen Ebene dorthin zu gelangen.

Ich entfernte mich vom Fenster und trat hinter die Bar. Dort nahm ich das Barmesser in die Hand, das wir zum Schneiden von Obst benutzen. Es war ein fünf Zentimeter langes Fleischermesser. In einem Cocktailglas neben der Kasse lag eine kleine Sammlung von Gummibändern. Ich fand drei der breiteren. Mit hochgekrempelten Ärmeln band ich das Messer mit den Gummibändern an meinen Unterarm. Der Griff lag knapp unter der Handfläche meiner linken Hand, so dass ich es leicht ziehen konnte. Meine Ärmel verdeckten die Klinge und ich ließ die linke Manschette ungeknöpft.

Als ich mich in die Nacht hinauswagte, spürte ich die Brise, die über den Yachthafen wehte. Es gibt einen Gehweg, der parallel zum Yachthafen nach Norden führt. Ich ging den Fußweg so langsam hinunter, dass Muscles Zeit hatte, mich einzuholen.

Nördlich des Yachthafens befand sich ein privater Steg, der zu Eigentumswohnungen gehörte. Der Steg führt direkt zu den Wohnungen hinunter, eine Idee, die Missy vorangetrieben hat, um das Geschäft von den Wohnungen zum Manta Club zu bringen. Ein Abschnitt aus Beton zweigte zum Steg hin ab. Dieser Weg führte an der Parkgarage und der Steilküste mit Blick auf die Bucht entlang.

Mein Verfolger war hinter mir, als ich zu den Docks ging. Ich drückte mich in eine Nische und wartete in der Dunkelheit. Etwa 90 Sekunden später, 87 um genau zu sein, kam Muskelmann an meinem Versteck vorbei. Er bemerkte meine Anwesenheit nicht. Als er vorbei war, vergewisserte ich mich kurz, dass Stachelschwein nicht in der Nähe war.

Ich überlegte, ob ich hinter ihm hervortreten und etwas sagen sollte wie: „Suchst du mich?" Aber dann erinnerte ich mich an einen Befehlshaber, der mir mal gesagt hatte: Wenn dich jemand umbringen will, solltest du ihm nicht die Gelegenheit dazu geben. Anstatt mich also leichtfertig zu äußern, zog ich das Messer und stach von hinten auf ihn ein. Der Mann war muskulös und es fühlte sich an, als würde ich gegen eine Mauer ankämpfen. Jedoch machen jahrelanges Krafttraining und Bodybuilding kein fehlendes Kampftraining wett. Der Muskelmann war aus dem Gleichgewicht, und mein Angriff ließ seine Knie einknicken, so dass er mit dem Gesicht voran auf den Beton knallte. Ich war wieder auf den Beinen und hielt das Messer zum Angriff bereit.

Muskelmann war immer noch ziemlich schnell für seine Größe. Er kam wieder auf die Beine. Plötzlich tauchte die Silhouette einer Waffe auf, und ich schlug auf seinen Unterarm ein. Der Mistkerl stieß ein kurzes Grunzen aus, und seine Waffe polterte zu Boden.

Er war ein besserer Kämpfer, als ich es ihm zugetraut hatte. Als er sich auf mich stürzte, konnte ich ihm das Messer in den Bizeps rammen, bevor er mich zu Boden stieß. Ich rappelte mich auf und sah zu, wie der Mann zurück in Richtung Straße rannte.

Dabei hob ich die 9-mm-Glock auf, die er fallen gelassen hatte. Bei den vielen Kindern, die hier herumliefen, wollte ich sie nicht liegen lassen. Also steckte ich sie in meinen Gürtel. Muskelmann war jetzt verschwunden. Also ging ich den Weg zurück. Aber nur weil ich Stachelschwein nicht sah, hieß das nicht, dass nicht er oder irgendjemand anderes auf mich warten würde. Ich nahm an, dass er allein gewesen war, sonst wäre jemand während des Gerangels aufgetaucht.

Überall war es ruhig. Ich ging den dunklen Weg entlang und hielt meine Ohren und Augen auf jede Bewegung gerichtet.

Auf dem Steg zum Yachthafen erstarrte ich. Licht strömte aus dem Bullauge meines Bootes. Ich spähte durch das Bullauge und verlangsamte meinen Schritt.

Erleichtert seufzte ich auf, als ich sah, wie Missy sich in der Kombüse bewegte. Das Boot schaukelte, als ich an Bord kam.

„Du bist hier", stellte ich fest, als ich durch die Luke trat.

Sie lächelte. „Ich hoffe, das ist in Ordnung", erwiderte sie. „Was ist passiert?"

„Ich habe das Messer verloren, aber sonst geht es mir gut."

Sie reichte mir einen Zettel.

„Was ist das?"

„Ich habe mir das Überwachungsvideo angesehen, nachdem du gegangen warst. Dein Kumpel kam mit einem alten Honda Del Sol an. Und das ist sein Nummernschild."

Meine Augen leuchteten auf, und ich beugte mich zu ihr und küsste sie. „Das ist ja großartig", erklärte ich ihr.

„Macht es dir was aus, wenn ich über Nacht bleibe?", erkundigte sie sich.

„Überlegst du dir, ob du nicht doch mit mir durchbrennst?"

„Nicht heute Nacht", erklärte sie, während sie in die Kajüte kroch. „Ich will nur mit dir einschlafen."

11

Wenn die Jalousien über den Bullaugen geschlossen sind, bleibt das Innere der *Carina* dunkel. Dadurch wusste ich nicht genau, wie lange ich schon geschlafen hatte. Durch jahrelanges Schlafen in vielen unbequemen Positionen besaß ich die Fähigkeit, „schnell zu schlafen", wie mir ein Sergeant einmal befohlen hatte. Selbst heutzutage musste ich mich manchmal regelrecht überwinden, mehr als zwei oder drei Stunden zu schlafen. An manchen Tagen zwang ich mich, wieder einzuschlafen, um sicherzugehen, dass ich wirklich ausgeruht war und nicht nur von meiner Ausdauer eines Marines getäuscht wurde.

Heute war das alles ein wenig anders. Selbst in der verdunkelten Kabine war ich hellwach. Ich dachte nicht daran, wieder einzuschlafen. Missys nackter Körper schmiegte sich an mich, und ich wollte mich noch nicht bewegen. Die Kabine war erfüllt von ihrem blumigen Duft. Ihre seidige Haut war kühl an meiner Brust, und ich schloss die Augen, während ich die Ruhe genoss.

Als ich gestern Abend mit Muskelmann fertig geworden war und es zurück zum Boot geschafft hatte, war es schon weit nach drei Uhr morgens gewesen. Der Innenraum war nur so weit beleuchtet gewesen, dass man erkennen konnte, dass es Morgen war, und meine innere Uhr zeigte an, dass es schon weit nach Mitternacht war.

Missy rührte sich im Schlaf und wälzte sich herum. Es war offenkundig, dass sie sich noch nicht an die beengten Verhältnisse in der Koje gewöhnt hatte. Zwar bietet sie ungefähr die Größe eines Doppelbetts, aber die Wände an der Seite können ein beklemmendes Gefühl erzeugen, wenn man nicht daran gewöhnt ist. Ich jedenfalls liebe mein Bett, und das sanfte Schaukeln der Wellen lässt mich umso besser schlafen.

Sie blieb nur selten über Nacht bei mir. Sogar in den Nächten, in denen Michael auf Reisen war, kehrte sie nach Hause zurück. Mir machte das nichts aus. Eine Beziehung, in der es nur wenige Erwartungen gab, hatte etwas Befreiendes. Andererseits war so ein Morgen auch sehr schön. Ich genoss es, ab und zu jemanden zu haben, mit dem ich einschlafen konnte.

Irgendwann übermannte mich schließlich doch meine Blase. Ohne Missy zu wecken, schlüpfte ich unter ihr hervor und schob mich aus der Koje. Meine nackten Füße berührten den Boden der Kajüte, und die *Carina* bewegte sich sanft. Die Toilette befand sich im hinteren Teil des Bootes, was günstig war, da ich in der vorderen Koje schlief. Ich schlurfte zur Toilette, um mich zu erleichtern, bevor ich mich auf die Suche nach Kaffee machen würde.

Es ist immer wichtig, die richtigen Prioritäten zu setzen.

Missy lag immer noch zusammengerollt in den Laken. Von vorne kam ein leises Schnarchen. Ihr nacktes Bein ragte unter der Decke hervor und zeigte die angespannten Muskeln ihrer Wade und ihres Oberschenkels. Ich bestaunte die Kurve, die sich von ihrem Knöchel bis zu ihrem Knie zog, während ich in meinen Boxershorts am Herd stand und darauf wartete, dass das Wasser für den Kaffee zum Kochen begann.

Sie war eine wunderschöne Frau mit einer vielschichtigen Persönlichkeit. Ich wünschte, ich könnte die Anziehungskraft verstehen, die ich für sie empfand. Sie hatte mehr zu bieten als nur ihr Aussehen. Wir unterschieden uns in so vielen Belangen, dass ich wusste, dass wir keinen Monat in einer festen Beziehung aushalten würden. Darüber unterhielten wir uns oft. Sie mochte bestimmte Bequemlichkeiten, wie Zimmerservice oder teure Klamotten. Aus irgendeinem Grund verabscheute sie es, zu schwitzen. Ich hingegen könnte für immer fernab der Zivilisation leben, wenn ich die Möglichkeit dazu hätte.

Trotzdem gab es diese eindeutige Verbindung. Ich würde meine Gefühle für Missy vielleicht als Liebe bezeichnen, aber sicher nicht als „verliebt". Dennoch konnte ich mich gut an den Tag erinnern, an dem ich sie zum ersten Mal gesehen hatte. Da war dieser wahnsinnige Funke der Anziehung. Vor etwa drei Jahren führte sie mit mir das Vorstellungsgespräch für die Stelle als Barmann. Sobald ich erfuhr, dass sie verheiratet war, beschloss ich, mich von ihr fernzuhalten. Aber ich konnte die Anziehungskraft, die ich für sie empfand, nicht abstreifen. Wir hatten viel Spaß zusammen bei der Arbeit, und schon bald freute ich mich darauf, dass sie in der Bar vorbeikam, um nach dem Rechten zu sehen. Ich hatte sogar den Eindruck, dass sie öfter im Manta Club vorbeikam, wenn ich dort war.

Schließlich machte sie den ersten Schritt. Eines Abends, nachdem der Club dichtgemacht hatte, wartete sie, bis der Rest des Personals die Bar verlassen hatte. Dann überlegte sie sich einen Grund, um mit mir zu sprechen. Irgendetwas Belangloses über die neuen Zapfhähne. Missy stand hinter der Bar, beugte sich vor und betrachtete die Leitungen, die von den Fässern zum Zapfhahn führten. Das Nächste, woran ich mich erinnere, ist, dass sie sich zu mir beugte und mich mit einem schnellen, verspielten Kuss überraschte, der sich in ein paar leidenschaftliche Minuten auf der Theke verwandelte. Meine Entschlossenheit, unsere Beziehung platonisch zu halten, war dahin.

Dieser Kuss war einer der wenigen in meinem Leben, die ich mir wirklich gewünscht habe.

Das längste Gespräch, das wir je über unsere Beziehung geführt haben, war das von gestern Abend, als es darum ging, gemeinsam zu den Inseln zu segeln. Das war nicht irgendein Traum von mir. Ich hatte nie mehr erwartet oder gewollt als die Beziehung, die wir momentan führen. Sie hatte gestern Abend recht gehabt. Auf Dauer würde das mit uns nicht klappen. Sie brauchte einen gewissen gesellschaftlichen Status, und den konnte ich ihr nicht bieten. Stattdessen war ich kaum mehr als eine kleine Auszeit von der Schinderei ihres Alltags.

„Missy!", rief eine Stimme vom Steg. „Missy, hörst du mich? Ich weiß, dass du da bist!"

Ich öffnete die Luke und steckte meinen Kopf hinaus. Am Bug der *Carina* stand Michael mit hochrotem Gesicht. In seinem italienischen Anzug wirkte er völlig fehl am Platz. Seine Stirn war mit Schweißtropfen übersät.

„Was zum Teufel?", fragte ich.

„Wo ist sie?", verlangte Michael.

„Wer?" Ich tat so, als wüsste ich es nicht.

„Das weißt du ganz genau."

Ich stieg aus der Luke und baute mich im Cockpit auf. „Missy? Die ist nicht hier. Warum haust du nicht ab, bevor du so einen Aufstand machst?"

Er stürmte den Steg entlang auf mich zu. „Ich will sie sofort sehen."

Sein Fuß berührte die Bordwand, als er versuchte, auf mein Boot zu gelangen. Meine rechte Hand erfasste seinen Arm und schob ihn zurück auf den Steg.

„Setz ja keinen Fuß auf mein Boot", befahl ich ihm mit strenger Stimme.

Er richtete sich auf. „Oder was dann?", fragte er. „Was gedenkst du denn dann, zu tun?"

Er machte eine Bewegung, als wolle er es erneut versuchen. Ich trat aus dem Steuerstand und stellte mich vor ihn. „Dann trete ich dir in den Arsch."

„Wo ist diese Schlampe?", rief er.

Ich verpasste ihm einen Stoß gegen die Nase. Es knirschte merklich, und Michael ging zu Boden. Beinahe wäre er ins Wasser gefallen, aber ich erwischte seinen Arm und zog ihn wieder zurück auf den Steg.

„Wie kannst du es wagen?", murmelte er. „Das wirst du mir büßen."

Meine Hand umschloss seinen Oberarm, und ich hob ihn hoch. Blut tropfte aus seiner verunstalteten Nase.

„Daraus wird nichts", sagte ich fest. „Du gehst jetzt nach Hause und bringst dich in Ordnung. Dann gewöhnst du dir dein Verhalten ab und kommst nie wieder hierher. Verstanden?"

Er funkelte mich an. „Du hast kein Recht, so mit mir zu reden!", brüllte er.

„Ich schlage vor, dass du dir etwas auf die Nase tust, bevor du dein 500-Dollar-Hemd vollsaust."

Er blickte plötzlich nach unten und Blutstropfen landeten auf seinem Hemd und seiner Krawatte. Ich biss mir auf die Lippe und widerstand dem Lächeln, das sich auf meinem Gesicht breit machen wollte.

Mit angespannter Miene starrte ich ihn an. „Und jetzt verschwinde von hier."

„Ich bin der Besitzer dieses Hafens, ich lasse dich rausschmeißen."

Mein Griff um seinen Arm wurde fester. „Nein, dieser Hafen gehört deiner Frau. Warum erzählst du ihr nicht, dass ich dir die Nase gebrochen habe, als du sie eine Schlampe genannt hast? Dann kann sie selbst entscheiden, ob ich rausgeschmissen werden muss. Entweder du haust jetzt ab, oder ich sorge dafür, dass du diesen Arm die nächsten sechs Wochen nicht mehr benutzen kannst."

Seine Augen weiteten sich. Langsam wich er zurück. Mit zusammengekniffenen Augen versuchte er, sich ein gewisses Maß an Selbstsicherheit zu bewahren, während er mich weiter anstarrte.

„Du solltest dich bei deiner Frau entschuldigen, wenn du sie siehst. Du sprichst nie wieder in meiner Gegenwart so über eine Frau. Verstanden?"

Er wehrte sich gegen meinen Griff. Ich ließ seinen Arm los und bedeutete ihm, zu verschwinden. Er wischte sich mit der

Hand das Blut von der Nase und hinterließ dabei eine Spur auf seiner Wange. Dann stolperte er von mir weg. Ich sah zu, wie er davonlief.

Einer der Jungs von dem Boot zwei Liegeplätze weiter kam vorbei. Er warf mir einen Blick zu, wahrscheinlich weil ich in meiner Unterwäsche auf dem Steg stand.

„Ich hoffe, ich habe dich nicht zu sehr belästigt", erklärte ich und deutete auf den abziehenden Michael.

„Nein, aber ich finde, du hast die ganze Sache ziemlich elegant geregelt."

Ich zuckte mit den Schultern, als der Mann weiterging. Da kam eine Gestalt auf mich zu. Es war Wilson Peterson, der an dem anderen Seemann vorbeiging und mich musterte.

„Chase?"

„Wilson", meinte ich. „Ist eine lange Geschichte. Alles in Ordnung?"

„Du hattest Recht", antwortete er, „sie wollen weitere 20. 000 Dollar."

Ich seufzte. „Wilson, können wir jetzt endlich zu den Bullen gehen?"

Er schüttelte den Kopf. „Ich habe ihnen bereits erklärt, dass dies das Letzte ist, was ich zu zahlen bereit bin."

„Das werden sie dir nicht glauben", erwiderte ich.

„Ich gebe dir noch zwei Riesen für die Übergabe."

Verärgert atmete ich aus und antwortete: „Wilson, das werde ich, aber du musst unbedingt daran denken, der Sache ein Ende zu setzen."

Er schüttelte den Kopf. „Nur dieses letzte Mal, Chase."

Ich betrachtete das Gesicht des Mannes, und obwohl ich derjenige war, der hier in aller Öffentlichkeit in meiner Unter- wäsche dastand, hatte ich das Gefühl, dass er derjenige war, der sich schämte.

„Ich erledige das", sagte ich. „Wenn das so weitergeht, fi- nanzierst du mir ein nettes Jahr auf den Inseln."

„Danke, Chase", erwiderte er. „Ich melde mich, wenn sie einen Termin festgelegt haben."

„Heute?"

„Vielleicht", antwortete er. Er streckte eine Hand aus und zog sie unbeholfen wieder zurück, als er einen weiteren Blick auf mich in meinen Boxershorts warf.

„Ruf mich an, Wilson. Entweder im Manta oder im Laden." Er nickte und machte sich aus dem Staub.

Als ich mich umsah, bemerkte ich, dass nur wenige Leute von mir Notiz nahmen. Ich wandte mich um, begab mich an Bord der *Carina* und stieg hinunter.

„Es tut mir so leid", stotterte Missy. „Ich hätte nicht gedacht, dass er wirklich hierher kommen würde."

Sie stand in der Kabine und ich vermutete, dass sie das Geschehen durch die Bullaugen beobachtet hatte.

„Was ist hier los, Missy?"

„Er ist sauer. Die Disneyprinzessin hat ihm den Laufpass gegeben, schätze ich. Er ist mit einer ziemlich miesen Laune aus Orlando zurückgekommen. Er hat behauptet, dass er an unserer Ehe arbeiten wollte. Wir sollen endlich damit anfangen, uns wie ein Ehepaar zu verhalten."

Ich ließ mich auf dem Sofa nieder und fragte: „Was soll das heißen?"

„Er meint, wenn er von seiner Freundin nichts kriegt, dann muss es eben von mir kommen."

Ich zog eine Augenbraue hoch.

Sie fuhr fort: „Das hat mich schon ziemlich getroffen. Wie kann er es wagen, zu denken, dass er jederzeit kommen und gehen kann, wenn er will?"

„Deshalb wolltest du gestern Abend nicht nach Hause?"

„Paige war nicht da. Gewöhnlich machen wir nicht miteinander rum, wenn sie da ist." Ich nickte verständnisvoll.

„Das ist schon seit Jahren keine Ehe mehr, und ich werde den Teufel tun, wenn er denkt, dass er alles von mir verlangen kann."

„Er wird wiederkommen", meinte ich. „Nicht hier, aber ins Tilly's."

Sie ließ sich neben mir auf das Sofa sinken. „Kann ich einfach nur hier bleiben?"

„So lange du willst", antwortete ich. „Allerdings muss ich gleich den Club aufmachen."

„Dein Boss gibt dir den Tag frei", erklärte sie mit einem schüchternen Lächeln auf den Lippen.

„Mein Boss braucht trotzdem jemanden dort", erklärte ich. „Aber Hunter ist um vier Uhr da, und dann bringe ich dir etwas zu essen mit."

Sie zog mich näher an sich und drängte ihre Lippen gegen meine. Ich zog sie auf meinen Schoß und erwiderte den Kuss.

„Um wie viel Uhr musst du da sein?", flüsterte sie mir ins Ohr.

„Ich schätze, mein Terminkalender sagt zehn."

Sie rutschte von meinem Schoß auf den Boden. Ihre Finger zupften an dem Gummiband meiner Boxershorts.

„Ich denke, du kannst wenigstens ein paar Minuten zu spat kommen", meinte sie mit einem lasziven Gesichtsausdruck.

12

BOBBY BRACHTE EIN CLUB-SANDWICH und einen gebratenen Wolfsbarsch aus der Küche. Er stellte die beiden Teller auf den Tresen.

„Soll ich die hier servieren?", fragte er erwartungsvoll.

Zu Mittag war nur ein Tisch besetzt. Das war mir nur recht. Nach dem langen Tag gestern und der langen Nacht war ich froh, einen entspannten Tag zu haben. Ich nickte, dass es in Ordnung war, wenn er das Essen servierte. Er wollte gerne den Sprung zum Barkeeper oder sogar zum Kellner schaffen und sprang immer gerne ein, wenn sich die Gelegenheit bot.

Ein Tag wie heute war eine gute Gelegenheit, ihm diese Möglichkeit zu geben. Es gab nicht genug Trinkgeld für alle.

Ich lehnte mich gegen den Getränkekühler und sah mir die 12-Uhr-Nachrichten an, die gerade anfingen. Das Wetter sollte wieder mal recht anständig werden. Es gab nur eine 30-prozentige Chance, dass es heute Nachmittag regnen würde, aber es wehte ein kräftiger Wind aus Osten. Ich spielte schon mit dem Gedanken, wieder abzuhauen. Ich könnte es übers Wochenende zumindest nach Bimini schaffen. Ein paar Schnorchelgänge könnten sich locker einschieben lassen.

Als ich mit dem Zettel herumspielte, den Missy mir gestern Abend gegeben hatte, dachte ich wieder an Tristan. Ich nahm den Hörer ab und wählte Jays Nummer.

„Delp", antwortete er.

„Hey, ich bin's, Chase."

„Hast du was von Tristan gehört?", fragte er.

„Negativ, ich hatte gehofft, du hättest etwas für mich", erwiderte ich.

„Über Moreno? Ein bisschen." Ich hörte, wie er einen Schluck von etwas nahm. „Es wird eindeutig gegen ihn ermittelt, aber die Einzelheiten sind noch nicht ganz klar."

„Was soll das heißen?", fragte ich.

„Normalerweise heißt das, dass die ermittelnde Dienststelle nicht will, dass die Beweise, die sie gefunden hat, dem Verdächtigen von einem Cop zugespielt werden, den er schmiert. Es ist besser, wenn die eine Hand nicht weiß, was die andere tut."

„Was hast du herausgefunden?"

„Julio Moreno wurde in Miami geboren, ist aber wahrscheinlich in Havanna aufgewachsen. Möglicherweise pendelt er zwischen Kuba und den USA hin und her. Auch hier sind die Informationen lückenhaft. Er wurde jedenfalls in Miami ein paar Mal verhaftet. Bei einem Mal handelt es sich um Jugendarrest, als er 14 Jahre alt war, und ein anderes Mal um Körperverletzung, als er 19 war. Die Anklage wegen Körperverletzung wurde abgewiesen. Er hatte Zeugen, die aussagten, dass das Opfer zuerst zugeschlagen hatte. Allerdings saß das Opfer für den Rest seines Lebens im Rollstuhl."

„Klingt, als hätte er einen guten Start hingelegt."

„Als ich mich an einige unserer Kontakte bei der Drogenfahndung wandte, wurde mir gesagt, ich solle ihnen alle sachdienlichen Beweise zukommen lassen. Sie würden mich später hinzuziehen."

„Ich schätze, das ist nicht gerade die zielführendste Vorgehensweise", stellte ich fest.

„So wie der Umgang mit dem Auswärtigen Amt, wenn du weißt, was ich meine. Die gehen davon aus, dass ihre Schwachköpfe schlauer sind als ich, also müssen sie mir ihren Mist nicht mitteilen."

„Danke. Vielleicht können wir ja mal was anderes versuchen. Ich habe da etwas", sprach ich ins Telefon. „Könntest du ein Kennzeichen für mich überprüfen?"

„Ja", antwortete er.

Ich ratterte die Nummern herunter. „Einer der Jungs, die ich auf Tristans Boot getroffen habe, hat mir gestern einen Besuch abgestattet. Dieses Kennzeichen war an dem Auto, mit dem er abgehauen ist."

Jay lachte: „Ich schätze, du hast ihm einen Denkzettel verpasst, wenn er sich aus dem Staub gemacht hat."

„Nun ..."

Ich hörte, wie er am anderen Ende etwas machte. Dann sagte er: „Kinderspiel. Hier ist es. Das Fahrzeug ist auf einen Ponce Alvarez zugelassen. Seine Adresse ist in Miami. 3462 Flowering Trail."

„Danke, Jay."

„Was hast du jetzt vor?"

„Ich bin mir ziemlich sicher, dass dieser Typ, wer auch immer er ist, für Julio Moreno arbeitet. Die gleichen Jungs haben auch Tristans Frau besucht, also muss ich sicherstellen, dass Moreno das nicht in Ordnung findet."

„Klingt, als ob sie auch nach ihm Ausschau halten", antwortete Delp. „Das bedeutet, dass sie ihn noch nicht umgebracht haben."

„Eben. Jede gute Nachricht ist erfreulich, aber ich will wissen, wo dieser kleine Scheißer steckt. Ich will meine Vermutung erhärten, dass auch Tristans Boot durchsucht wurde."

„Da kann ich dir vielleicht helfen. Ich kenne jemanden bei der Küstenwache da unten", sagte Delp. „Den werde ich mal anrufen. Wie heißt sein Boot?"

„*Kristol*. Gib ihm meine Nummer, wenn du möchtest."

„Bist du sicher, dass ich nicht doch mitkommen soll? Vielleicht würde ein Ausweis helfen, die Leuten vor Ort zu überzeugen."

„Nein", erwiderte ich. „Die Leute vor Ort sind im Moment nicht das Problem. Diese Schläger haben nichts unternommen, womit ich nicht umgehen könnte."

„Chase, du weißt, dass sie sich das vielleicht schon denken können."

„Gut", stellte ich fest.

„Nicht unbedingt", meinte er. „Sie könnten versuchen, dir irgendwas anzutun, womit du nicht umgehen kannst."

„Ich schätze, darüber zerbreche ich mir den Kopf, wenn es soweit ist", erklärte ich.

„Halt mich auf dem Laufenden", bat er.

„Alles klar." Dann fügte ich noch hinzu: „Danke."

Als ich auflegte, lehnte ich mich gegen den Tresen und starrte geistesabwesend an die Wand.

Tristan beschäftigte mich gleich in zweifacher Hinsicht. Ponce Alvarez und sein stachliger Freund waren auf der Suche nach Tristan. Das bedeutete, dass sie mich nicht zu ihm führen würden, also gab es keinen Grund, mich weiter mit ihnen zu beschäftigen. Es sei denn, sie beschäftigten sich mittlerweile mit Tristans Familie. Im Moment sah es so aus, als hätte Tristan keine Hinweise auf seinen Aufenthaltsort hinterlassen. Das war ebenso beunruhigend. Trotz all seiner Schwächen schien Tristan nicht der Typ zu sein, der sich nicht wenigstens bei Kayla meldet.

All diese Gedanken schossen mir auf einmal durch den Kopf. Vielleicht war er ja tot, aber zumindest haben Alvarez und seine Freunde ihn nicht auf dem Gewissen. Oder er hielt sich bloß versteckt, und Alvarez und seine Freunde hatten die feste Absicht, ihn umzulegen, wenn er ihr Geld nicht hätte. Vielleicht sogar, wenn er das Geld hatte, nur um den anderen gegenüber irgendwas deutlich zu machen.

Das Geräusch eines über den Boden gleitenden Hockers hallte in der Bar wider. Ich wandte mich um und sah Agent Kohl an der Bar sitzen.

„Verdammt", sagte ich.

„Das ist ein miserabler Service", antwortete Kohl. „Ich würde mich ja bei der Geschäftsführung beschweren, aber da Sie gestern die Nacht mit ihr verbracht haben, wird das wohl keine großen Folgen haben."

„Oh nein", täuschte ich Ungläubigkeit vor, „der mächtige Bundesagent hat mich beschattet. Was für eine Überraschung? Ich kann das kaum fassen."

Kohl musterte mich mit einem genervten Blick.

„Agent Kohl", erklärte ich, „ich habe im Dienst mehrere Jahre mit Leuten wie Ihnen zu tun gehabt. Einem Kerl, dessen Kopf so tief in seinem Arsch steckt, dass er überhaupt nicht mitbekommt, was da eigentlich passiert."

„Gordon", zischte er, „Sie haben ja überhaupt keine Ahnung, was ich weiß."

Ich lehnte mich über den Tresen und näherte mich seinem Gesicht. „Ich weiß, dass Sie Ihre Nahrung durch einen Strohhalm zu sich nehmen müssen, falls Sie Missy noch einmal in irgendeiner Weise bedrohen. Und mir ist scheißegal, wie lange ich dafür in den Bau wandere."

Er blinzelte mich an. Zwar verstand er mich, aber er war nicht bereit, nachzugeben. „Wollen Sie mir verraten, wo Sie sich vor zwei Nächten aufgehalten haben?", fragte er.

„Nicht wirklich", erwiderte ich. „Außerdem nehme ich an, dass Sie es mir sowieso gleich sagen werden."

„Sie machen es sich nicht gerade leicht, Gordon."

Ich lehnte mich an die Theke und hielt immer noch Blickkontakt mit dem Agenten. Er wollte mich verunsichern.

Nur wenige Menschen können das; Marines lassen sich nicht aus der Ruhe bringen. „Das muss ich auch gar nicht."

Kohl rückte seinen Hintern auf dem Hocker zurecht. „Was hatten Sie im Dehrer Park zu suchen?"

Ich zog eine Augenbraue hoch. „Ich habe einen kleinen Abendspaziergang unternommen."

„Obwohl der Park geschlossen war?"

„Ich kann Menschenmassen nicht leiden."

„Das ist nicht erlaubt", stellte er fest.

„Dann stellen Sie mir doch ein Knöllchen aus."

Seine Augen verengten sich. „Ich werde Ihnen sagen, was ich von der Sache halte." Ich bedeutete ihm, fortzufahren.

„Ich vermute, Sie hatten ein Päckchen mit Drogen dabei und haben es bei jemandem abgeliefert."

Ich nickte. „Und ich schätze, Sie haben die Person, der ich angeblich die Drogen geliefert habe, nicht gesehen?"

Er antwortete nicht. Was an sich schon eine Antwort war.

„Ich habe nichts mit Julio Moreno zu schaffen."

„Abgesehen von der Messerstecherei, die Sie letzte Nacht mit einem seiner Männer hatten?"

„Wir haben keine Visitkarten ausgetauscht."

Kohl faltete seine Hände. „Ich will ganz offen mit Ihnen sein." „Gut", stellte ich fest, „denn dieses ganze Herumgerede ist scheiße."

Er verdrehte die Augen. „Wie wäre es, wenn Sie mal aufhören, auf dicke Hose zu machen. Ich hab's kapiert. Sie lassen sich nicht einschüchtern. Das lässt Sie wahrscheinlich bescheuert aussehen oder so."

„Man hat mich schon Schlimmeres genannt."

„Ich weiß nicht, was Sie mit der ganzen Sache zu tun haben. Sind Sie auf der Suche nach Locke? Vielleicht hat seine Frau Sie ka darum gebeten."

„Ich habe lediglich für sie das Boot des Mannes gecheckt."

Er nickte. „Richtig", meinte er sarkastisch. „Nur zur falschen Zeit am falschen Ort."

„So läuft das in meinem Leben."

„Schauen Sie, Locke steckt ganz schön in der Scheiße. Das heißt, wenn Moreno ihn nicht schon längst umgelegt hat."

„Hören Sie, Kohl, ich habe keine Ahnung, ob Julio Moreno irgendetwas mit Tristan zu tun hat. Wenn ja, würde ich mich dafür einsetzen, ihn aus dieser Sache rauszuholen. Nur darum geht es mir in dieser Angelegenheit. Ich möchte, dass Tristan und seine Familie in Sicherheit sind."

„Dann muss er zu mir kommen", erklärte Kohl. „Ich kann ihm einen Deal anbieten. Und kann seine Familie an einem sicheren Ort unterbringen."

„Wenn er überhaupt irgendetwas über Moreno weiß", gab ich zu bedenken.

„Nein, wenn er Teil der Organisation ist, können wir jede Information nutzen, die er hat."

Ich nickte, als ob ich alles glaubte, was Kohl sagte. In Wahrheit war das Gegenteil der Fall. Wenn Tristan irgendwelche verwertbaren Informationen über Moreno hätte, dann könnte er jeden Deal aushandeln, den er wollte. Es war aber wahrscheinlicher, dass er immer nur mit einem Mittelsmann verhandelte und Moreno nie ins Spiel kam. In diesem Fall könnte Tristan mit einer milderen Freiheitsstrafe in einem Gefängnis enden, in dem ihm jemand, der für Moreno arbeitet, ein Messer in den Leib rammen könnte. Oder schlimmer noch, die Bundespolizei würde ihn davon überzeugen, in der Organisation zu bleiben und zu versuchen, näher an Moreno heranzukommen. Das wäre ein Todesurteil für Tristan und vielleicht auch für seine Familie.

Nein, die einzige Möglichkeit, Tristan zu retten, wenn er überhaupt noch lebte, war, ihm zu helfen, sich und seine Familie ohne die Hilfe der Bundesbehörden in Sicherheit zu bringen. Bei dieser Idee gab es eine Menge Stolpersteine. Aber zunächst musste ich ihn finden. Und ich musste ihn von Moreno wegbringen. Außerdem musste ich die Drogenfahndung von Tristan fernhalten.

„Ich weiß nicht, wo er steckt", erklärte ich. „Aber Sie suchen nach ihm?"

„Ich habe keine Ahnung, wo ich nach ihm suchen soll." Das war keine Lüge.

Kohl öffnete seine Hände. „Wen haben Sie dann eigentlich im Dehrer Park getroffen?"

Ich lachte. „Ich bin ja so ein Vollidiot. Sie dachten, ich würde Tristan treffen, oder?"

Kohl fand das Ganze überhaupt nicht lustig.

„Das war eine ganz andere Sache", beteuerte ich. Sein Gesichtsausdruck verriet mir, dass er mich nicht für voll nahm. „Bevor Sie fragen, das ist eine ganz persönliche Angelegenheit."

Kohl erklärte: „Wir müssen uns in dieser Sache zusammentun."

Ich lächelte. „Gestatten Sie mir meine Skepsis, aber ich traue Ihnen nicht zu, dass Sie meine besten Absichten im Sinn haben, geschweige denn die von Tristan oder seiner Familie. Moreno ist ein dicker Fisch. Ich wette, wenn Sie den zur Strecke bringen, können Sie überall bei der Drogenfahndung anheuern. Vielleicht sogar noch mehr als das. Habe ich Recht?"

„Moreno ist ein Mörder. Er ist für den Mord an Hunderten von Menschen verantwortlich. Den will ich aufhalten."

„Daran zweifle ich nicht", räumte ich ein. „Aber der Vorteil für Ihre Karriere wäre auch nicht zu verachten."

Er hob etwas verärgert die Hände. „Gut, wir arbeiten also nicht zusammen. Das heißt, wenn Sie mir in die Quere kommen, nehme ich Sie wegen Behinderung der Justiz fest."

„Das muss bedeuten, dass Sie konkrete Beweise gegen Tristan haben", erklärte ich. „Sonst sind es nur Annahmen. Bestenfalls Indizien. In diesem Fall behindere ich nicht wirklich die Justiz."

„Es sei denn, Sie haben Beweise, die Sie mir zeigen wollen", fügte ich hinzu.

Er stieß sich von der Theke ab und schrammte mit den Stuhlbeinen über den Parkettboden. „Gordon, den Scheiß, den Sie da abziehen, werden Sie nicht mehr los."

„Mein Scheiß. Mein Problem. Vielleicht sollten Sie an diesem Punkt einsehen, dass diese kleinen Unterhaltungen nichts bringen. Wenn Sie mich verhaften wollen, erheben Sie Anklage gegen mich. Aber wenn Sie nichts in der Hand haben, verschwinden Sie. Sie nehmen anderen Gästen bloß Platz in meiner Bar weg."

Der Drogenfahnder versuchte, mich niederzustarren. Als ich nicht blinzelte, knurrte er mich an, drehte sich um und stürmte aus dem Manta Club.

13

Die Flowering Trail Road war nicht so reizvoll, wie ihr Name vermuten ließ. Anstelle von Blumenpfaden waren die Bürgersteige von anderthalb Meter hohen Maschendrahtzäunen gesäumt, die typische Einfamilienhäuser der unteren Mittelklasse umsäumten. Ich nenne sie typisch, aber ich meine typisch für Florida. Dort, wo ich herkomme, im ländlichen Arkansas, sehen die Häuser nicht so aus wie diese Betonklötze mit Flachdächern.

Mir war das so oder so egal. Seit ich 18 war, hatte ich nicht mehr in einem Haus gewohnt. Jahrelang war ich in einer Kaserne untergebracht, und als ich schließlich aus dem Dienst ausgeschieden war, kaufte ich die *Carina* und zog auf ihr ein, während ich sie herrichtete.

Das Haus von Ponce Alvarez glich den anderen Häusern fast aufs Haar. Die Holzverschalung seines Hauses war morsch, während die meisten anderen Häuser einen frischeren Anstrich und einige Anzeichen für eine kürzlich erfolgte Renovierung aufwiesen. Auf dem Hof gab es keine Spielsachen, während die übrigen Häuser auf die Anwesenheit von Kindern schließen ließen.

In der Einfahrt stand ein auffälliger blauer Honda Del Sol mit gelben Streifen an den Türen und einem nachgerüsteten Heckspoiler, der mindestens fünfzehn Zentimeter über den Kofferraum hinausragte. Es war dort das einzige Auto.

Der Baum im Vorgarten war mit spanischem Moos überwuchert, das fast bis zum unbewachsenen, schmutzigen Hof herunterhing.

Ich saß in Missys BMW. Sie hing immer noch auf der *Carina* herum, und ich wollte den Toyota des Yachthafens nicht für mich in Beschlag nehmen. Außerdem, wenn die Drogenfahndung mich verfolgte, würden sie es in einem neuen Auto schwer haben. Vor der Begegnung mit Kohl hatte ich nicht darauf geachtet, ob mir jemand folgte, aber jetzt kontrollierte ich meinen Spiegel und machte ein paar zusätzliche Ausweichmanöver. Ich war mir einigermaßen sicher, dass mir niemand gefolgt war.

Die Fenster waren heruntergelassen, aber die Sonne verwandelte das Auto bereits in einen kleinen Ofen. Es wehte kein Lüftchen, das mir Erleichterung verschafft hätte. Aber ich wusste nicht, wie lange ich hier herumsitzen würde, und die Klimaanlage aufzudrehen schien mir Benzinverschwendung zu sein. Meinem Körper macht die Hitze nichts aus und sobald ich wieder in der Marina bin, könnte ich duschen, bevor ich ins Bett ginge. Wenn Missy noch eine Nacht länger blieb, würde sie es vielleicht zu schätzen wissen, wenn ich mir den klebrigen Schweiß und Schmutz aus Florida abwasche.

Die Verfolgung von Alvarez war nicht sehr aufschlussreich. Zumindest, was die Suche nach Tristan angeht. Es sei denn, Morenos Leute fanden ihn zuerst. Aber diese Aussichten schienen gering, wenn sie noch nichts herausgefunden hatten. Mich interessierte mehr, wie die Operation funktionierte und wer daran beteiligt war. Alvarez und sein Freund waren dazu übergegangen, Kayla und Abbie zu bedrohen, um Tristan zu finden. Das musste jetzt verhindert werden. Der Schutz der Frauen in Tristans Leben war wichtiger, als ihn zu finden. Er würde von mir erwarten, dass ich sie beschütze, bevor ich mich auf die Suche nach ihm machte. Zumindest hoffte ich, dass der Junge, mit dem ich zusammen gedient hatte, immer noch so dachte, trotz der Fehler, die er in letzter Zeit gemacht hatte.

Zwei Kleinkinder, die nur Windeln trugen, hüpften durch einen Rasensprenger, während ihre Mutter Wäsche auf einer provisorischen Wäscheleine aufhängte. Ihr Kichern war auf der anderen Straßenseite zu hören. Mein Blick fiel auf die junge Mutter, die ein leichtes Lächeln auf dem Gesicht hatte, als sie ihren Kindern beim Spielen zusah.

Ein paar Häuser weiter rief eine andere Frau der jungen Mutter etwas zu. Sie unterhielten sich über die Höfe hinweg auf Spanisch. Die zweite Frau sagte etwas, und beide blickten in meine Richtung.

Ich winkte ihnen zu. Eine Geste, die ausdrücken sollte, dass ich harmlos war. Die Frauen schienen das jedoch anders zu sehen. Die junge Mutter hängte eilig die letzten Wäschestücke auf, bevor sie die pitschnassen Kleinkinder ins Haus brachte.

Der Sprinkler wurde immer schwächer und der Wasserstrahl immer kürzer. Schließlich schien das Metallgerät nur noch jede Sekunde einen winzigen Strahl zu versprühen. Dann war das Wasser verschwunden.

Gut gemacht, Chase, dachte ich mir. Du hast diesen Kindern den Nachmittag verdorben.

Der Geruch von in der Sonne brennendem Asphalt stieg von der Straße auf. Er erinnerte mich an den Geruch, der mich jedes Mal überkam, wenn ich in der Wüste aus einem Flugzeug stieg. Die Sonne schien die Teermischung so lange aufzuheizen, bis sie diesen Geruch freigab. Die Erinnerung, die das auslöste, tröstete mich auf seltsame Weise.

Missy hatte ein paar CDs im Auto, aber ihr Musikgeschmack war eher bescheiden. Auf einer Skala, die von Mist bis hin zu absoluter Scheiße reichte, lag ihre Musiksammlung meiner Meinung nach ganz am Ende. Ich stöhnte auf, als ich Bruno Mars, Justin Bieber und Destiny's Child entdeckte. Ich verzichtete auf die CDs und stellte stattdessen das Radio ein, bis ich einen klassischen Rocksender fand, der Van Morrisons „Into the Mystic" spielte. Mit einem leichten Grinsen lehnte ich mich zurück, während ich Alvarez' Haus beobachtete.

Die Musik trug nicht dazu bei, dass irgendetwas passierte. Der Nachmittag neigte sich dem Ende zu. Es waren schon ein paar Stunden vergangen, während ich auf dem Flowering Trail herumsaß.

Endlich, als ich kurz davor war, aufzugeben, trat Ponce Alvarez aus seinem Haus. Inzwischen stand mir der Schweiß auf der Stirn. Mein Hemd klebte an meinem Rücken, und ich stellte mir vor, wie ich langsam zu stinken begann.

Er war am Telefonieren. Stand unter dem spanischen Moos und redete. Dabei zog er an einem Stück Moos, bis es sich löste. Er ließ es achtlos zu Boden fallen. Als er mit seinem Gespräch fertig zu sein schien, steckte er das Handy in seine Tasche, stieg in seinen Del Sol und fuhr rückwärts aus der Einfahrt. Ich wartete, bis er zurück in die Straße einbog und in die andere Richtung davonfuhr. Als der kleine blau-gelbe Honda einen Block die Straße hinuntergefahren war, begann ich, ihm zu folgen, wobei ich einen angemessenen Abstand einhielt und hoffte, dass er den silbernen BMW in seinem Rückspiegel nicht bemerkte.

Wir fuhren durch mehrere Stadtteile und einige Nebenstraßen entlang. Ich verbringe nur sehr wenig Zeit in Miami. Wenn ich weiter als bis zum Costco in West Palm Beach fahre, ist das ein besonderes Ereignis. Bei der zunehmenden Zersiedelung der Landschaft dreht sich mir der Magen um. Meine Kindheit verbrachte ich in einer Gemeinde mit weniger als fünfzig Einwohnern, meine Grund-, Mittel- und Oberschule befanden sich alle im selben Gebäude. Die gleichen neun Kinder begleiteten mich vom Kindergarten bis zum Schulabschluss. Wenn ich einen Wunsch frei hätte, hätte ich meine nächsten Nachbarn gern ein paar Kilometer weiter weg.

Wie gesagt, ich komme nicht oft nach Miami und ich könnte gar nicht sagen, wo wir hinfuhren. Die Stadtteile, in die wir kamen, sahen zunehmend heruntergekommener aus. Die Schilder an den Geschäften waren auf Spanisch. Viele Gebäude waren einfach mit Brettern vernagelt, die Besitzer oder Mieter hatten sich einfach dem Niedergang gebeugt.

Als Alvarez anhielt, befanden wir uns auf einer belebten Durchgangsstraße im Westen von Miami. Er parkte direkt an der Straße. Ich suchte mir einen Parkplatz einen halben Block weiter und versuchte, möglichst nicht aufzufallen. Der Block, in dem wir uns befanden, war etwas weniger baufällig als andere, an denen wir vorbeigefahren waren.

Alvarez überquerte die Straße und betrat einen kleinen Imbiss. Das kunstvoll handgemalte Schild, das über dem Doppelfenster zur Straße hin hing, zeugte von viel mehr Stolz auf das Restaurant als einige der anderen Geschäfte in der Straße. Unter dem Namen stand in kleiner Schrift: „Kubanisches Restaurant" und *„Comida de Cuba"*.

Ich lehnte mich im BMW auf dem Fahrersitz zurück und betrachtete die Vorderseite des Lokals. Die Straße war von Autos gesäumt, die meisten älter, aber gut gepflegt. An einigen wenigen Stellen standen neuere, sportlichere Modelle. Schmunzelnd stellte ich fest, dass kein einziger Minivan in Sicht war.

Diesmal ließ ich den Motor laufen. Die Luft kühlte den Innenraum und sorgte dafür, dass ich nicht ins Schwitzen kam. Wie ich schon sagte, machte mir die Hitze nichts aus, aber der Schweißgeruch könnte unangenehm sein.

Während ich auf die Tür des Padrino's starrte, fummelte ich am Radio herum, bis ich einen Sender fand, der Sting spielte. Das klang genauso gut wie alles andere.

Dreißig Minuten vergingen. Oder zumindest fast so viel. Die Tür zum Diner öffnete sich und Alvarez kam mit seinem Kumpel, dem stacheligen Klugscheißer, heraus. Die beiden stiegen in den Del Sol und zogen vom Randstein weg. Ich überlegte einen Moment, ob ich den beiden folgen oder bei Padrino's vorbeischauen sollte. Letzteres schien die bessere Idee zu sein. Irgendetwas an dem Restaurant passte nicht in die Nachbarschaft. Irgendjemand hat mitten in dieser Einöde einen netten Laden aufgemacht. Dafür muss es doch einen guten Grund geben.

Außerdem war ich ein wenig hungrig.

Solange die beiden Schläger nicht auf dem Weg zu Tristan waren, wäre es keine große Sache, sie laufen zu lassen.

Ich schloss das Auto ab und begab mich in Richtung des kleinen Cafés. Als ich den Alarm einstellte, ertönte ein Piepton. Das Letzte, was ich tun wollte, war, Missy zu erklären, dass etwas mit ihrem BMW passiert war. Aber offen gestanden bezweifelte ich, dass sie sich dafür interessieren würde – vor allem angesichts ihres derzeitigen Gemütszustands.

Im Padrino's gab es sieben Tische. Die meisten waren leer, aber zwei in der hinteren Ecke waren besetzt. In der Mitte der Runde saß ein großer, schlanker Mann, wahrscheinlich kubanischer Abstammung. Sein Haar war grau meliert und er hatte hier das Sagen. Zwei Männer saßen mit ihm am Tisch, und ein dritter Mann war allein am Nachbartisch. Eine Narbe quer über das Gesicht desjenigen, der allein saß, erinnerte mich an einen Mann aus der Kirche, in die mich meine Eltern als Kind geschleppt hatten. Man erzählte sich, dass die Frau des Mannes ihm zwei Ladungen Vogelschrot ins Gesicht gejagt hatte, als sie ihn mit einer der Lehrerinnen aus der Sonntagsschule erwischt hatte. Ich weiß nicht mehr, was mit dieser Lehrerin passiert ist.

Über dem Tisch prangte eine Leuchtreklame mit der Aufschrift „Cristal". Zwei Dosen Bier mit demselben Namen standen auf dem Tisch.

In der Nähe der Tür befand sich ein kleiner Tresen. Hinter dem Tresen stand ein hübsches junges Mädchen, das mich neugierig musterte.

„*¿Necesitas una mesa?*"

„*No habla español*", erklärte ich.

„Möchten Sie Platz nehmen?", fragte sie freundlich.

„Kann ich auch etwas zum Mitnehmen bestellen?"

Sie nickte und reichte mir eine Speisekarte. Ich überflog die auf Spanisch aufgelisteten Gerichte. Ich spreche zwar kein Spanisch, aber ich verstand das Wesentliche.

„Kann ich einen *Media Noche* bekommen?", fragte ich.

Sie schrieb meine Bestellung auf einen Block und lächelte mich an, bevor sie nach hinten ging. „Gute Wahl", kam eine Stimme mit Akzent von dem Tisch in der Ecke.

Ich drehte mich um und sah, dass der Mann in der Mitte das Wort ergriffen hatte.

„Danke", erwiderte ich.

„Sie sollten mal wieder auf einen *Boliche* vorbeikommen", meinte er.

Mein Gesicht muss mein Unverständnis verraten haben. Er fügte hinzu: „Das ist *carne* ... Rindfleisch. Gefülltes Rindfleisch.

Sehr gut. Zart und lecker."

„Klingt gut", sagte ich. „Ich werde nochmal vorbeikommen."

„Wie sind Sie auf Padrino's gestoßen?", fragte er. Sein Tonfall und sein Verhalten waren freundlich, aber seine Augen erinnerten mich an etwas Unheimliches, das ich in den Augen eines Taliban-Kriegsführers gesehen hatte, bevor er eine Bombe zündete und mehrere unschuldige Afghanen auf einem Platz tötete.

„Es wurde mir empfohlen", erklärte ich. „Ich dachte, es wäre gut, es auszuprobieren."

Sein Lächeln jagte mir einen Schauer über den Rücken. „Woher kommen Sie denn?", fragte er.

Ich erwiderte sein Lächeln mit einem Lächeln voll von Arkansas-Charme. „Ursprünglich von einer Rinderfarm in Arkansas."

„Ursprünglich?"

„Ich komme jetzt viel herum. Ich habe sogar vor, bald nach Kuba zu reisen. Bevor ich losfahre, wollte ich noch etwas von dem Essen probieren."

„Tut mir leid", sagte er in einem bescheidenen Ton. „Ich habe Ihren Namen vergessen."

„Wir haben uns einander noch nicht vorgestellt, das kann man Ihnen also nicht zum Vorwurf machen."

Er lächelte wieder. Seine Zähne waren beeindruckend weiß. Unheimlich weiß.

„*Señor*", sagte das Mädchen hinter dem Tresen. Sie hielt eine weiße Papiertüte in der Hand.

Ich verneigte mich vor dem Mann. „Es war mir ein Vergnügen", erklärte ich, bevor ich mich umdrehte, um das junge Mädchen zu bezahlen.

„Kommen Sie auf jeden Fall wieder, um den *Boliche* zu probieren", meinte er von hinten.

„Bestimmt", erwiderte ich, als ich das Lokal verließ. Ich hatte den Verdacht, dass der Mann, den ich getroffen hatte, der Boss von Alvarez und Stachelschwein war und möglicherweise auch Julio Moreno selbst.

Wer auch immer er war, er war gefährlich. Ich fragte mich, ob er wusste, wer ich war, oder ob er mich nur verdächtigte, ein Bundesagent zu sein.

Als ich über die Schulter blickte, sah ich, dass der vernarbte Mann, der zuvor alleine dagesessen hatte, aus dem Padrino's kam. Er bog hinter mir auf den Bürgersteig ab.

14

DIESMAL HATTE ICH KEIN Fleischermesser an meinem Arm befestigt. Schnell stellte ich ein paar Vermutungen an. Die erste war, dass Narbengesicht höchstwahrscheinlich eine Schusswaffe bei sich trug, und wenn ich nicht aufpasste, konnte mir das meinen Tag ruinieren. Das bedeutete, dass das, was ich als Nächstes tat, mir die Kontrolle über die Situation verschaffen oder zumindest meine Chancen erhöhen musste.

Zweitens musste ich Narbengesicht abhängen, bevor ich zu Missys Auto kam. Der Versuch, in das Auto einzusteigen und es zu starten, würde mich in eine verwundbare Lage bringen. Ganz zu schweigen davon, das Auto aus der Parklücke zu bekommen, in die ich mich zuvor hineinmanövriert hatte. Er hätte jede Menge Gelegenheiten, mir eine oder zwei Kugeln zu verpassen, oder noch schlimmer, dem BMW.

Nein, ich musste zu Fuß gehen und ihn abhängen.

Die dritte Sache, die ich annahm, war etwas betrüblicher. Ich würde nie die Chance haben, das Sandwich in meiner Tasche zu probieren.

Ich steigerte mein Tempo ein wenig und versuchte, von ihm wegzukommen, ohne in einen regelrechten Sprint zu verfallen. Ich konnte Narbengesicht leicht abhängen. Er war groß und stark, das sah man ihm an. Er war es gewohnt, Kämpfe zu gewinnen. Allerdings nicht gegen jemanden, der wusste, wie man richtig kämpft. Er dachte, er sei furchterregend. Das hatte ich in seinen Augen im Padrino's sehen können. Einschüchterung bedeutet nicht Stärke.

Ich war Narbengesicht jetzt ein gutes Stück voraus. In meinem Kopf zählte ich die Sekunden ab und kam auf einen Vorsprung von zehn Sekunden bei unserem derzeitigen Tempo. Sobald ich das Ende des Blocks erreicht hatte, bog ich links ab. In dem Moment, in dem ich aus seinem Blickfeld verschwunden war, sprintete ich die Straße entlang. Ich zählte bis sieben. Dann verlangsamte ich mich wieder auf mein ursprüngliches Tempo.

Er bog hinter mir ab. Jetzt hatte ich einen großen Vorsprung vor ihm. Solange er nicht beschloss, mich anzugreifen oder auf mich zu schießen, hatte ich noch etwas Spielraum. Ich beschloss, ihn in die Enge zu treiben. Als sich eine kleine Lücke im Verkehr auftat, überquerte ich in der Mitte des Blocks die Straße.

Als ich von der Straße auf den anderen Bürgersteig trat, bog ich schnell rechts in eine Gasse ein. Ein kurzer Blick bestätigte mir, dass mein Verfolger versuchte, den Verkehr so abzupassen, dass er die Straße überqueren konnte. Also rannte ich wieder los. Die Gasse war kurz genug, dass ich sie durchqueren konnte, bevor Narbengesicht überhaupt auf dieser Seite der Straße angekommen war.

Entweder konnte ich ihn jetzt abhängen oder ich konnte warten und ihn zur Rede stellen. Mein erster Impuls war, ihm gegenüberzutreten. Aber dabei gab es nichts zu gewinnen. Es war klüger, ihn abzuschütteln.

Außerdem würde ich dann vielleicht immer noch den *Media Noche* in meiner Tasche genießen können.

Die Gasse mündete in die nächste Straße und ich hielt mich rechts. Während er noch versuchte, herauszufinden, in welche Richtung ich gegangen war, konnte ich den Block überqueren und zu meinem BMW zurückkehren. Meine Füße schlugen gegen den Bürgersteig, als ich den Block entlang lief.

Als ich die Straßenecke erreichte, hielt ein Lieferwagen vor mir an. Die Seitentür glitt auf und Agent Kohl starrte mich an.

„Steigen Sie ein", befahl er.

„Bin ich verhaftet?"

Er verdrehte die Augen. „Steigen Sie in den verdammten Van, oder Sie werden es sein."

In meinem Kopf machte ich eine kurze Bestandsaufnahme. Kohl würde nicht versuchen, mich umzulegen. Zumindest glaubte ich nicht, dass er das tun würde. Narbengesicht hingegen könnte das sehr wohl versuchen. Die Entscheidung war leicht. Ich gehorchte Kohl und stieg auf den Rücksitz. „Ich hoffe, das endet nicht damit, dass ich irgendwo in einer geheimen Arrestzelle lande."

„Fahr los, Ken", befahl Kohl dem Fahrer.

Der Van machte einen Schlenker vom Bordstein weg und ich schaute aus dem Seitenfenster, wo ich Narbengesicht aus der Gasse kommen sah.

„Der Mann, der Sie verfolgt, ist Esteban Velázquez. Er ist ein Vollstrecker von Moreno. Außerdem ist er in zahlreiche

Morde verwickelt, unter anderem an drei Drogenfahndern vor etwa zehn Jahren."

Der Van holperte und rüttelte, als er über die Straßen dieses ungepflegten Viertels rauschte.

Straßenarbeiten schienen hier keine große Rolle zu spielen, und den Fassaden vieler Gebäude nach zu urteilen, wurden sie auch nicht regelmäßig instand gehalten. Dies war ein vergessener Teil von Miami, den die meisten Einwohner von West Palm Beach nie zu Gesicht bekommen würden. Das Viertel war genauso vom Krieg gezeichnet wie viele Orte, die ich in Afghanistan und im Irak gesehen habe. Das fühlte sich nicht wie Amerika an.

„Glauben Sie, er wollte mir mein Sandwich wegnehmen?"

„Er mischt sich nur ein, wenn jemand anderes tot ist", erklärte Kohl.

Ich biss mir auf die Zunge, vor allem weil ich nichts dazu zu sagen hatte. Mein sechster Sinn sagte mir, als Morenos Schläger anfing, mich zu verfolgen, dass er genau diesen Plan hatte.

„Wollen Sie mir verraten, warum Sie mit Julio Moreno zu Mittag gegessen haben?", fragte Kohl.

„Sie sind mir heute nicht gefolgt", sagte ich entschieden.

„Doch", antwortete Kohl, „bis Sie beschlossen haben, meine Agenten auflaufen zu lassen."

Ich zuckte mit den Schultern. „Ich brauche meine Privatsphäre."

Kohl kniff die Augen zusammen, und ich fragte mich, ob er das bei jedem tat oder ob ich einfach etwas Besonderes war.

„Das bedeutet, dass Sie das Padrino's beobachten, weil es Morenos kleiner Treffpunkt ist. Habe ich Recht?"

„Sie scheinen Ponce Alvarez gefolgt zu sein. Wie seid ihr auf ihn aufmerksam geworden?" Wir starrten uns ein paar Sekunden lang an.

Kohl brach das Schweigen: „Gordon, Sie treten mir ständig auf die Zehen. Es scheint, als würden Sie nicht locker lassen."

„Ich versuche doch nur, ein leckeres Sandwich zu finden."

Kohl grinste, vielleicht wegen meines Witzes. Wahrscheinlich aber nicht. „Warum erzähle ich Ihnen nicht, was ich über Sie weiß?", schlug er vor.

Ich zuckte mit den Schultern. „Wenn Sie mir gefolgt sind, dann wissen Sie sicher einiges."

„Nicht alles", erklärte er. „Ich weiß, dass Alvarez und Cabrera neulich abends bei Locke zu Hause waren. Seine Frau und seine Tochter sind nirgendwo zu finden. Dann haben Sie und Alvarez eine kleine Auseinandersetzung im Tilly Inn. Als Nächstes tauchen Sie in Morenos Restaurant auf. Erklären

Sie mir doch noch einmal, wie Sie nicht darin verwickelt sein können? Schützen Sie die Frau oder Locke?"

„Welcher von beiden ist Cabrera?", fragte ich.

„Ein kleiner Typ. Fettige Haare."

„Stachelig?"

Er nickte.

„Ich möchte Sie etwas fragen, Kohl", begann ich. „Wenn Ihre Frau und Ihre Tochter Besuch von den beiden bekämen, was sollte Ken da vorne Ihrer Meinung nach tun?"

Kohl warf einen Blick auf den Fahrer, dessen Augen in den Rückspiegel zurückblickten. „Wollen Sie damit sagen, dass Tristan Locke Sie gebeten hat, seine Frau zu beschützen?"

Ich schüttelte den Kopf. „Nein, das hat er nicht."

„Haben Sie mit ihm gesprochen?"

Ich schüttelte wieder den Kopf. „Ich habe das Gefühl, dass er bereits tot ist."

Das war das erste Mal, dass ich meine Gedanken erwähnte. Sie waren schon den ganzen letzten Tag in meinem Kopf herumgeschwirrt.

„Glauben Sie, Moreno hat ihn umbringen lassen?"

„Nein", antwortete ich. „Alvarez und Carbera ..."

„Cabrera", korrigierte er mich.

„Richtig", fuhr ich fort, „Alvarez und Cabrera waren auf der Suche nach ihm. Ich glaube nicht, dass sie das tun würden, wenn sie ihn umgebracht hätten."

„Wie kommen Sie dann darauf, dass er tot ist?", fragte Kohl.

Mein Blick fiel auf Ken, der inzwischen durch ein schöneres Viertel fuhr. Vielleicht war der Lieferwagen, der um Morenos Block fuhr, ein bisschen zu auffällig. Obwohl ich mir Sorgen machte, dass Tristan tot war, war ich mir nicht sicher. Das Letzte, was ich wollte, war herauszufinden, dass ich die Beweise für seine Verurteilung oder Schlimmeres geliefert hatte. Ich musste behutsam vorgehen.

„Ich möchte unmissverständlich klarstellen, dass alles, was ich weiß, reine Vermutungen sind."

Kohl nickte. „Mit anderen Worten: vertraulich und unverwertbar."

„Genau", meinte ich, „und es wäre nicht in Ihrem Interesse, mich zu einer Aussage zu bewegen."

Zögernd schien Kohl zuzustimmen.

„Tristan war vielleicht in etwas mit Moreno verwickelt, vielleicht auch nicht. Jedenfalls so sehr, dass Moreno denkt, er schulde ihm eine Menge Geld. Aber er oder zumindest seine Schläger suchen immer noch nach ihm, also haben sie ihm noch nichts angetan. Moreno glaubt, dass er sich immer noch da draußen versteckt hält. Alvarez und ..."

„Cabrera", ergänzte Kohl.

„Richtig", antwortete ich. „Das verstehe ich nicht so ganz. Cabrera. Die beiden gehen jetzt zu seiner Frau und versuchen, sie unter Druck zu setzen, in der Hoffnung, dass er sich bei ihr meldet. Sie denken, dass sie ihn vielleicht zum Reden bringen, wenn sie seine Familie bedrohen."

Kohl hörte zu. Sogar Ken schien von meiner Theorie angetan zu sein.

Ich fuhr fort: „Das ist der Teil, der mich glauben lässt, dass er bereits tot ist. Er hat sich schon lange nicht mehr bei seiner Frau gemeldet. Das scheint ungewöhnlich für jemanden wie Tristan zu sein. Ich weiß, dass ich schon seit Jahren nicht mehr mit ihm gesprochen habe, aber er war immer treu und pflichtbewusst. Er braucht diese Art von Zuwendung. Er könnte zwar eigene Wege gehen, aber er müsste trotzdem mit seiner Frau und seiner Tochter Kontakt halten."

„Und das tut er nicht?", fragte Ken vom Fahrersitz aus.

„Richtig."

Kohl fragte: „Glauben Sie, dass ihn jemand umgebracht hat?"

„Scheint wahrscheinlich. Sie sollten vielleicht alle nicht identifizierten Leichen überprüfen. Kayla hat die Polizei nicht eingeschaltet, also gibt es keinen Vermisstenfall."

„Wer sollte ihn denn umbringen?"

„Überlegen Sie doch mal", schlug ich vor. „Wenn Sie Schulden bei jemandem wie Moreno hätten, welche Möglichkeiten hätten Sie?"

Ken antwortete: „Das Geld auftreiben, um es ihm zurückzuzahlen."

„Andernfalls würde er Sie umbringen, richtig?", fragte ich.

Ken nickte.

Kohl sagte: „Glauben Sie, er hat sich mit jemand anderem eingelassen?"

Ich zuckte mit den Schultern. „Ich weiß eigentlich gar nichts. Das ist ja das Problem. Aber mir ist es egal, ob es eine Verbindung zwischen Tristan und Moreno gab oder nicht, Hauptsache, seine Familie bleibt geschützt."

„Vor Moreno?", fragte Kohl.

„Er scheint die größte Bedrohung zu sein."

„Und das tun Sie alles aus reiner Nächstenliebe?"

Ich blickte Kohl an. „Ich tue das, weil es das ist, was ein Bruder tut."

„Sie sind bereit, für sie gegen das größte Drogenkartell in Florida anzutreten?"

„Kohl, wenn Sie es nicht verstehen, dann kann ich es Ihnen wohl nie erklären", erklärte ich. „Es reicht, wenn ich sage, dass ich bereit bin, gegen Moreno anzutreten, um dieser Frau und ihrem Kind zu helfen."

Aus dem Augenwinkel sah ich, wie Ken seine Zustimmung zum Ausdruck brachte.

„Gut, Gordon", erklärte Kohl. „Wir werden alle unbekannten Leichenfunde im Hinblick auf Locke überprüfen, aber wenn wir ihn nicht zur Mitarbeit bewegen können, können wir seiner Familie nicht helfen."

„Nichts für ungut, Agent Kohl", erwiderte ich, „aber ich glaube nicht, dass Sie ihm helfen können, selbst wenn er sich kooperativ zeigt. Was auch immer er mit Moreno zu tun hatte, war unbedeutend und ich versichere Ihnen, dass Moreno von Tristans Aktivitäten gut abgeschirmt war."

„Das heißt aber nicht, dass er uns nicht helfen kann", beharrte Kohl trotzig.

„Nicht genug, um das Opfer zu rechtfertigen, das er bringen könnte. Es ist nicht so, dass ich Ihnen nicht vertraue, Kohl, aber ich weiß, wie die Rädchen in der Regierung laufen. Sie neigen nicht dazu, im Interesse der kleinen Maus zu arbeiten, die zwischen den Zahnrädern steckt. Sie macht es den Verantwortlichen vielleicht schwer, aber am Ende wird sie jedes Mal zerquetscht."

Kohls Gesicht verzog sich. „Ich schütze meine Informanten", verkündete er entschieden.

„Das stelle ich ja gar nicht in Frage", erklärte ich. „Aber Sie haben doch nicht immer das Sagen, oder? Die amerikanische Bürokratie gewinnt fast immer gegen den kleinen Mann."

„Sie sind zynisch, nicht wahr?"

Ich zuckte mit den Schultern. „Ich habe Brüder und Schwestern in Schlachten kämpfen und sterben sehen, die niemals hätten stattfinden dürfen. Weil jemand an höherer Stelle einen strategischen Schachzug versuchen wollte. Einige haben funktioniert, aber die meisten sind kläglich gescheitert. Sagen wir mal, ich vertraue Ihnen. Aber ich traue weder Ihren Vorgesetzten noch deren Vorgesetzten über den Weg. Nicht, um einen Kerl zu schützen, der vielleicht zwielichtige Dinge getan hat, nur um seine Familie zu ernähren."

Kohl schwieg. Ken warf einen weiteren Blick auf mich im Spiegel, seine Augen waren mitfühlend. Er hat irgendwo gedient. Er verhielt sich wie ein Soldat. Nicht, dass Kohl unprofessionell gewesen wäre. Es gibt einfach etwas, das einem in der Ausbildung antrainiert wird und nie wieder verschwindet. Nicht, wenn man ein guter Soldat war.

„Hey, Ken", sagte ich, „wenn ihr mich nicht verhaften wollt, könnt ihr mich in der Nähe meines Autos absetzen?" Er warf einen Blick auf Kohl, der kurz nickte.

Ich fügte hinzu: „Ich nehme an, Sie wissen, wo ich geparkt habe."

15

Im Manta Club war viel los. Am späten Nachmittag füllte sich der Laden. Örtliche Banker, Anwälte und andere Angestellte kamen für ein oder zwei Stunden, um Kontakte zu knüpfen und sich zu unterhalten. Ich stand nicht hinter der Bar. Eigentlich habe ich überhaupt nicht gearbeitet.

Hunter schenkte den Leuten Getränke ein und ich genehmigte mir einen Rum mit Orangensaft. Die meisten Trinker verfallen in eine Routine. Biertrinker entscheiden sich selten für etwas anderes als Bier. Hartgesottene trinken alles, was Alkohol enthält, und der Preis ist in der Regel ausschlaggebend für die Entscheidung. Gesellschaftstrinker halten sich an den Cocktail du jour. Früher war es der Cosmo, heute scheint der Moscow Mule der Renner zu sein. Meine Getränkewahl variiert, ich mag sowohl einen guten Whiskey als auch ein gutes einheimisches Bier.

Heute hatte ich Lust auf etwas Fruchtiges. Ich lebe im Süden Floridas, und da sind fruchtige Getränke immer willkommen.

„Möchtest du etwas zu essen?", fragte Hunter, als er an mir vorbeiging.

„Ich warte, bis der Ansturm vorbei ist", versicherte ich ihm.

Er warf mir einen verständnisvollen Blick zu. Ich nahm einen Schluck von meinem Getränk. Über den Rand des Glases hinweg sah ich, wie Michael die Bar betrat. Ich hatte Missy seit heute Morgen nicht mehr gesehen. Sie war nicht an Bord der *Carina* gewesen, als ich aus Miami zurückkam. Vielleicht war sie in ihrem Büro oder sogar kurz zu Hause. Um ehrlich zu sein, habe ich bis jetzt nicht viel darüber nachgedacht.

Michael kam rüber und setzte sich neben mich an die Bar.

„Chase." Seine Begrüßung war ernst und barsch.

„Michael." Er hatte nicht schnippisch angefangen, und ich sah keinen Grund, den ersten Schuss abzufeuern.

„Wegen heute Morgen", begann er.

Hunter tauchte vor ihm auf. „Willst du einen Drink, Michael?", fragte er.

„Maker's und Cola", sagte der Anwalt.

Hunter tippte auf den Tresen vor Michael, bevor er sich umdrehte und die Bourbonflasche mit dem wächsernen Hals in die Hand nahm.

„Wie auch immer", fuhr er fort. „Wegen heute Morgen. Es tut mir leid, dass ich eine Szene gemacht habe."

Ich nahm seine Entschuldigung mit einem Nicken zur Kenntnis. Er hatte noch mehr Last auf den Schultern und war dabei, sie abzuladen. Ich wollte abwarten, was als Nächstes kam, bevor ich ihm die Genugtuung geben wollte, seine Entschuldigung anzunehmen.

„Ich habe mich daneben benommen", murmelte er, als Hunter eine Serviette vor Michael auf den Tresen legte, gefolgt von einem hohen, dünnen Glas mit Bourbon und Cola.

„Ja, das hast du", bestärkte ich ihn.

Er ließ den Kopf sinken und ich wartete. Gleich würde er mir von seinen Problemen erzählen. Ich bin schon lange genug dabei, um die Anzeichen zu erkennen.

„Du weißt wahrscheinlich genauso viel über unsere Beziehung wie ich", stellte er fest. Ich widerstand dem Drang und gab kein Zeichen der Zustimmung.

„Ich schätze, es ist alles nur eine Farce", murmelte er. „Unsere Ehe, meine ich."

Er nahm einen Schluck aus dem Papierstrohhalm in seinem Glas. Dann verzog er das Gesicht, zog ihn aus dem Getränk und ließ ihn auf die Bar fallen.

„Ich nehme an, das war schon immer so", fuhr er fort.

Ich hörte zu, nahm einen weiteren Schluck und dachte, dass ich beim nächsten Mal einen Doppelten brauchen würde. Das nächste Mal würde sehr bald sein. Ich trank den Rest meines Glases aus.

„Wir sind einfach nur Mitbewohner", seufzte er.

Hunter sah mir kurz in die Augen und ich gab ihm das dezente Zeichen, dass ich noch einen Drink brauchte. Mit zwei Fingern zeigte ich an, dass ich einen Doppelten wollte. Ohne innezuhalten, nickte Hunter und fuhr fort, einen Gin Tonic zu machen.

„Was genau willst du?", fragte ich Michael.

„Ich weiß, dass du und Missy", er hielt inne, „euch nahe steht."

Ich hob meine Hand und unterbrach ihn. Hunter tauschte mein Glas gegen ein anderes volles Glas aus, das viel blasser orange war. Ich nahm einen Schluck, bevor ich weitersprach. Hunter hatte den Rum mehr als verdoppelt. Den brauchte ich, um die Unterhaltung mit Michael zu überstehen.

„Michael", begann ich, „lass uns nicht über Dinge reden, die du nicht unbedingt wissen möchtest. So wie ich es verstanden habe, bist du nicht gerade der treue, ergebene Typ. Ich verstehe die Dynamik eurer Ehe nicht. Und ehrlich gesagt, will ich das auch gar nicht. Ich mag dich gar nicht. Du bist ein selbstgefälliger, überheblicher Arsch. Aber irgendwann einmal dachte Missy das nicht von dir, also muss in dir doch auch etwas Gutes stecken.

„Wenn du meine Meinung hören willst, Michael, und ich bezweifle, dass du das willst, dann geht es hier nicht um mich und Missy. Du fühlst dich deprimiert, weil das Mädchen, das du im Norden gevögelt hast, dich verlassen hat oder so. Ich würde nicht vorschlagen, dass du versuchst, Missy die Kontrolle über eure Beziehung zu entreißen. Sie braucht dich nicht, und das solltest du begreifen. Sie ergänzt dich nicht. Genauso wenig wie das nächste junge Ding, mit dem du schlafen willst."

Er starrte mich an. Seine Augen begannen zu brennen. „Du glaubst, du weißt alles", schnauzte er. „Hör zu", knurrte ich ihn an, „du hast das hierher mitgebracht. Sei nicht sauer auf mich, weil du plötzlich erfahren hast, was ich über dich denke. Wenn du das nicht schon wusstest, dann bist du ein verdammter Idiot."

„Ich weiß, was du von mir hältst. Du schläfst mit meiner Frau!" Seine Stimme wurde lauter, und Hunters Kopf drehte sich zu uns.

„Michael, schrei nicht so laut, oder wir beide verschwinden nach draußen, auch wenn ich dich an den Haaren hinausschleifen muss." Meine Augen verengten sich und ich fügte hinzu: „Ich denke, du weißt, dass ich das auch tun werde."

Die Wut, die in seinen Augen aufloderte, wandelte sich in Bestürzung, vielleicht auch in Angst.

„Es ist mir egal, was du denkst, was hier los ist. Wenn du ein Problem mit deiner Frau hast, gehst du zu ihr. Zieh mich da nicht mit rein."

„Du steckst schon mittendrin", zischte er.

Ich legte den Kopf schief, als ich diesen erbärmlichen Mann ansah. „Lass dir ein paar Eier wachsen", forderte ich ihn auf. „Ich bin dir keine Rechenschaft schuldig und ich glaube nicht, dass Missy dir Rechenschaft schuldig ist. Wenn du etwas ändern willst, dann arbeite an dir selbst, verdammt. Hör auf, dich in deinem Leid zu suhlen, und versuch schon gar nicht, den Rest von uns in den Dreck zu ziehen, weil du glaubst, dass du dich dann besser fühlst."

Er kippte den Maker's und die Cola schnell hinunter und schob das Glas von sich weg. Dann grunzte er mir etwas zu, das ich nicht verstand, bevor er die Bar verließ.

Als er durch die Tür verschwunden war, kam Hunter herüber und schnappte sich sein Glas. „Hat wieder nicht auf die Rechnung gewartet", stellte er fest.

„Schreib es auf sein Hauskonto. Leg auf jeden Fall zwanzig Prozent drauf."

„Das klingt, als hätte er auch deine Drinks bezahlt", witzelte er.

Ich lächelte und sagte: „Ich bezweifle, dass er mich so sehr mag."

„Ja", erklärte Hunter, „für einen Moment wurde er ziemlich laut."

Wir tauschten einen Blick aus. Sein Gesicht versicherte mir seine Diskretion.

„Er ist ein Esel", fügte Hunter hinzu, als er Michaels Glas nahm.

„Das ist aber sehr nett von dir."

Er lachte, als er über die Bar zu einem anderen Gast ging. „Chase", hörte ich jemanden sagen.

Ich drehte mich um und sah Peterson auf dem Hocker neben mir sitzen.

„Ich habe einen Anruf bekommen", erklärte er. „Sie wollen es in zwanzig Minuten durchziehen."

„Das ist schnell."

„Ja, ich musste mich hierher beeilen, um dich zu sehen."

„Wo?"

„Die Brücke über den Lake Clarke auf der I-95. Du musst es auf der Brücke auf der Südseite abladen."

„Zwanzig Minuten?", fragte ich erneut. Zum Glück hatte ich noch die Schlüssel zu Missys BMW. Aber selbst damit war der Zeitrahmen eng gesteckt. Allein die Fahrt auf die I-95 würde zehn Minuten dauern.

Er nickte. In seiner Hand hielt er ein kleines Päckchen. Er schob es mir zu. „Kannst du es schaffen?"

Zwei Riesen waren gut zwei Monate Spesen auf den Bahamas. Meine Finger schlossen sich um das Päckchen. „Ja, ich schaffe das", versprach ich ihm.

Ich legte einen Zwanzig-Dollar-Schein auf den Tresen. Hunter stellte Michael meine Getränke in Rechnung. „Ich bin gleich wieder da, Hunter", erklärte ich ihm, während ich aus dem Manta Club eilte.

Der Verkehr war nicht mehr so dicht, aber selbst um viertel nach sechs ging es nur langsam vorwärts. Sobald ich auf der Interstate war, ging es für die nächste Meile nur noch im Schritttempo vorwärts, und dafür brauchte ich fast zehn Minuten. Die Übergabe sollte in sechs Minuten stattfinden. Ich nahm an, dass niemand einen Uhrenvergleich durchgeführt hatte, aber ich war mir nicht sicher, wie lange ein Erpresser im Durchschnitt auf die Übergabe wartete.

Die knappe Zeitvorgabe würde dafür sorgen, dass nur wenig getan werden konnte, um den Übergabepunkt zu überwachen. Vielleicht war ich im Dehrer Park gesichtet worden. Oder vielleicht wurde meine Beschattung durch die Drogenfahndung bemerkt. Meine Augen suchten nach jemandem, der mich verfolgte, aber angesichts der vielen Scheinwerfer, die aufleuchteten, sobald die Sonne unterging, war es unmöglich, das festzustellen. Die Eile, die Brücke zu erreichen, ließ mir auch keine Zeit, einen Verfolger abzuhängen.

Fünf Minuten.

Der See lag im Westen. Ich kannte ihn nicht, außer dass ich an ihm vorbeigefahren war. Es gab einen Kanal, der ihn mit dem Atlantik verband, aber ich bezweifelte, dass ich die *Carina* unter den Betonbrücken durchzwängen konnte. Außerdem hatte ich nie das Bedürfnis, das zu versuchen. Diese Art von Seen erstreckte sich über das Gebiet, das von den Glades gespeist wurde und irgendwo in den Ozean mündete.

Die nächste Ausfahrt lag hinter der Brücke und die Abfahrt war verstopft. Die Rücklichter vor mir schlichen vorwärts.

Vier Minuten.

Meine Finger trommelten auf das Lenkrad, als könnten sie die Fahrer vor mir dazu bringen, schneller zu fahren. Dabei versagten sie kläglich.

Der orangefarbene Himmel dehnte sich in Richtung Osten aus. Von der erhöhten Interstate aus konnte ich auf die schwarze Nacht blicken, die über den Ozean in Richtung Land kroch.

Die Lichter vor mir bewegten sich ein wenig schneller. Ich wechselte auf den Pannenstreifen und raste vorwärts.

Drei Minuten.

Der Verkehr kam in Bewegung, und als ich die Brücke überquerte, konnte ich sehen, wie ein Abschleppwagen ein Auto von der Interstate entfernte, so dass die Autos wieder frei fließen konnten.

Ich öffnete das Päckchen und fand darin den Umschlag für mich. Mit einem Blick auf den Inhalt zählte ich zwanzig Scheine.

Ich steckte den Umschlag in meine Shorts, schaltete die Warnblinkanlage ein und stieg aus dem Auto. Als ich über die Brücke schaute, sah ich nichts außer Wasser.

Hätte ich das Päckchen einfach fallen lassen sollen? Zwanzig Riesen auf den Grund des Kanals sinken zu lassen, schien ein beängstigendes Unterfangen zu sein.

Es war an der Zeit. Peterson hatte gesagt, ich solle das Päckchen über die Brücke hinunterwerfen. Noch einmal sah ich nach. Dann streckte ich meine Hand aus und ließ das Päckchen los. Anderthalb Sekunden vergingen, bevor der Karton ins Wasser platschte. Ich konnte sehen, wie er schwamm und mit den Wellen auf und ab schwankte.

War ich bereit, hinterher zu springen? Immerhin ging es um 20.000 Dollar.

Die Antwort war: Ja, ich würde es tun.

Mein Blick blieb auf der weißen Schachtel haften, die im Wasser trieb. Die Nase eines Bootes kam unter der Brücke hervor. Ein weißes Fischerboot mit Mittelkonsole kam in Sicht. Das Hardtop-Bimini versperrte mir die Sicht. Ich kannte die Marke des Bootes nicht, aber es hatte einen 225 PS starken Yamaha-Motor am Heck. Der Fahrer griff unter dem Sonnensegel hervor und fischte die Schachtel mit einem Netz aus dem Wasser. Als das Netz und das Päckchen an Bord waren, verschwand er wieder unter der Plane. Ich konnte erkennen, dass es sich um einen dünnen hellhäutigen Mann handelte. Sogar seine Größe war von oben betrachtet schwer zu erkennen. Eine Ballmütze mit einem Schwertfisch darauf schirmte auch sein Gesicht vor mir ab.

Der Motor heulte auf, als er den Gashebel herunterdrückte. Das Boot raste davon und hinterließ eine Spur von Wellen in seinem Kielwasser. Das Boot hatte einen Namen auf dem Heck – *King of Hookers*.

Stilvoll, dachte ich.

Das Fischerboot raste den Kanal hinunter in den Lake Clarke. Das schwindende Sonnenlicht reflektierte sich in den Wellen, die es hinter sich ließ. In weniger als einer Minute bog das Boot um die Biegung des Ufers und verschwand auf dem See.

Ich starrte ihm noch ein oder zwei Minuten hinterher, nachdem es aus dem Blickfeld verschwunden war. Die Übergabe war clever eingefädelt, und ich fragte mich, warum der Name seines Bootes so deutlich sichtbar war. Solche Boote gab es hier wie Sand am Meer.

Wahrscheinlich gehörte das Boot gar nicht ihm. Er hatte sich einen guten Platz ausgesucht, nur wenig Zeit, um sich auf irgendetwas Zwielichtiges vorzubereiten, und sich mehrere

Möglichkeiten offen gelassen, um zu entkommen. Ein Boot zu stehlen war auch sehr klug. Selbst wenn ich das Boot zurückverfolgen würde, würde ich nichts damit anfangen können.

Eine Sekunde lang kam mir in den Sinn, dass der Typ schlau genug war, um die 70.000 Dollar zu verdienen, die er diese Woche gemacht hatte. Trotzdem wusste ich, dass Peterson immer wieder über seine Schulter schauen würde, wenn er nicht dingfest gemacht wurde.

Was auch immer der Mann gegen ihn in der Hand hatte, es reichte aus, um den Bürgermeister in Angst und Schrecken zu versetzen und ihn dazu zu bringen, mir ein Honorar zu zahlen, das es mir ermöglichen würde, die nächsten fünf Jahre auf dem Boot zu bleiben.

Ich stieg wieder ins Auto und fuhr zurück auf die Interstate.

16

Bei meiner Rückkehr saß Peterson immer noch an der Bar. Die Menge hatte sich etwas gelichtet, aber ein paar Typen buhlten um seine Aufmerksamkeit, als hätte er vor sich ein Schild mit der Aufschrift „Frei".

Er blickte von seinem Gespräch auf und sah, wie ich auf einem Hocker ihm gegenüber Platz nahm.

Er ließ sich nichts anmerken, dass er an meiner Rückkehr interessiert war, sondern unterhielt sich weiter mit einem glatzköpfigen Mann, der einen 2000-Dollar-Anzug trug, der aussah, als hätte er ihn gerade erst angezogen.

Hunter kam vorbei und fragte: „Wieder zurück? Möchtest du noch einen Drink?"

„Ja, und kannst du mir einen Burger bestellen? Medium rare mit dem geräucherten Brie, den es da hinten gibt."

Hunter ging um die Bar herum. In weniger als einer Minute stellte er einen Drink vor mir ab.

„Hallo", sagte Missy, als sie sich neben mich setzte. „Ich habe gehört, dass Michael vorhin hier war." Das Blut schoss mir in die Wangen, und ich spürte die Hitze in meinem Gesicht.

„Tut mir leid", meinte sie.

„Schon in Ordnung. Er schien ziemlich angespannt zu sein."

Sie schüttelte langsam den Kopf. „Das ist keine Entschuldigung. Ich muss mit ihm reden. Ich möchte das nur nicht."

„Dann tu es eben noch nicht", schlug ich vor. „Lass den Mistkerl ein bisschen schmoren. Michael muss seinen Frieden finden. Vielleicht musst du das auch."

Sie sah mich an. „Ich habe da schon eine Idee, was passieren müsste."

„Aber ..."

Sie zuckte mit den Schultern. „Ich muss mich um die Gehaltsabrechnung kümmern und das neue Menü des Chefkochs genehmigen."

„Klingt spannend."

„Hast du etwas von deinem Kumpel von den Marines gehört?"

„Nein", antwortete ich. „Er hat sich mit ein paar üblen Typen eingelassen."

Missy zuckte zusammen. „Denkst du, es geht ihm gut?"

„Ich weiß es wirklich nicht", antwortete ich. „Vielleicht irre ich mich, aber mein Gefühl sagt mir, dass er nicht mehr lebt."

Ihre Hand legte sich zärtlich um meine. „Oh, Chase, das tut mir leid."

Ich drehte meine Hand und drückte ihre. „Der Junge hat sich das wohl selbst eingebrockt, nehme ich an."

Hunter kam um die Mitte der Bar herum und brachte mir meinen Cheeseburger. Missy ließ meine Hand los und zog ihren Arm wie eine Peitsche zurück. Hunter schien von unserer gemeinsamen Intimität nicht sonderlich überrascht zu sein.

„Du kannst Hunter niemals feuern", betonte ich, als ich das Brötchen meines Burgers anhob, um zu überprüfen, ob meine Bestellung richtig ausgeführt worden war.

„Ach was", scherzte sie, „dabei wollte ich gerade mit ihm schlafen."

Ich lachte. „Ich dachte, das hättest du schon."

„Wenn du so weitermachst", schnauzte sie, „dann tu ich das vielleicht auch."

Sie stand auf. „Ich muss noch arbeiten. Kann ich heute Abend bei dir pennen?"

„Soll ich Hunter auch einladen?"

Sie grinste. „Meinst du, es braucht euch beide?"

Als sie fortgegangen war, nahm ich den Burger in die Hand und biss hinein. Während ich kaute, stellte ich fest, dass Petersons Gruppe sich verkleinert hatte. Er löste sich von den beiden Jungs, die sich noch unterhielten. Dann kam er auf mich zu.

„Alles gut, Chase?"

„Ja", antwortete ich, nachdem ich geschluckt hatte. „Ich habe den Typen gesehen. Er saß in einem Fischerboot. Er hat sich das Päckchen geschnappt und ist in Richtung See gejettet."

„Du hast ihn gesehen?", fragte Peterson aufgeregt.

„Nicht so gut, um ihn zu identifizieren", erklärte ich. „Aber das Boot hieß *King of Hookers*, falls du es verfolgen willst."

„King of Hookers?"

„Passend, oder?"

Peterson sagte: „Vielen Dank dafür, Chase."

Ich hob meine Hände. „Danke nicht mir. Ich habe doch gar nichts getan. Ich habe dir überhaupt nicht geholfen."

Er nickte mir knapp zu und ein anderer Wähler aus seinem Wahlkreis packte ihn am Arm. Damit war der Bürgermeister wieder in den politischen Modus gewechselt. Ich aß meinen Burger zu Ende und signalisierte Hunter, dass ich zahlen wollte.

Die Nacht war klar, bis auf ein paar Kumuluswolken, die am Mond vorbei zogen. Die Meeresbrise kribbelte auf meiner Haut. Haarsträhnen fingen den Wind und tanzten um meinen Kopf. Ich ging den Bürgersteig entlang, wo Alvarez mir gefolgt war.

Meine Gedanken über Tristan waren durcheinandergeraten. An welchem Punkt sollte ich Kayla meine Bedenken mitteilen?

War ich hier zu voreilig? Es gab keinerlei Beweise, dass er tot war. Wären wir noch in der Wüste, würde ich dann so schnell entscheiden, ihn zurückzulassen, ohne es wirklich zu wissen?

Von irgendwoher drang Lachen in den Wind. Ich drehte mich um und sah zwei Pärchen auf der Terrasse des Tilly's. Sie waren in ihren 40-ern. Auch sie waren keine Einheimischen, für sie war es ein Ausflug.

Ich wandte mich um, um meinen Spaziergang fortzusetzen. Da trat plötzlich ein Mann vor mich. Die Sig Sauer, die er auf mich gerichtet hatte, war das erste, was mir auffiel. Er war ein Latino. Nicht Narbengesicht oder Alvarez oder wie auch immer er heißen mochte. Er war nicht so groß wie Narbengesicht oder Alvarez, und hätte er keine Waffe auf mich gerichtet, hätte ich das Gefühl gehabt, dass ich ihn in einem Kampf hätte besiegen können. Aber zu diesem Zeitpunkt gab es für mich keine Chance.

Ich hob meine Hände bis etwa zur Mitte meines Oberkörpers. Auf diese Weise erweckte ich den Anschein, als würde ich mich ergeben, während ich gleichzeitig meine Hände frei hatte, um zu reagieren, wenn sich die Gelegenheit bot. Ich war bereit, sie vollständig zu heben, wenn er darauf bestand, aber ich hatte das Gefühl, dass er das als Kapitulation akzeptieren würde. Das Ego der meisten Menschen lässt sie glauben, dass sie besser sind als sie selbst. Wenn dann noch eine Waffe hinzukommt, werden sie übermütig.

„Vamos", befahl er.

Mein Highschool-Spanisch musste noch aufgefrischt werden, aber ich war mir ziemlich sicher, dass das „Los“ bedeutete. Außerdem deutete er mit seiner Waffe auf die Straße.

Er blieb etwa zwei Meter hinter mir, gerade weit genug, dass
ich ihn nicht entwaffnen konnte, bevor er auf mich schießen
würde – schlau von ihm.

Ein schwarzer Hummer war auf der Straße geparkt. „*Entra*.“

Ich drehte mich um und sah ihn fragend an.

„*Entra*“, wiederholte er.

„*No habla*“, erklärte ich.

Die Hecktür öffnete sich. Von drinnen drang Licht auf den
Asphalt.

„Warum setzen Sie sich nicht zu mir, Mister Gordon?“ Die
Stimme hatte einen starken Akzent, und das Wort „Mister“
wurde mit Sorgfalt und Genauigkeit ausgesprochen.

Mit einer Waffe im Rücken nahm ich die Einladung an. Julio
Moreno saß mit Narbengesicht auf dem Rücksitz. Ich klet-
terte hinein und setzte mich auf den Sitz, Moreno gegenüber.
Der Innenraum des Hummers war nicht serienmäßig. Zwei
Lederbänke standen einander gegenüber. LED-Leisten an der
Decke verbreiteten ein fahles, helles Licht. Der Neue saß
neben mir, mit dem Gesicht nach vorne.

„Mister Gordon“, begann Moreno, „wie war Ihr Sandwich?“

„Sehr gut. Ich nehme nicht an, dass Sie mir etwas von
diesem ... was auch immer es war, mitgebracht haben?“

„*Boliche*“, antwortete er. „Nein, ich dachte, wir könnten mal
miteinander reden.“

„Nun, dann reden Sie“, antwortete ich.

Morenos Augen verengten sich. Er musterte mich genau.
„Ich gehe davon aus, dass Sie, da Sie gute Beziehungen zur
Drogenfahndung haben, wissen, wer ich bin.“

„Gute Beziehungen ist vielleicht etwas übertrieben“, sagte
ich. „Aber ja, ich weiß, wer Sie sind.“

Moreno sah Narbengesicht an und sagte: „*Buscalo*.“

Narbengesicht riss mein Hemd auf und begann, mich abzu-
tasten. „*Nada*“, erklärte er Moreno.

„Das war ja klasse“, witzelte ich. „Warum laden Sie mich das
nächste Mal nicht zum Essen ein, bevor Sie mich betatschen?“

„Wo ist Tristan Locke?“, fragte Moreno.

„Ah“, sagte ich und zog die eine Silbe in die Länge. „Ich habe
keine Ahnung.“

„Sie wissen etwas“, stellte er unverblümt fest.

„Eine Menge“, bestätigte ich. „Allerdings nichts darüber, wo
Tristan sich aufhält.“

„Er schuldet mir sehr viel Geld.“ Moreno starrte mich an.

„Ich habe gehört, es sind 25.000. Habe ich Recht?"

Der Mann nickte knapp.

„Was ist passiert?", fragte ich. „Hat Tristan erzählt, dass die Küstenwache ihn aufgegriffen hat? Dass er die Drogen abliefern musste?"

„Das hat er behauptet", antwortete Moreno. „Aber das ist nicht meine Sache."

In Ihrem Geschäft ist das Kleingeld", erklärte ich.

Moreno knurrte: „Wenn man zulässt, dass der Hund einem die Reste klaut, nimmt er einem schon bald das Essen aus dem Mund."

„Ich verstehe. Die gute alte Gangsterlogik. Ich wette, Ihre Angestellten legen sich für den Boss mächtig ins Zeug, nicht wahr?"

„Arbeitet Locke mit Agent Kohl zusammen?", fragte er.

„Das kann ich beantworten", erwiderte ich begeistert. „Tut er nicht. Das ist nicht Tristans Stil."

„Aber Sie arbeiten mit Kohl zusammen?", fragte er.

„Nochmal", erklärte ich, „das tue ich nicht. Kohl sucht nach irgendeiner Möglichkeit, Sie ranzukriegen. Er scheint ein bisschen verzweifelt zu sein."

„Wo ist Locke?"

„Ich sagte doch: 'Keine Ahnung'." Dann fügte ich hinzu: „Ich weiß zumindest, dass Sie ihn nicht umgebracht haben."

„Vielleicht hat er meine Drogen geklaut und sie selbst verkauft. So viel Geld kann jemanden eine Zeit lang untertauchen lassen." „Vielleicht", antwortete ich. „Aber das glaube ich nicht."

Moreno starrte mich an. Er schien nachdenklich zu sein. Dann fragte er: „Glauben Sie, er ist noch am Leben?"

Mein Gesichtsausdruck muss meine Gedanken verraten haben. Ich war von der Frage überrascht. Moreno lächelte: „Aber das wissen Sie doch nicht mit Sicherheit, oder?"

Ich schüttelte den Kopf: „Ich weiß es nicht. Ich weiß es wirklich nicht."

„Darf ich eine ...", er hielt inne, als er nach einem Wort suchte, „Vermutung anstellen? Möglicherweise hat Locke mein Päckchen gestohlen und versucht, es an jemand anderen zu verkaufen. Diese Person könnte gierig gewesen sein und beschlossen haben, dass sie, wenn sie Locke tötet, das Geld und die Ware haben kann."

An dieses Szenario hatte ich noch gar nicht gedacht. Wenn Tristan dumm genug war, sich mit Moreno einzulassen, war er vielleicht auch dumm genug zu glauben, dass er ihn überlisten kann. Kayla erwähnte jedoch, dass er sich über die Küstenwache beschwert hatte.

„Ich fürchte, Sie können mir wenig bieten“, stellte Moreno fest.

„Aber halt, es gibt noch mehr“, sagte ich. „Wenn Sie jetzt sofort zuschlagen, gebe ich Ihnen eins von diesen Handtüchern, die nie nass werden.“

„Sie machen wohl Witze“, sagte Moreno. „Haben Sie denn überhaupt keine Angst vor mir?“

„Nein, habe ich nicht“, erklärte ich ihm. „Warten Sie, wollen Sie darauf hinaus?“

„Was ist mit Ihrem Freund, Locke?“, fragte Moreno.

Lächelnd schüttelte ich den Kopf. „Nö, ich habe auch keine Angst vor ihm, aber zwischen euch beiden hätte er die Nase vorn. Außerdem halten Sie ihn jetzt für tot.“

„Das ist nur eine Vermutung“, sagte er.

Ich blieb ganz ruhig. In meinem Kopf maß ich die Entfernung zwischen meinem Arm und der Sig Sauer, die immer noch auf meinen Bauch gerichtet war.

Moreno schaute finster drein. „Haben Sie denn gar keine Angst, dass ich ihn oder seine Familie finden und verletzen könnte?“ „Mr. Moreno“, begann ich. „Darf ich Sie Julio nennen?“

Narbengesicht blinzelte mich an. Ich war mir nicht sicher, ob er Englisch sprach oder nicht. Seiner Reaktion nach zu urteilen, schien er es zu können.

„Das dürfen Sie nicht“, sagte Moreno.

Trotzig sagte ich: „Julio, ich kann Ihnen nur eines sagen. Wenn Tristans Familie etwas zustößt, wird die Anzahl der Tage, die Sie auf dieser Erde verbringen dürfen, einstellig sein.“

„*Eres tonto*“, murmelte er. Dann übersetzte er: „Sie sind ein Narr.“

„*No, Señor*“, korrigierte ich ihn. „Das sind schon Sie. Was wussten Sie über Tristan, bevor Sie ihn für Sie Drogen an der Küste hoch- und runterfahren ließen? Was wussten Sie über mich, bevor Sie mich in Ihr Auto gezerrt haben?“

Sein Gesicht verzog sich. „Sie waren mit Locke in der Armee“, sagte er selbstbewusst.

„Falsch“, erwiderte ich. Mein Ellbogen schnellte hoch und erwischte den Schützen am Kiefer, während meine rechte Hand über meinen Körper griff und ihm die Sig entriss. Der Lauf der Sig krachte Narbengesicht auf die Nase, bevor er seine eigene Waffe ziehen konnte. In der halben Sekunde, in der Narbengesicht betäubt war, rammte ich dem ersten Kerl erneut den Ellbogen auf die Nase. Diesmal schallte ein hörbares Krachen durch den Hummer.

Die Sig richtete sich auf Moreno. Ich schaute ihm in die Augen. „Sagen Sie ihm, er soll ganz langsam die Waffe ablegen, die er hat. Wenn ich mich auch nur ein bisschen unwohl fühle, blase ich Ihnen gleich den Hinterkopf weg, bevor ich ihm eine ins Auge jage."

Moreno sah Narbengesicht an und nickte. Narbengesicht zog einen Colt .45 aus seiner Seite, er hielt die Waffe am Lauf. Ich schätze, er beherrschte die Sprache.

Ich packte den Griff und schlug noch einmal auf den Kerl neben mir ein, diesmal in die Kehle. Er schnappte nach Luft. Er war mir am nächsten, und das machte ihn zum gefährlichsten Gegner. Die Regeln für einen Einsatz besagen, dass die gefährlichste Bedrohung zuerst ausgeschaltet werden muss.

„Marines", sagte ich unverblümt. „Wir waren beide Marines."

„Sie machen einen Fehler", zischte Moreno durch seine Zähne.

Ich hielt beide Waffen auf Moreno und auf Narbengesicht gerichtet und fragte: „Sie denken, ich mache einen Fehler? Ihr seid zu dritt in einem geschlossenen Raum und ich bin allein."

„Was für eine Überraschung", knurrte Narbengesicht.

„Ja, und dich werde ich nicht noch einmal so erwischen, oder?" Narbengesicht fletschte leicht die Zähne.

„Die Sache ist die", erklärte ich. „Was ich darüber gesagt habe, sich Lockes Familie zu nähern. Das meinte ich so. Ich kann euch mit einem Gewehr aus siebenhundert Metern Entfernung treffen. Ich kann tagelang darauf warten, dass ihr euren Kopf aus dem Sand steckt. Wenn ihr mit eurem Bauch voller Borschtsch oder was auch immer das ist, aus dem Padrino's kommt, liegt ihr tot auf der Straße."

„Nicht, wenn ich dich zuerst töte", drohte Narbengesicht.

Ich sah Moreno an. „Tristan und ich waren in einer Einheit mit vier anderen Marines, die genauso sind wie ich. Wir sind alle gleich, und wenn mir etwas zustößt, dann sind Sie, Julio, mein Freund, das Ziel Nummer eins."

Narbengesicht zuckte zusammen, und Moreno streckte eine Hand aus, um ihn zu beruhigen.

„Ich scheine Sie unterschätzt zu haben, Mister Gordon", sagte er ruhig. „Das ist ein Fehler, den ich nicht zu machen pflege."

„Nein", antwortete ich, „das ist er wohl nicht. Lassen Sie uns eine Art Waffenstillstand schließen. Ich denke, dass wir das bisschen Wechselgeld, das Ihnen fehlt, einfach abschreiben sollten. Ich halte mich von Ihnen fern, und Sie halten sich von mir, Tristan und seiner Familie fern. So können wir alle ein viel längeres Leben führen."

Moreno sagte: „Wenn Locke auftaucht, entscheiden wir zu diesem Zeitpunkt über das Ausmaß seiner Schulden.

Ich versichere Ihnen aber, dass die Entscheidung fair ausfallen wird. Wäre das in Ordnung?"

„Ich bin ein bisschen traurig, dass ich dieses Rindfleischzeug nicht probieren kann", meinte ich.

„Hector", wandte sich Moreno an den Mann neben mir, „bitte lass Mister Gordon raus."

Mit blutender Nase und immer noch nach Luft schnappend, kämpfte Hector darum, aus dem Auto zu kommen.

„Danke, Señor Moreno", bot ich an. „Ich hoffe, es macht Ihnen nichts aus, wenn ich die Waffen noch ein bisschen länger behalte. Sie scheinen zwar vernünftig zu sein, aber wilde Hasen haben in der Vergangenheit schon allerlei Ärger verursacht."

Moreno nickte, als ich ausstieg. Ich richtete die Sig wieder auf Hector. Er war zwar etwas verhalten, aber er war immer noch die größte Bedrohung. Dann stieg er wieder in den Hummer und schloss die Tür. Ich trat von dem Geländewagen zurück, als er vom Bordstein wegfuhr.

Nachdem die Rücklichter verschwunden waren, atmete ich langsam aus.

17

MEINE AUGEN ÖFFNETEN SICH und ich blinzelte ein paar Mal. Ich war es nicht gewohnt, dass die Sonne durch das Fenster schien, um mich zu wecken. Ich drehte mein Gesicht von der Sonne weg und starrte auf Missys nackte Gestalt, die neben mir lag.

Nach meiner Begegnung mit Moreno hielt ich es für das Beste, mir einen anderen Ort für die Nacht zu suchen. Moreno könnte beschließen, dass meine Frechheit bestraft werden sollte. Männer wie er halten sich nicht immer für verwundbar. Es hatte keinen Sinn, dass er am Ende noch Narbengesicht schickte, um mich umzulegen, während ich in meiner Koje schlief.

Missy buchte ein Zimmer im Tilly, und wir beschlossen, uns hier mit einer Flasche Champagner zu verstecken.

Aber der Haken an diesem Hotel waren die nach Osten gerichteten Fenster. Jeder wollte einen Blick auf das Meer haben, aber um sechs Uhr morgens war die Sonne ein unangenehmer Wachmacher – meine eigene Schuld, weil ich die Vorhänge vor dem Einschlafen nicht zugezogen hatte.

Missy schien sich von dem Licht nicht stören zu lassen. Sie atmete kurze, flache Atemzüge, die jede Sekunde über ihre Lippen kamen.

Meine Uhr zeigte 6:20 Uhr an und ich überlegte, ob ich eine Dusche nehmen sollte. Stattdessen ließ ich meinen Kopf zurück in das Kissen sinken und dachte an Tristan.

Moreno hatte so gut wie bestätigt, dass er Tristan nicht gefunden hatte. Mein Bauchgefühl sagte mir immer noch, dass mein Freund einem schrecklichen Schicksal erlegen war. Vielleicht lag ich damit völlig falsch.

Vielleicht lag ich aber auch bei Tristan völlig falsch. Ich hatte angenommen, dass der Tristan, mit dem ich gedient hatte, seine Frau und sein Kind niemals verlassen würde. Aber

Tatsache war, dass ich den Tristan, der geheiratet und ein kleines Mädchen bekommen hatte, überhaupt nicht kannte.

Wirf alle deine Annahmen über Bord, sagte ich mir.

Was, wenn Tristan tatsächlich Morenos Drogen gestohlen hat? Was, wenn der Drogenhandel nicht nur dazu diente, seine Familie zu ernähren? Ich dachte daran, was Detective Schilling über den Typen aus seiner Einheit gesagt hatte. Nichts hatte ihn retten können, egal was Schilling und die anderen Jungs aus seiner Einheit versuchten. Vielleicht war Tristan nur ein Kleinkrimineller. Wenn man die Umstände bedenkt, unter denen er unehrenhaft entlassen wurde, könnte das durchaus zutreffen.

Ich war mir sicher, dass Moreno im Moment nicht gegen Kayla und Abbie vorgehen würde. Ich musste Tristans Leben neu überdenken. Wo hatte er sich versteckt? Mit wem hatte er zu tun?

So setzte ich mich auf und starrte aus dem offenen Fenster. „Wohin gehst du?", fragte Missy.

„Tut mir leid, ich habe dich geweckt", sagte ich.

„Das ist schon in Ordnung, aber es ist noch früh. Was machst du denn da?"

„Die Sache mit Tristan macht mir zu schaffen", erklärte ich ihr. „Ich werde ein bisschen herumschnüffeln."

„Was ist mit diesem Drogendealer? Moran?"

„Moreno", berichtigte ich sie. „Ich sollte wachsam sein, aber ich glaube nicht, dass er etwas mit Tristan zu tun hat. Noch nicht."

„Du könntest einfach eine Weile hier bleiben", schlug sie vor.

Ich drehte mich um, ließ mich nach hinten sinken und küsste ihre Lippen. Ihre Finger fuhren durch mein Haar und sie griff danach.

Doch ich zog mich zurück. „Warum verschieben wir das nicht auf später?"

Sie biss sich auf die Lippe. „Daran werde ich später denken." „Verdammt, Frau", knurrte ich, „du bist unersättlich."

„Kannst du nicht noch eine Runde mitmachen?"

Ich lachte. „Nein, ich werde schon so den ganzen Tag komisch laufen." Sie warf ein Kissen nach mir, als ich unter die Dusche ging.

„Darf ich mir wieder dein Auto ausleihen?", fragte ich über das Geräusch des fließenden Wassers hinweg.

„Heute leider nicht", sagte sie und stieg zu mir unter die Dusche. „Ich muss zu einer Veranstaltung der Handelskammer."

Sie begann meinen Hals zu küssen. Meine Arme zogen sie näher zu mir. „Ich dachte, ich hätte 'später' gesagt."

„Ich weiß, was du gesagt hast." Dann küsste sie meine Brust.

Ich stützte mich mit den Händen an der Duschwand ab, weil mein Gehirn nicht mehr durchblutet wurde.

Als sie sich wieder aufrichtete und mich küsste, meinte sie: „Du schuldest mir was."

„Ich dachte, ich hätte schon einen Vorsprung von zwei."

Sie küsste mich erneut. „Hattest du auch, aber trotzdem schuldest du mir noch einen."

Ich lächelte. „Jetzt", sagte sie, „komm aus der Dusche. Ich muss zur Arbeit gehen."

Ich trocknete mich ab, während ich alles volltropfte. Missy war noch unter der Dusche, als ich mich fertig anzog.

Es war noch zu früh, um Kayla anzurufen, aber ich wollte in ungefähr einer Stunde mit ihr sprechen. Tristan musste doch ein paar Freunde in der Nähe haben, zu denen er gehen konnte, wenn er einen Platz zum Schlafen brauchte. Falls Kayla mir den Schlüssel zu ihrem Haus überließ, konnte ich dort vielleicht etwas finden, das sie übersehen hatte.

Ich wollte das Auto des Yachthafens nicht in Beschlag nehmen. Die meisten Leute würden einen Uber oder Lyft benutzen, aber die meisten Leute haben ja auch Smart-phones. Ich schaute beim Concierge vorbei. Der dien-sthabende Concierge hieß William. Vielleicht auch Will. Das wusste ich nicht. Wir kannten uns nur flüchtig.

„Hey", sagte ich, als ich zu ihm trat.

„Hallo, Chase", erwiderte er, nachdem er anscheinend kurz damit zu kämpfen hatte, meinen Namen mit meinem Gesicht zu verbinden. „Was kann ich für dich tun?"

„Könntest du ein Taxi für mich rufen?"

„Aber sicher. Arbeitest du heute nicht?"

„Später, aber ich muss noch ein paar Besorgungen machen."

Er nickte, als er den Hörer auf seinem Schreibtisch abnahm. „Ich lasse dich vor der Tür abholen."

„Danke."

Auf dem Weg zur Haustür hielt ich an der Kaffeebar und holte mir eine Tasse. Als ich mich auf die Bank vor dem Eingang des Tilly Inns setzte, genoss ich den Morgen in vollen Zügen. Als Barkeeper verpasse ich die frühen Morgenstunden meistens, aber wenn ich irgendwo auf einer einsamen Insel unterwegs bin, genieße ich sie. Normalerweise tauche ich als Erstes ins Meer, um zu schnorcheln und vielleicht ein bisschen Speerfischen zu gehen.

Nach nur ein paar Wochen an Land spielte ich schon mit dem Gedanken, wieder hinauszufahren.

Dank Petersons Zuwendungen musste ich nicht so lange arbeiten, wie ich gedacht hatte. Mein Gehirn machte bereits kleine Pläne. Von den Keys aus konnte ich problemlos nach Süden segeln und nach Kuba oder zu den Kaimaninseln übersetzen.

Irgendwann wollte ich durch den Panamakanal und um die Welt fahren. Aber ich hätte ein ganzes Leben damit verbringen können, die Karibik zu erkunden, also habe ich mir für dieses Ziel keine Zeit gesetzt.

Das gelbe Taxi fuhr an den Bordstein heran. Ich zerknüllte meinen leeren Kaffeebecher und warf ihn in den Mülleimer.

Ein kleiner Räucherstäbchenhalter auf dem Armaturenbrett erfüllte das Auto mit dem Duft von Gewürzen. Der Fahrer war spindeldürr, aber nicht unterernährt, sondern eher so, als wäre er nicht dem amerikanischen Lebensstil erlegen, alles zu überdimensionieren.

„Wohin?", fragte er mich.

„3976 Long Shore. Das müsste draußen in Loxahatchee sein."

Der Fahrer tippte die Adresse in die GPS-App auf seinem Handy ein. Dann steckte er das Telefon in eine Halterung, die an der Lüftungsöffnung über dem Radio befestigt war.

Der Fahrer schien kein Interesse an Smalltalk zu haben. Es war ein Glücksspiel. Manche Taxifahrer reden ununterbrochen, andere trauen sich nicht, ein Wort zu sagen. Mir machte die Stille nichts aus. Die Fahrt würde mir Zeit geben, etwas von der Landschaft zu sehen. Genau wie in Miami gehen meine Fahrten nicht allzu weit ins Landesinnere.

Er hielt sich an die Hauptstraßen, und ich war mir nicht sicher, auf welchen wir genau fuhren. Als wir am Florida Turnpike vorbeifuhren, nahmen die Geschäfte und Geschäftsgebäude ab. Golfplätze und Wohnsiedlungen, die auf dem ehemaligen Sumpfgebiet errichtet wurden, zogen an uns vorbei.

Als der Fahrer nach Norden abbog, änderte sich die Landschaft und wir fuhren an der westlichen Seite eines Naturschutzgebietes entlang.

Nach einer Weile schaltete mein Verstand ab. Die Bäume und das spanische Moos, die an meinem Blick vorbeizogen, hypnotisierten mich. Als der Wagen anhielt, wurde ich wachgerüttelt.

Ich bezahlte den Fahrer und fragte: „Können Sie ein paar Minuten warten?" Ich hielt einen Zwanzigdollarschein hoch. Der Taxifahrer nickte wortlos, und ich hielt ihm den Schein hin, damit er ihn nehmen konnte.

Tristan und Kayla wohnten in einem kleinen Haus, vielleicht 80 Quadratmeter groß. Es war ein kleiner Würfel aus Backstein, gestrichen und mit abgesplittertem und brüchigem Putz bedeckt. Der mikroskopisch kleine Vorgarten war mit Steinen und Sand bedeckt. Eine Puppe, die zweifelsohne von der kleinen Abbie stammte, und ein kleiner Spielzeugjeep brannten in der Sonne Floridas. Bescheidene Versuche, das Haus wie ein Zuhause aussehen zu lassen, waren entlang des Gehweges gepflanzt. Ein Hibiskus und ein Mangobaum standen auf beiden Seiten des Hofes. Es sah so aus, als könnten sie sich jeweils nur ein oder zwei Pflanzen leisten, und die Lücken zwischen allem Bepflanzten wirkten traurig und groß.

Die Haustür war angelehnt, und ich blieb auf der Schwelle stehen. Der Holzrahmen war zersplittert, wo ein Fuß den Riegel durch das Holz gestoßen hatte. Als ich über die Schulter blickte, sah ich, dass der Fahrer mit seinem Handy spielte.

Mit meinem Zeh stieß ich die Tür auf. Das Innere sah aus, als hätte ein Tornado es verwüstet, eine Couch war aufgeschlitzt und umgestürzt. Überall lagen Sachen verstreut. Ich trat langsam ein und versuchte, eine freie Fläche zu finden, auf die ich meinen Fuß setzen konnte.

Fass nichts an, erinnerte ich mich.

Die Suche schien gründlich gewesen zu sein. Die Rigipswände waren aufgeplatzt und klaffende Löcher überzogen jede Wand. Sogar die Decke war heruntergerissen worden.

Das sah nicht nach Morenos Arbeit aus; ihm ging es eher darum, eine Botschaft zu vermitteln. Diese Verwüstung war zutiefst erschütternd. Gerahmte Bilder der Familie Locke waren unter Füßen zermalmt worden. Die Rahmen waren größtenteils unbeschädigt, nur das Glas war zerbrochen.

In der Küche stand die Tür der Gefriertruhe offen. Alle Lebensmittel, die sich darin befunden hatten, lagen in Pfützen auf dem Boden verstreut. Einige hatten angefangen zu riechen, weil sie in der Wärmekammer des Hauses vergammelt waren. Schubladen waren umhergeschleudert und ihr Inhalt überall verstreut worden.

Auch das Zimmer der armen Abbie war nicht davor gefeit. Spielzeug und Plüschtiere waren aufgeschlitzt und aufgebrochen worden. Ihre Matratze war aufgeschnitten und zur Seite geworfen worden.

Alle Lüftungsgitter waren aus den Wänden gerissen worden. Das war logisch. Die Täter kamen herein, um nach etwas zu suchen, und sie haben mit den naheliegendsten und am leichtesten zugänglichen Verstecken begonnen. So wurden die Lüftungsschächte und die Toilette als erstes durchsucht.

Als sie nicht fanden, was sie suchten, wurden sie immer frustrierter.

Als ich zur Rückseite des Hauses ging, fand ich einen Geräteschuppen. Auch er war nicht von der Suchaktion verschont geblieben. Die Tür war aufgerissen worden und hing nur noch lose in einem Scharnier. Ein Hammer war durch das Fenster des Schuppens geworfen worden. Nachdem ich eine kleine Handvoll Nägel gefunden hatte, entfernte ich die Tür vollständig aus dem Scharnier und trug sie nach vorne. Ich deckte die kaputte Eingangstür ab und nagelte die Schuppentür über die Öffnung. Das war zwar nicht Fort Knox, aber es würde vielleicht verhindern, dass jemand das Haus betrat.

Viel mehr konnte ich hier nicht tun.

Die Fahrt zurück zum Inn kam mir doppelt so lang vor. Alles drehte sich im Wind.

Als ich zurückkam, traf ich Joseph hinter der Bar an. Er arbeitet nur ein paar Tage in der Woche als Aushilfe an der Bar. Er ist Frührentner in seinen Sechzigern. In den achtziger Jahren hat er in Las Vegas gearbeitet und er hat ein paar tolle Geschichten über die Exzesse auf Lager, die damals in Sin City herrschten.

„Guten Morgen, Chase", begrüßte er mich, als ich die Manta Bar betrat. „Ich habe dich seit deiner Rückkehr nicht mehr gesehen. Wie war deine Reise?"

„Großartig. Am liebsten würde ich schon wieder losfahren."

Er nickte. „Ja, Janet will nicht ständig daran denken. Sie erlaubt mir ein paar Angelausflüge über Nacht, aber nichts Längeres."

„Abstriche", kommentierte ich.

„Nein, ich fahre gerne Boot. Ich will nur nicht, dass es in zuviel Arbeit ausartet."

„Kann ich mir mal das Telefon leihen?", fragte ich.

Er warf mir das Schnurlostelefon zu und ging zurück, um die Bar vorzubereiten. „Du kommst doch später wieder, oder?", fragte er.

„Ja, ich bin um vier da", antwortete ich und wählte Kaylas Nummer.

„Hallo", sagte sie.

„Kayla, ich bin's, Chase. Haben Sie schon was von Tristan gehört?"

„Gar nichts. Ich denke ständig, dass er vielleicht anruft oder so. Ich mache mir solche Sorgen."

„Ich bin immer noch auf der Suche. Ich möchte, dass Sie da oben bei Ihrer Mutter bleiben. Ich weiß nicht, in was Tristan verwickelt ist, aber es ist zu gefährlich für Sie und Abbie. Zumindest, bis ich ein paar Dinge herausgefunden habe."

Ihr tiefer Atem war durch das Telefon zu hören. „Ist das wegen der beiden Männer, die zum Haus gekommen sind?"

„Nein", erklärte ich, „das scheint etwas anderes zu sein. Diese beiden Männer sollten im Moment keinen weiteren Ärger machen."

„Was ist denn los?", fragte sie mit tränenerstickter Stimme. „Was ist mit Tristan passiert?"

Jetzt war nicht der richtige Zeitpunkt, um ihr von ihrem Haus zu erzählen. Das würde sie nur noch mehr ängstigen.

„Im Moment muss ich alle Leute ausfindig machen, die Tristan kannten. Kennen Sie jemanden, zu dem er gegangen sein könnte? Hat er jemals einen Namen erwähnt?"

„Chase, ich glaube, Sie sind die einzige Person, zu der er hier gehen würde. Er hat keine Familie."

„Hat er in den letzten paar Jahren irgendwo gearbeitet? Irgendjemand muss doch Kontakt zu ihm gehabt haben."

„Er hat im Hometown Hardware drüben in Lake Park gearbeitet. Das war letztes Jahr. Danach fing er an, auf dem Bau zu helfen. Ich weiß nicht, für wen. Er wurde in bar bezahlt."

„Gut", sagte ich, „wie gesagt, ich möchte, dass Sie da oben bleiben. Kommen Sie nicht zurück, ohne mit mir zu reden. Haben Sie das verstanden?"

„Ja."

„Wenn Sie von Tristan hören, muss ich das wissen. Er sollte es ohnehin wissen, aber sagen Sie ihm bitte, dass ich ihm helfen will."

„Das werde ich."

Ihre Stimme war zurückhaltend und traurig. Ich fragte mich, ob sie auf denselben Gedanken kam wie ich.

Dass Tristan nie wieder nach Hause kommen würde.

18

Das Telefon läutete, und meine linke Hand griff danach, während meine rechte weiter einen Grey Goose Martini für die vornehme Frau am hinteren Ende der Bar mixte. Ich klemmte mir den Hörer zwischen Wange und Schulter und ging ran: „Manta Club".

Die Stimme am anderen Ende sagte: „Ich muss mit Chase Gordon sprechen."

„Am Apparat Können Sie einen Moment warten?"

Ich ließ das Telefon von meinem Kinn auf meine Hand fallen, während ich der Frau auf der Rückseite der Bar den Martini servierte. Sie nickte mir zu, ohne auch nur den Hauch eines Lächelns zu zeigen, und legte ihre dünnen, rot geschminkten Lippen auf das Glas. Als sie zufrieden schien, hob ich das Telefon wieder an mein Ohr.

„Entschuldigen Sie bitte. Hier ist Chase."

„Chase, hier ist Rob Isip. Jay Delp hat mich wegen eines Bootes namens *Kristol* angerufen."

Ich wurde hellhörig. „Richtig. Der Coastie ... Ich meine, Sie sind doch bei der Küstenwache."

„Jay meinte, Sie wären ein Marine", stellte er fest. „Coastie. Nur in diesem Teil meines Lebens. Vorher war ich zwanzig Jahre bei der Navy."

„Doppelt gemoppelt, hm?"

„Meiner Frau gefällt Fort Lauderdale, und das ist nicht billig."

Ich musste lachen. „Ich habe gehört, dass die meisten Ehefrauen nicht billig sind."

Rob gluckste zurück. „Das kann ich so nicht bestätigen. Ich habe ja nur mit der einen Erfahrung."

„Ich kann nur annehmen, dass sie alle so sind und ich versuche, die Ehe unter allen Umständen zu vermeiden."

„Das könnte ratsam sein", lachte er.

„Danke, dass Sie mich zurückgerufen haben."

„Jederzeit. Jay hat erwähnt, dass ihr beide einen Freund aus seiner Zeit bei der Armee habt, der in Schwierigkeiten stecken könnte."

„Sieht ganz so aus. Was wissen Sie über die *Kristol*?"

Rob antwortete: „Ich habe Berichte gelesen. Es sieht so aus, als wäre sie vor etwa sechs Wochen angehalten und durchsucht worden. Aber es wurde nichts gefunden und das Schiff durfte seine Fahrt fortsetzen."

Ich schüttelte den Kopf. „Gab es einen Grund für die Durchsuchung?"

„Das kann ich nicht sagen", antwortete er. Er fügte hinzu: „Ich meine, das geht aus dem Bericht nicht hervor."

„Danke, das hilft mir sehr. Steht da auch, ob der Besitzer allein auf dem Boot war?"

„Ja, nur eine Person war an Bord. Der Name war Tristan Locke. Ist das Ihr Kumpel?"

„Ja. Vielen Dank. Kommen Sie oft hierher nach West Palm? Vielleicht können wir ja mal einen Drink zusammen nehmen."

„Auf jeden Fall", sagte er. „Wenn Sie noch etwas brauchen, lassen Sie es mich einfach wissen."

Ein Gedanke schoss mir durch den Kopf. „Ja, ich habe noch eine Frage, bei der Sie mir helfen könnten. Haben Sie irgendwelche Berichte über gestohlene Boote? Ich suche ein Boot namens *King of Hookers*."

„Ein toller Name", sagte er. „Bleiben Sie mal dran."

Er legte mich in die Warteschleife und ich nahm mir eine Minute Zeit, um an jedem der Kunden an der Bar vorbeizugehen. Ich mixte gerade einen Dewar's on the rocks, als Rob sich wieder meldete.

„Chase, ich habe etwas."

„Großartig", antwortete ich und schob die Flasche Dewars zurück in die Ablage der Bar.

„Die *King of Hookers* wurde von einem privaten Hafen in Jupiter gestohlen. Die Sheriffs von Lake Clarke haben gestern Abend einen Anruf erhalten, dass sie sich dort befindet. Sieht ganz so aus, als wäre sie sich irgendwo in der Nähe des nördlichen Ufers aufgefunden worden."

„Hat der Sheriff das Boot beschlagnahmt?", fragte ich.

„Anscheinend wurde der Besitzer angerufen und er hat das Boot abgeholt."

„Haben Sie zufällig den Namen des Besitzers?"

Rob hielt inne. „Ich bin mir nicht sicher, ob ich den preisgeben sollte. Nichts für ungut."

„Verstehe."

„Geht es immer noch um Ihren und Jays Freund?"

„Nein", antwortete ich. „Das war etwas anderes."

„Sie scheinen überall Ihre Hände im Spiel zu haben", meinte er. „Normalerweise nicht. Ich mag das ruhige, einfache Leben."

„Jay sagte, Sie wären gerade mit Ihrem Boot von den Bahamas zurückgekommen."

„Und nach dieser Woche bin ich der Menschen schon wieder überdrüssig."

Rob lachte. „Tut mir leid, ich fürchte, ich kann nichts mehr für Sie tun."

„Danke, Rob. Ich bin Ihnen etwas schuldig."

„Jay hat gesagt, Sie würden mit mir und meiner Frau bei Sonnenuntergang mal raussegeln."

„Jederzeit", versprach ich ihm. „Ich brauche immer einen kleinen Vorwand, um rauszufahren."

„Toll", sagte er vergnügt. „Ich bringe ein paar Bier mit."

Ich legte auf und machte mich wieder an die Arbeit an der Bar. Die Grey Goose Martini Lady war schon fast fertig mit ihrem Drink. Sie bedeutete mir, dass sie gerne noch einen hätte. Es ist schwer, nicht beeindruckt zu sein von einer Frau, die Wodka trinkt, als wäre es Eiswasser.

In der Bar herrschte reger Betrieb mit Touristen und Hotelgästen. Abende wie dieser sind schön. So viel los, dass der Abend nicht wie eine tote Schildkröte vorüberzieht, und so viel Geschäft, dass sich mein Trinkgeldglas füllt. Diese Trinkgelder sind in der Regel eher symbolisch, als dass sie in großen Mengen fließen.

Um Mitternacht war ich selbst bereit für einen Drink. Jerry, der Küchenchef, kam mit einem Teller durch die Tür.

„Yo, Chase!", rief er. „Willst du einen Burger gegen ein Bier tauschen?"

Kristy und Bobby waren gerade gegangen. Ich versuche, in ihrer Gegenwart nicht zu viele Regeln zu verletzen. Während meiner Schicht trinke ich nie, aber wenn der Abend vorbei ist, habe ich kein Problem mit ein oder zwei Runden nach der Schicht. Ich bin nur vorsichtig, mit wem ich sie verbringe. Ich habe mit Barkeepern und Kellnern zusammengearbeitet, die nicht verstehen konnten, dass Arbeit und Spiel nicht zusammenpassen. Das liegt wahrscheinlich an meinen Jahren bei der Armee. Wenn ich auf einer Mission war, war ich immer konzentriert und klar im Kopf. Nicht, dass Barkeeping auch nur im Entferntesten mit den Marines zu vergleichen wäre.

„Ja", antwortete ich Jerry, „ich bin am Verhungern."

Er setzte sich an die Bar, und ich zapfte uns zwei Coastline Lagers. Dann rückte ich herum und setzte mich neben Jerry.

„Wie war dein Abend?", fragte ich ihn.

„Ich musste Jeremy heute Abend feuern.“

Ich kannte Jeremy nicht besonders gut. Eigentlich habe ich ihn erst diese Woche kennengelernt. Der Chefkoch hatte ihn während meiner Reisen eingestellt, aber mein erster Eindruck von ihm war, dass der Junge einige ernsthafte Probleme hatte. Er verschwand mitten in der Schicht für längere Zeit und ich habe ihn mehr als einmal in der Nähe der Ufermauer rauchen sehen. Er wies alle typischen Anzeichen für Ärger auf.

„Was hat er getan?“, fragte ich.

„Der verdammte Junge ist ganz schön anmaßend. Er hat eine Stunde lang eine Rauchpause gemacht. Ich habe ihn draußen mit einem Joint und einer der Haushälterinnen überrascht.“

„Ah“, meinte ich. So ziemlich das, was ich erwartet hatte.

„Hab ihn nach Hause geschickt“, sagte Jerry. „Der Chef soll sich morgen um ihn kümmern.“

Jerry war ein alter Navy-Typ. Ich weiß nicht viel über seine Dienstzeit. Er war raus, bevor ich in der High School war, aber er hatte immer noch diese Aura, die echte Soldaten ausstrahlen. Ich wusste genau, dass Jerry in seiner Freizeit Marihuana rauchte, aber bei der Arbeit war er ein knallharter Typ.

„Wie war dein Abend?“, fragte er.

„Ziemlich gut“, versicherte ich ihm. „Ruhig.“

„Störe ich?“, fragte Missy, als sie durch die Tür kam.

„Nein“, antwortete Jerry. „Wir haben uns nur über den Abend ausgetauscht.“

„Ich habe von deinem Koch gehört“, erklärte sie Jerry.

„Ja“, antwortete er, als ob das keiner weiteren Erklärung bedürfte. „Meinst du, er muss wirklich gehen?“, fragte sie ihn.

„Ja“, erwiderte er. „Der Junge hat keinen gesunden Menschenverstand und keine Arbeitsmoral.“

„Ich werde morgen früh mit dem Küchenchef sprechen“, antwortete sie.

Jerry nickte unbekümmert.

„Wie ist die Sache mit Tristan gelaufen?“, fragte sie mich. „Das wird ja immer komplizierter.“

Jerry blickte mich an.

„Ich habe einen Freund aus der Einheit, der verschwunden ist. Er war in ein paar üble Sachen mit üblen Leuten verwickelt.“

Jerry hörte zu und machte eine verständnisvolle Geste.

„Haben sie ihm etwas angetan?“, fragte er.

„Ich denke nicht“, sagte ich, „dass sie ihm etwas angetan haben. Zumindest die üblen Leute, von denen ich weiß, haben das noch nicht getan. Heute habe ich aber entdeckt, dass in sein Haus eingebrochen wurde."

Missy sah erschüttert aus. „Die Frau ist immer noch weg, oder?" Ich nickte. „Sie haben nach etwas gesucht."

Jerry schüttelte den Kopf. „Ich vermute, es hat mit Drogen zu tun."

„Sieht ganz so aus. Er hat Drogen für den größten Dealer im Staat vertrieben."

„Glaubst du, er hat ihn beklaut?", fragte Jerry.

„Keine Ahnung", antwortete ich. „Ich bin mir aber ziemlich sicher, dass sie ihn noch nicht gefunden haben."

„Du wirst ihn nicht mehr retten können, das weißt du?"

„Ich fürchte, es ist schon zu spät."

„Diese Kinder", murmelte Jerry, bevor er den Rest seines Bieres trank. „Estut mir leid, Chase."

„Es ist, wie es ist", stellte ich fest.

„Ich muss die Bestellung für den Küchenchef morgen fertig machen", meinte Jerry und schob sein leeres Bierglas von sich. „Danke, Chase. Bis dann, Missy."

Als er weg war, fragte Missy: „Wie hat es die Frau aufgenommen?"

„Den Einbruch?"

„Ja", antwortete Missy.

„Ich habe es ihr noch nicht erzählt", erklärte ich. „Ich wollte sie nicht verängstigen."

Missy schüttelte den Kopf. „Du bist ein Idiot."

Ich legte meine Stirn in Falten.

„Hör zu, das denke ich nicht oft. Aber in diesem Fall bist du einer. Ich kenne das Mädchen nicht, aber ich denke, du solltest ihr zutrauen, dass sie damit umgehen kann. Außerdem ist ihr Mann verschwunden und sie wurde bereits von Drogendealern angequatscht, die nach ihm suchen. Das arme Ding ist schon völlig aus dem Häuschen. Es ist nicht fair, dass du entscheidest, womit sie umgehen kann oder nicht."

„Ich versuche doch nur, sie zu beschützen", antwortete ich.

„Wie soll das gehen, wenn du ihr nicht die Wahrheit sagst?", fragte sie. „Wenn überhaupt, dann wird das Wissen um die Gefahr sie wachsam und vorsichtig machen. Wahrscheinlich genau das, was sie jetzt braucht."

Ich seufzte.

Missy lächelte: „Du weißt, dass ich recht habe. Du hast nur nicht genug Beziehungserfahrung."

„In Ordnung", stimmte ich zu, „ich rufe sie morgen früh an."

Missy schnappte sich eine der Pommes von meinem Teller. Sie verzog das Gesicht. „Die ist kalt."

Ich überging ihre Beschwerde und fragte: „Was hast du mit Michael vor?"

Sie schaute mich durch zusammengekniffene Augen an. „Paige ist zu Hause, also muss ich wohl da sein, wenn sie aufsteht."

„Das ist keine Antwort auf meine Frage."

Sie schaute mich mit sanften Augen an. „Hast du eine Idee, was ich tun kann?"

„Ich habe doch schon gesagt, dass wir einfach wegsegeln könnten."

Sie beugte sich vor und küsste mich.

„Wofür war der?", fragte ich.

„Weil du mir angeboten hast, mit mir abzuhauen", sagte sie. „Auch wenn du es nicht so meinst, gefällt es mir, dass du gefragt hast."

„Wie oft hatte ich schon Schwierigkeiten zu sagen, was ich denke?", fragte ich sie. „Wenn ich nach etwas frage, dann meine ich das auch."

Sie lenkte vom Thema ab und fragte: „Was ist jetzt mit deinem Freund? Was hast du vor?"

„Ich habe den ganzen Tag über ihn nachgedacht. Wenn Moreno ihn nicht auf dem Gewissen hat, ist er entweder untergetaucht oder jemand anderes hat ihn umgebracht."

„Könnte er nicht einen Unfall gehabt haben?", fragte sie. „Vielleicht ist er über Bord gefallen."

„Unwahrscheinlich", erwiderte ich. „Nicht unmöglich, aber das kann man nicht wissen. Sein Boot liegt im Hafen, und er hat kein anderes Auto. Er muss also mit jemandem unterwegs sein."

Sie nickte verständnisvoll. „In diesem Fall würde jemand wissen, was mit ihm passiert ist."

„Genau."

„Es scheint, als müsstest du diesen 'Jemand' finden."

„Die Frage ist nur, wo ich anfangen soll."

Sie berührte meine Hand. „Das Inn ist ausgebucht", sagte sie. „Ich musste das Zimmer weggeben."

„Scheint so, als müsstest du sowieso nach Hause zurück."

„Was ist mit dir?", fragte sie. „Ist nicht ein Drogendealer hinter dir her?"

„Ich habe keine Spur von seinen Leuten gesehen", bemerkte ich. „Aber ich komme schon klar. Ich will mir nur keine Sorgen um dich machen, wenn du dabei bist."

Ich beugte meinen Kopf herunter und küsste sie. „Warum gehst du nicht nach Hause?", schlug ich vor.

Ihre Hand wanderte auf meinen Schoß. „Wir könnten ein paar Minuten in meinem Büro verbringen."

„Ich muss noch fertig aufräumen. Außerdem machst du mich ganz schön fertig."

Sie verdrehte die Augen. „Ich dachte, die Marines hätten dir Ausdauer beigebracht."

„Ja, gegen feindliche Kämpfer, nicht gegen gefräßige Füchsinnen."

Ihre Augen funkelten. „Du denkst, ich bin gefräßig."

„Ich schulde dir immer noch etwas", versicherte ich ihr und überging ihre Stichelei.

„Gut", sagte sie, als sie aufstand. Ihre Finger wanderten von meinem Schoß aus meine Brust hinauf. „Glaube nicht, dass ich dich das vergessen lasse."

Meine Hand glitt unter ihre Bluse und zog sie dicht an mich heran. Meine Lippen streichelten ihre und ich zog sie zurück. Sie lehnte sich näher an mich heran. Ihr Atem strich schwer über meinen Mund.

„Ich verspreche, dass ich das nicht vergessen werde", flüsterte ich, während mein Mund ihren Hals küsste.

„Verdammt, Chase", stieß sie aus und drückte sich von mir weg.

Ich sah zu, wie sie ihre Bluse zurechtrückte und aus der Bar ging. Ihr Kopf drehte sich noch einmal zu mir um, als sie durch die Tür ging.

19

Ich fuhr an der Brücke vorbei, wo ich am vorletzten Abend eine Tasche mit Geld in das brackige Wasser geworfen hatte. Die nächste Ausfahrt führte mich zum Forest Hill Boulevard. Rob konnte mir nicht allzu viel sagen, aber er berichtete, dass das Boot am Nordufer des Lake Clarke gegen ein anderes Boot geprallt war. Leider kenne ich mich mit der Gegend hier nicht so gut aus. Oder, wie ich schon sagte, ich kenne mich weder südlich noch nördlich oder östlich des Tilly Inn aus. Gut, vielleicht ist das ein bisschen übertrieben.

Am Nordufer gab es einen kleinen Park. Über einem Schild mit der Aufschrift „Town of Lake Clarke Shores" flatterte eine amerikanische Flagge im Wind. Ich merke nie, wenn ich eine Gemeindegrenze überquere.

Die einzelnen Gemeinden liegen hier näher beieinander als Nachbarn in einem Doppelhaus. Jede von ihnen versucht, ihre Einwohner, die in Fertighäusern mit zumindest 200 Quadratmetern Wohnfläche leben, möglichst umfassend zu besteuern und zu verwalten.

Der Park muss für die Bewohner der Gegend gebaut worden sein. Es gab keine Parkplätze, wahrscheinlich ein Versuch der Behörden, Außenstehende daran zu hindern, die ruhige Uferlandschaft zu genießen.

Gegenüber des Parks befand sich eine Zahnarztpraxis. Ich parkte den Corolla des Yachthafens auf einem Platz mit Blick auf den See. Der Forest Hill Boulevard trennte mich vom See. Nicht, dass sechs Fahrspuren ein großes Hindernis gewesen wären.

Auf den Wegen des Parks herrschte reges Treiben. Junge Mütter, die Kinderwagen schoben, alleinstehende Leute, die mit Hunden verschiedener Größen spazieren gingen, und ein paar Kinder, die auf Skateboards herumflitzten.

Wenn die *King of Hookers* hier in der Nähe gefunden wurde, könnte es schwierig sein, herauszufinden, wo. Sowohl das Ost- als auch das Westufer des Lake Clarke waren bewohnt. Fast jedes Haus hatte eine kleine Anlegestelle mit irgendeinem Boot.

Ich blickte über das Wasser und beobachtete, wie ein paar Boote über das Wasser sausten. Zwei Paddelboarder bewegten sich auf die Uferlinie des Parks zu. Meine Füße schlurften durch das Gras in Richtung Wasser.

Die Mädels auf den Paddelboards waren jung. Vielleicht späte Teenager oder Zwanziger. Beide trugen Bikinis, die ihre gebräunte Haut zur Schau stellten. Das vordere Mädchen starrte auf die Wasseroberfläche, während sie sich fortbewegte. Das zweite Mädchen sah zu mir auf. Ich winkte ihr zu und lächelte sie an.

„Hallo", meinte sie, als sie in die Nähe des Ufers glitt.

„Hallo", antwortete ich. „Bist du von hier?"

Das erste Mädchen sah auf. Sie drehte ihr Paddelbrett in Richtung Ufer.

Das zweite Mädchen antwortete mir. „Ja, wir wohnen da drüben." Sie deutete auf das Westufer.

„Was ist mit Ihnen?", fragte das erste Mädchen schüchtern. „Näher am Meer", erklärte ich.

„Das wäre schön", erklärte das zweite Mädchen. „Ich bin Kaitlin. Das ist Kari."

„Darf ich euch etwas fragen?"

„Kommt drauf an", sagte Kari. „Was machen Sie hier in der Gegend?"

„Ich suche nach einem Boot, das gestohlen wurde", erklärte ich.

„Das passiert oft", sagte Kaitlin. „Hat denn jemand Ihr Boot gestohlen?"

Ich lächelte. „Nein, mein Boot ist in Sicherheit."

„Was ist das für ein Tattoo, das Sie da haben?", fragte Kaitlin und deutete auf meinen Arm. Meine Augen blickten auf die Tätowierung auf meinem Bizeps. „Das ist in Tattoo von den Marines."

„Hat es eine bestimmte Bedeutung?", fragte sie.

Ich grinste und sagte: „Es bedeutet, dass ich ein knallharter Typ bin."

Die Mädchen kicherten beide.

„Ich habe gehört, dass der Sheriff gestern hier in der Nähe ein Boot gefunden hat."

Die beiden Mädchen sahen einander an.

„Ich weiß nichts von einem Boot", meinte Kari, „aber gestern, als ich auf dem Weg zur Arbeit war, lag dort drüben ein Boot des Sheriffs."

Sie deutete auf die gegenüberliegende Seite des Sees.

„Weißt du, welches Haus?"

„Ich bin mir nicht sicher. Vielleicht das dritte von unten."

„Danke, meine Damen", erwiderte ich.

„Warten Sie, Mr. Marine", rief Kaitlin. „Sie haben uns noch gar nicht gesagt, wie Sie heißen."

„Oder was für ein Boot Sie haben", fügte Kari hinzu.

„Ich bin Chase."

„Hi Chase", sagten sie einstimmig.

„Haben Sie wirklich ein Boot?" fragte Kari.

„Ja, tatsächlich. Es ist ein 12 Meter langes Segelboot."

„Das ist ja der Hammer", säuselte sie.

Kaitlin meinte: „Beachten Sie sie nicht weiter. Sie hat eine Schwäche für Boote."

Ich lächelte. „Wer hat die nicht?"

„Können wir mal segeln kommen?", fragte Kari.

„Ich bin mir nicht sicher, ob ich mit euch beiden klarkomme."

Die Mädchen kicherten wieder.

„Vielleicht sehen wir uns ja mal", meinte ich. „Ich muss etwas über dieses Boot herausfinden."

„Sind Sie ein Cop oder so was?", fragte Kaitlin.

„Nicht wirklich", antwortete ich, während ich von den beiden wegging.

Der Gehweg folgte der Uferlinie in Richtung der Häuser am Ostufer. Der Pfad wandte sich vom See ab und führte zur Straße. Ich ging an den ersten beiden Häusern vorbei. Im Hof des dritten Hauses kniete eine Frau. Sie war über ein Blumenbeet gebeugt und hielt ihren Kopf unter einen blühenden Hibiskus.

„Entschuldigen Sie", rief ich ihr vom Bürgersteig aus zu.

Die Frau richtete sich auf. Ihr Kopf war von einem breitkrempigen Strohhut bedeckt, sie wandte sich mir zu. Mit ihrer behandschuhten Hand, die mit Schmutz bedeckt war, schob sie den Rand ihres Hutes zurück. Eine breite Sonnenbrille schirmte ihre Augen ab. Wegen des Hutes und der Brille konnte ich ihr Alter nicht erkennen.

„Ja", antwortete sie, als sie auf die Beine kam.

„Hallo", begann ich, „ich wollte Sie fragen, ob Sie einen Moment Zeit haben, mir eine Frage zu beantworten."

„Wollen Sie mir irgendetwas verkaufen?", fragte sie, während sie sich die mit Erde bedeckten Gartenhandschuhe auszog.

„Nein, Ma'am", versicherte ich ihr. „Ich interessiere mich für ein Boot, das gestern geborgen wurde."

„Oh", bemerkte sie.

„Mir wurde gesagt, dass es möglicherweise an Ihrem Steg gefunden wurde", erklärte ich.

„Was genau wollen Sie wissen?", fragte sie. „Sie scheinen um das Thema herumzureden."

„Herumreden", wiederholte ich schmunzelnd. „Tut mir leid. Ich schätze, das tue ich. Ich wollte nur wissen, ob es Ihre Anlegestelle war und ob Sie den Mann gesehen haben, der darauf war.

„Gut. Oder zumindest besser. Sie sollten sich wirklich klarer ausdrücken", empfahl sie mir. „Die Antwort lautet ja. Mein Mann hat das Boot gestern früh gefunden, wie es gegen unser Motorboot geknallt ist. Es war aber niemand drauf. Er hat es einfach festgebunden und den Sheriff angerufen."

„Er hat keine Spur von dem Dieb in der Nähe des Ufers gesehen?"

Sie schob ihre Brille herunter und musterte mich. Smaragdgrüne Augen starrten mich fragend an. „War es Ihr Boot?", fragte sie.

Ich lächelte. Sie schien scharfsinnig zu sein, und keine meiner Geschichten würde von diesen hellwachen, grünen Augen hingenommen werden.

„Nein", erklärte ich ihr. „Aber ich habe gesehen, wie der Mann auf dem Boot etwas mitgenommen hat, das ihm nicht gehörte. Ich versuche, ihn zu finden, damit ich es zurückbekomme."

„Sehr schwammig", bemerkte sie.

„Stimmt, und wenn ich Ihnen mehr sagen könnte, würde ich es tun."

Sie verschränkte die Arme und starrte mich über ihren Hof hinweg an. „Ich weiß nicht, ob ich eine große Hilfe bin. Die Beamten haben das Boot weggeschleppt, aber auf unserem Grundstück wurde nichts gestohlen oder beschädigt. Mein Mann dachte zuerst, es hätte sich von einem anderen Steg gelöst. Erst als die Polizisten die Registrierung überprüften, fanden wir heraus, dass es gestohlen worden war."

„Danke, dass Sie sich Zeit genommen haben, mit mir zu sprechen."

Sie nickte mir kurz zu, und ich drehte mich um und ging zurück in Richtung Park. Als ich am Ufer stehen blieb, betrachtete ich die Uferlinie. Wer sein Boot im Stich lässt, braucht eine andere Art der Fortbewegung. Ich ging langsam am grasbewachsenen Ufer entlang. Als ich etwa ein Viertel des Weges entlang des Parkufers zurückgelegt hatte, bemerkte ich einen Einschnitt im Ufer, wo jemand ein Boot ungefähr einen halben Meter weit ans Ufer gefahren hatte. Die Spurrille war ziemlich tief und war mit beträchtlichem Kraftaufwand gezogen worden. Die meisten Leute fahren nicht mit dem Bug ihres Bootes ans Ufer, weil sie den Rumpf nicht beschädigen wollen. Wenn das Boot jedoch gestohlen worden wäre, wäre der Fahrer nicht so besorgt darüber, das Boot zu beschädigen.

Ich stellte mir vor, wie ich selbst aus dem Boot springen und es dann zurück aufs Wasser schieben würde. Vielleicht würde ich sogar einen niedrigen Gang einlegen, damit das Boot sich von der Stelle wegbewegt, an der ich herausgesprungen bin. Wenn es dann entdeckt wird, wie es gegen den Steg von jemandem knallt, wäre ich schon längst weg.

Ich wandte mich um und blickte auf die Straße. Wenn ich hier weg wollte, wäre der direkte Weg der beste. Es war schon dunkel, als das Boot zu Wasser gelassen wurde, und je weniger Zeit ich herumlaufen hätte müssen, desto sicherer wäre es gewesen. Ich schlenderte in Richtung Straße. Gegenüber von mir war die Zahnarztpraxis, wo ich den Toyota des Yachthafens geparkt hatte.

Ein Lächeln breitete sich auf meinem Gesicht aus. An der Ecke des Gebäudes war eine Kamera angebracht, die auf den Parkplatz und die Straße gerichtet war.

Ich überquerte die Straße und betrat die Praxis. Die Empfangsdame war eine ergraute Frau mit kurzen Haaren und einer dünnrandigen Brille.

„Haben Sie einen Termin?", fragte sie.

„Nein, Ma'am. Aber ich habe eine Frage."

Sie richtete sich in ihrem Stuhl auf. „Womit kann ich Ihnen behilflich sein?"

„Ich versuche, einen Bootsdieb zu finden. Er hat das Boot vorletzte Nacht im Park auf der anderen Straßenseite zurückgelassen. Es ist möglich, dass Ihre Kameras etwas aufgezeichnet haben."

„Oh", stellte sie mit hochgezogenen Augenbrauen fest.

„Ich wüsste gern, ob ich mir die Aufnahmen Ihrer Sicherheitskameras ansehen kann."

„Sind Sie von der Polizei?", fragte sie.

„Nein, Ma'am", erklärte ich. Ich musste Peterson aus der Sache heraushalten, und Ehrlichkeit würde noch viel komplizierter werden. Also log ich. „Der Junge, der das Boot gestohlen hat, ist ein Ausreißer. Ich versuche, dem Besitzer des Bootes und den Eltern zu helfen, den Jungen vor dem Gefängnis zu bewahren und ihn wieder nach Hause zu bringen."

Sie nickte. „Ich glaube aber nicht, dass ich Ihnen einfach unsere Aufzeichnungen zeigen kann."

„Verstehe", sagte ich, „aber könnten Sie vielleicht mal mit Ihrem Boss sprechen? Ich möchte den Jungen finden, bevor ihm etwas Schlimmes zustößt."

„Wenn Sie einen Moment Platz nehmen, spreche ich mit Dr. Koenig."

Ich lächelte sie an. „Vielen Dank."

Ich saß in dem steifen, aber gepolsterten Holzstuhl und blätterte in einem Katalog für Salzwasserfischer.

In diesen Katalogen gibt es immer zehn Dinge, die in mir den Wunsch wecken, meine Sachen zu packen und aufs Meer hinauszufahren. Als ich die Beschreibung der Angelrute las, dachte ich darüber nach, dass meine eigene schon abgenutzt war. Der Mahi, den ich vor ein paar Monaten gefangen hatte, hat die Rute ziemlich beansprucht. Eine stärkere Rute könnte sich als nützlich erweisen.

Die Tür öffnete sich und eine attraktive Brünette in den Vierzigern erschien. Sie trug einen weißen Kittel, und auf der rechten Seite prangte der Name „Dr. Eliza Koenig".

„Ich bin Dr. Koenig", stellte sie sich vor. „Sind Sie derjenige, der sich für unsere Sicherheitskameras interessiert?"

Ich erhob mich und sagte: „Ja, Frau Doktor."

„Sie suchen nach einem Ausreißer?", fragte sie misstrauisch.

„Ja", erklärte ich und streckte der Ärztin meine Hand entgegen. „Ich versuche herauszufinden, in welches Auto er eingestiegen ist. Leider gab es ein gestohlenes Boot und einige andere mögliche Probleme, die seine Familie gerne aus dem Weg räumen würde, bevor er sich zu sehr in die Nesseln setzt."

„Sind Sie Polizist?", fragte sie.

„Nein, Ma'am. Ich bin Privatdetektiv."

Sie nickte. „Ich kann Ihnen das Filmmaterial nicht überlassen, aber ich kann Ihnen erlauben, es sich anzusehen."

„Das wäre mehr als hilfreich."

Sie gab mir ein Zeichen, ihr zu folgen. „Das Filmmaterial ist auf jedem unserer Computer zugänglich. Ich werde Ihnen Calvin zur Seite stellen", erklärte sie. „Ich hoffe, Sie verstehen das."

Ein afroamerikanischer Mann tauchte um die Ecke auf, der weit über zwei Meter groß war und wie ein Linebacker aussah.

„Tut mir leid", sagte sie, „ich habe Ihren Namen nicht verstanden."

„Ich bin Chase Gordon."

„Mr. Gordon, das ist Calvin."

Eine große, muskulöse Hand ergriff meine, als ich sie ausstreckte. Der schraubstockartige Griff fühlte sich an wie ein Übergangsritual aus der Steinzeit. Zwei Rohlinge, die sich im freundschaftlichen Wettstreit gegenüberstanden. Wenn die beiden Höhlenmenschen ihre Stärke bewiesen haben, wurde eine stillschweigende Entscheidung getroffen, und die Hände wurden losgelassen. Die beiden konnten sich als Kameraden oder Gegner trennen, je nachdem, wie das Ergebnis aussah. In diesem Fall fühlte ich mich sofort mit Calvin verbunden.

„Calvin, kannst du Mr. Gordon in Jeanettes Büro begleiten? Du kannst ihren Computer benutzen."

„Ja, Dr. Koenig", antwortete der Mann. Er sah mich an, bevor er sich umdrehte und den Flur hinunterging.

„Danke, Doktor", erwiderte ich, bevor ich ihm folgte.

Calvin geleitete mich in ein Büro. „Sie können sich gerne dort hinsetzen", erklärte er und deutete auf einen Stuhl gegenüber dem Schreibtisch.

Er tippte schnell auf der Tastatur. „Welchen Zeitraum soll ich genau suchen?", fragte er.

„Es müsste vorletzte Nacht gewesen sein", erklärte ich. „Ab etwa 18:30 Uhr." Meine Vermutung beruhte auf der Zeit, als ich die *King of Hookers* von der Übergabe wegfahren sah. Im besten Fall hätte es der Erpresser in 15 Minuten zum Nordufer des Lake Clarke schaffen können, aber das war natürlich eine großzügige Schätzung meinerseits.

„In Ordnung", sagte Calvin, „ich werde es mit vierfacher Geschwindigkeit laufen lassen, damit wir nicht den ganzen Tag hier sitzen."

„Natürlich", stimmte ich zu.

Er drehte den Monitor so, dass auch ich ihn sehen konnte. Die Kamera war genau auf die Einfahrt zum Parkplatz der Zahnarztpraxis gerichtet. Das Video war von guter Qualität und selbst nachdem die Sonne untergegangen war, war das Bild noch gut ausgeleuchtet. Der Park auf der anderen Seite des Forest Hill Boulevards war kaum zu sehen. Zwei Autos standen auf dem Parkplatz: ein kleiner Nissan und ein Jeep Renegade. Es dauerte eine Sekunde, bis mein Gehirn das Bild so weit entschlüsselt hatte, dass ich erkannte, dass der Jeep auf dem Dach eine Kajakhalterung hatte. Das war ein gängiges Merkmal an Fahrzeugen von Wochenendkapitänen.

Wir sahen zu, wie die Autos vorbeirauschten. Die Zeitanzeige raste durch die Sekunden.

„Wer ist dieser Junge eigentlich?", fragte Calvin und unterbrach damit die Stille.

Ich blickte zu dem Mann auf. „Seine Eltern leben drüben in WPB. Er ist ein ziemliches Arschloch, aber sie wollen versuchen, ihn in die Schranken zu weisen."

Er nickte bei der Bezeichnung „WPB" für West Palm Beach. Die Stadt war bekannt für ihre wohlhabenden Bürger. Die meisten Leute aus der Arbeiterklasse betrachteten die Leute von dort mit einem gewissen Zynismus und Verachtung. Calvins Gesichtsausdruck verriet mir, dass er das Gleiche dachte.

„Wie sind Sie dazu gekommen, Privatdetektiv zu werden?", fragte er.

„Ich habe die Marines mit sehr wenigen markttauglichen Fähigkeiten verlassen", antwortete ich. Das war keine Lüge. Es gibt nicht viele Unternehmen, die einen Mann einstellen wollen, dessen Grundausbildung darin besteht, verschiedene Methoden zu erlernen, wie man einen Menschen umbringt.

„Das verstehe ich", erklärte Calvin. „Ich hatte ein ähnliches Problem. Ich habe vier Jahre der High School und zwei Jahre des Colleges damit verbracht, zu lernen, wie man einen Mann mit einem Football angreift. Ich hatte das Glück, drei Jahre lang für die Falcons zu spielen, bevor sich mein Knie in die falsche Richtung bewegte."

„Und jetzt lernen Sie den Beruf des Zahnarztes?", fragte ich.

Er zuckte mit den Schultern. „Als Nobody verdient man nicht viel, also habe ich einen Kurs an einer dieser Unis belegt, die bei Richterin Judy Werbung machen."

„Gefällt es Ihnen denn?"

„Äh, es ist ganz in Ordnung. Gefällt Ihnen denn, was Sie tun?"

„Äh", erwiderte ich. „Es ist immer noch besser als ein richtiger Job."

Er beugte sich vor. „Hey, ist das Ihr Bengel?" Er deutete auf den Bildschirm.

„Können Sie das zurückspulen?"

Calvin fummelte an der Maus herum und die Bilder begannen rückwärts zu laufen.

„Jetzt bitte anhalten", bat ich.

Auf dem Bildschirm war eine Person zu sehen, die über den Parkplatz lief. Die Person sprang auf den Beifahrersitz des Jeeps, der rückwärts aus der Parklücke fuhr und rechts auf den Forest Hill Boulevard abbog.

„Ich vermute, das könnte er gewesen sein", meinte ich. „Konnten Sie das Nummernschild erkennen?"

Calvin versuchte, das Nummernschild des Jeeps scharf einzufangen. „Der Winkel stimmt nicht", sagte er schließlich. „Lassen Sie mich etwas anderes versuchen."

Der Monitor wechselte und zeigte den Bürgersteig vor der Zahnarztpraxis. Er bot auch einen Blick auf die Außenspur des Forest Hill Boulevards. Calvin blätterte die Bilder langsam vor, bis der Jeep in der Ecke erschien. Die zweite Hälfte des Kennzeichens war sichtbar und lautete „593".

Ich starrte auf den grünen Jeep mit zwei Kajakhaltern und lächelte.

20

ALS ICH DAS BÜRO von Dr. Koenig verließ, stellte ich fest, dass ich noch ein paar Stunden bis zu meiner Schicht im Manta hatte. Ich war mir nicht sicher, wie mir die Informationen, die ich durch die Kameras erhalten hatte, helfen würden, oder ob ich überhaupt etwas damit anfangen würde. Peterson war ziemlich unmissverständlich gewesen, dass er seinen Erpresser nicht finden wollte. Aber meine Neugierde überwältigte mich. Jemand hatte mehr als nur ein Sexvideo über den Bürgermeister.

Ich habe vor langer Zeit erfahren, dass jeder Mensch Geheimnisse hat. Es gibt Dinge, von denen jeder denkt, dass sie für ihn das Ende der Welt bedeuten würden. Manche Leute betrügen, manche stehlen, manche denken nur daran. Egal, wie sehr man glaubt, die Geheimnisse einer Person zu kennen, man irrt sich meistens. Das verändert den eigenen Blickwinkel.

Aus meinem Blickwinkel betrachtet, mochte ich Peterson und sein Geheimnis war mir egal. Vor allem, weil ich es nicht kannte. Wenn es sich um eine schreckliche, abscheuliche Tat handeln würde, würde ich vielleicht anders denken. Meiner Erfahrung nach sind die Geheimnisse, die die Leute unbedingt verbergen wollen, meistens harmlos. Zumindest, wenn es nach mir geht. Es ist mir egal, ob sich Peterson als schwul, als Spieler oder als etwas anderes herausstellt, was für manche ein Tabu ist.

Es bringt aber nichts, mit ihm darüber zu reden, es sei denn, ich könnte mehr Einzelheiten über den Erpresser herausbekommen. Er legt so viel Wert auf sein Geheimnis, dass er bereit ist, 70.000 Dollar zu zahlen.

Ich setzte mich in das Fahrzeug des Yachthafens und starrte auf den See auf der anderen Straßenseite. Der Gedanke an die Geheimnisse von Menschen brachte mich zurück zu Tristan.

Mein Freund hatte sich mit Drogendealern eingelassen, und obwohl sie ihn vielleicht töten wollten, schien es, als hätten sie das noch nicht getan. Ich überlegte hin und her, ob er wohl tot oder lebendig war.

Mein Gefühl sagte mir, dass er den Kontakt zu seiner Familie nicht so lange unterbrechen würde, aber er hatte Geheimnisse, die er für sich behielt. Vielleicht war er des Familienlebens überdrüssig. Ich kannte Tristan, den Ehemann und Vater, nicht.

Wenn man bedenkt, was er im Laufe seines Lebens so alles erlebt hat, könnte Tristan die Rolle des Familienvaters zu anstrengend geworden sein. Obwohl ich nicht viel Erfahrung als Elternteil habe, scheint es, dass Kleinkinder besonders viel Aufmerksamkeit brauchen. Ich konnte mir zwar nicht vorstellen, dass er Kayla und Abbie einfach im Stich lassen würde, aber es war möglich.

Natürlich könnte er auch einfach vor Moreno davonlaufen. Das Wissen, dass er dem Mann so viel Geld schuldete, könnte ihn angespornt haben. Ich hoffte, dass er in diesem Fall davonlief, weil er dachte, dass sein Verschwinden seine Familie schützen würde. Das war aber töricht. Er hätte zumindest damit rechnen müssen, dass Moreno es auf Kayla oder Abbie absehen würde, nur um an ihn heranzukommen.

Ich wollte einige der Leute finden, denen Tristan jetzt nahe stand. Wenn Tristan, wie von Moreno vermutet, die Drogen für seine eigene Bereicherung gestohlen hat, dann hätte irgendjemand mit ihm zu tun gehabt. Jemanden zu finden, der Drogen im Wert von 25.000 Dollar kauft, ist nicht so einfach wie eine Anzeige auf Craigslist. In dem Fall heißt es: Wer-kennt-wen.

Bevor er mit dem Drogenhandel begann, arbeitete Tristan im Lake Park. Kayla hat mir den Namen verraten. Hometown Hardware. Die Leute, mit denen man die meiste Zeit verbringt, sind meistens Kollegen. Tristan war ein Mensch, zu dem man schnell Vertrauen fasste. Er hätte sogar damit prahlen können, wie viel er verdiente oder wie viel er gestohlen hatte.

Ich beschloss, es zu riskieren. Ich lenkte das Auto in Richtung Meer und fuhr zum Lake Park.

Genau wie Lark Clarke Shores war Lake Park eine Stadt, die an mehrere Gemeinden angrenzte.

Das Auto des Yachthafens war mit einem älteren GPS ausgestattet, wofür ich in diesem Moment sehr dankbar war. Der einzige Moment, in dem meine grundsätzliche Abneigung gegen Handys auf die Probe gestellt wird, ist, wenn ich eine Wegbeschreibung brauche. Heutzutage weiß niemand mehr, wo sich irgendetwas befindet. Und wenn ich nach dem Weg frage, ernte ich gerunzelte Brauen und neugierige Blicke.

Die Fahrt wurde auf 41 Minuten geschätzt. Ich brauchte 43.

Hometown Hardware lag an der Ecke von zwei großen Querstraßen. Es war ein hiesiger Laden, wie auf dem Schild am Gebäude vermerkt. Der Eisenwarenladen befand sich am Ende eines Einkaufszentrums, in dem sich ein Lebensmittelgeschäft, eine Handvoll kleiner Geschäfte und ein örtliches Einrichtungshaus befanden. Der Laden sah aus wie einer dieser Schrottläden, die seit zwanzig Jahren Teile aus Booten sammelten. Außerdem gab es dort völlig überteuerte Neuwaren, die man bei großen Handelsketten gekauft hatte. In der Branche gilt, dass alles, was das Wort „Marine" in der Beschreibung trägt, automatisch einen höheren Preis hat. Die gebrauchten Teile waren jedoch in der Regel deutlich billiger. Ich nahm mir vor, eines Tages wiederzukommen und in den Gängen nach dem einen oder anderen Schatz zu stöbern.

Der Eisenwarenladen, in dem Tristan gearbeitet hatte, wirkte wie ein eigenständiger Laden, der versucht, sich gegen die wirtschaftliche Übermacht der großen Ketten zu wehren. Der Bürgersteig vor Hometown Hardware war mit Gartenstühlen, Grills und ein paar Rasenmähern gesäumt. Ich trat durch die automatischen Türen und spürte das Rauschen einer kühlen, klimatisierten Brise über mich wehen. Der weiß gefliese Boden war mit Gängen voller verschiedener Waren gefüllt. Die ersten schienen mit Rasen- und Schädlingsbekämpfungsgeräten bestückt zu sein. Dann folgten Farben und Sanitärartikel.

Der einzige Kassierer, ein Mann mit einer Drahtbrille und dünnem, weißem Haar, der schon im Rentenalter war, schaute auf, als ich eintrat.

„Willkommen bei Hometown Hardware", rief er fröhlich. Ob er es nun war oder nicht, der Herr sah sachkundig aus. Ich war mir sicher, dass er mehrmals am Tag um Rat gefragt wurde, sei es bei der Installation von Fenstergittern oder bei der Beseitigung von Abflussverstopfungen.

„Danke", sagte ich, „ich suche den Manager."

„Oh", der alte Mann klang erstaunt und enttäuscht zugleich, als hätte ich seinen erstklassigen Kundenservice in Frage gestellt. Er hob den Telefonhörer ab und sagte: „Ich hole ihn für Sie."

Ich lächelte ihn an, in der Hoffnung, seine Bedenken zu zerstreuen, dass ich ein verärgerter Kunde sei. Er sprach ein paar Sekunden in den Hörer, bevor er auflegte.

„Er wird gleich bei Ihnen sein", teilte er mir mit.

„Danke", erwiderte ich mit einem Lächeln.

Ich schlenderte durch den vorderen Gang und sah mir die verschiedenen Möglichkeiten für Schädlingsbekämpfung an. Auch wenn viele denken, dass dieses Problem auf Booten nicht vorkommt, war es ein ständiger Kampf, um zu verhindern, dass sich Kakerlaken und Ameisen ihren Weg an Bord der *Carina* bahnen.

„Guten Tag", sagte ein Mann mit Hemd und Krawatte, als er den Verkaufsraum betrat. Er war etwa zehn Jahre älter als ich. Seine rosigen Wangen verrieten, dass er kürzlich einige Zeit im Freien verbracht hatte, was wahrscheinlich nicht zu seinen Gewohnheiten gehörte. „Ich bin Stephen. Wie ich hörte, wollten Sie mich sprechen."

„Ja, Sir", begrüßte ich ihn mit einer ausgestreckten Hand. „Ich hoffe, Sie können mir weiterhelfen. Mein Name ist Chase Gordon. Ich möchte mit Ihnen über einen ehemaligen Mitarbeiter von Ihnen sprechen, Tristan Locke."

Stephen legte den Kopf leicht schief. „Es steht mir eigentlich nicht zu, über Mitarbeiter zu sprechen. Worüber würden Sie denn gerne sprechen?"

„Nun", begann ich, „kann ich Sie ins Vertrauen ziehen?"

Er drehte seinen Kopf langsam zum Kassierer und nickte leicht.

„Tristan ist verschwunden und seine Frau macht sich Sorgen, dass ihm etwas zugestoßen ist."

Stephens Augen weiteten sich. „Das ist ja furchtbar. Ich hatte ja keine Ahnung."

„Ja, sie ist verzweifelt", erklärte ich in einem leisen und eindringlichen Ton. „Sie wissen, dass er auch eine kleine Tochter hat."

Der Manager schüttelte den Kopf. „Das tut mir sehr leid. Aber ich wüsste nicht, wie ich helfen könnte. Er hat schon eine ganze Weile lang nicht mehr hier gearbeitet."

„Hören Sie", erklärte ich, „ich bin nicht dienstlich hier. Tristan und ich waren zusammen bei den Marines ..."

„Oh", sagte Stephen überrascht. „Danke für Ihren Einsatz."

Ich widerstand dem Drang, die Augen zu verdrehen. Auch wenn ich die Gefühle, die hinter der Dankbarkeit der Leute stecken, sehr schätze, gefallen sie mir dennoch nicht.

„Ich danke Ihnen", sagte ich. „Wie auch immer, ich kenne den Burschen. Vielleicht wohnt er bei jemandem, den seine Frau nicht kennt. Sie wissen schon, was ich meine." Ich hoffte, dass er diese Anspielung aufgriff.

„Das weiß ich nicht", meinte Stephen. „Er hat uns verlassen, kurz nachdem ich angefangen hatte. Ich habe ihn nicht sehr gut kennengelernt. Ich vermute, er arbeitet jetzt für einen hiesigen Bauunternehmer."

Ich ließ meinen Kopf bewusst sinken. „Genau das habe ich befürchtet. Seine Frau dachte das Gleiche, aber er wird in bar bezahlt. Wir wissen nicht, für wen er gearbeitet hat."

„Davon gibt es heutzutage eine Menge", stellte Stephen fest. Er sprach nicht weiter, und ich war dankbar dafür. Es gibt nur wenige Dinge, die mich mehr auf die Palme bringen als Hetzreden über den vermeintlichen Zustand unserer Gesellschaft von Leuten, die nicht versuchen, ihn zu verbessern. Stephen schien mir genau dieser Typ zu sein.

„Dennoch", sagte ich, „befinden wir uns in einer Art Sackgasse. Ich greife nach jedem Strohhalm, den ich finden kann."

Stephen schürzte die Lippen und nickte, als ob er ratlos wäre. Er wusste natürlich nicht, wie er reagieren sollte. Seine Motivation, mir oder Tristan zu helfen, war fast, wenn nicht sogar vollständig, nicht vorhanden, aber man kann diese Art von herzlosem Mangel an Mitgefühl gegenüber jemandem, der in Schwierigkeiten stecken könnte, nicht ausdrücken. Was würden die Leute denken?

„Haben Sie eine Ahnung, wie der Bauunternehmer heißt?"

Stephen warf einen Blick auf den weiß gekachelten Boden. „Das weiß ich nicht, aber ich vermute, dass er derjenige war, der vor ein paar Monaten umgebracht wurde. Ich bin mir aber nicht sicher."

Meine Neugierde wurde geweckt. „Umgebracht? Wie?"

„Ich habe gehört, dass ein paar Typen in sein Haus eingebrochen sind und ihn erschossen haben. Eine rein willkürliche Angelegenheit, von der wir hier anscheinend nicht loskommen."

Ich musterte sein Gesicht. Seine Stirn war gerunzelt.

„Kennen Sie jemanden hier, der eine Ahnung hat, wo er sein könnte?", fragte ich und lenkte die Aufmerksamkeit wieder auf Tristan. „Vielleicht war er mit jemandem befreundet, der hier noch arbeitet. Ich bin für alles offen. Ich will nur sichergehen, dass dieser Marine in Sicherheit und bei seiner Familie ist."

Ich fand es zwar ein bisschen übertrieben, Tristan als Marine zu bezeichnen, aber wenn Stephen seine Dankbarkeit für unseren Einsatz zum Ausdruck bringen wollte, dann würde ihn das vielleicht motivieren.

Er schüttelte den Kopf. „Ich bin mir nicht sicher", sagte er. Schließlich räumte er ein: „Ich denke, wir könnten Tommy fragen. Er ist schon länger dabei als ich. Ich vermute, dass die beiden befreundet waren. Vielleicht weiß er etwas über ihn."

„Toll", antwortete ich. „Ist Tommy hier?"

„Nein, er ist heute nicht da."

„Stephen, danke für Ihre Hilfe", versicherte ich ihm. „Macht es Ihnen etwas aus, wenn Tommy mich anruft?" Der Mann nickte. „Ich kann ihm etwas ausrichten."

„Ich habe kein Handy, aber er kann mich im Manta Club in West Palm Beach erreichen." Ich gab ihm die Nummer der Bar.

„Er hat die nächsten paar Tage frei", stellte Stephen fest.

„Oh", erwiderte ich entmutigt. „Ich nehme an, Sie können mir seine Nummer nicht geben."

Er schüttelte den Kopf. „Nein, das kann ich nicht", erklärte er. „Das wäre ein Verstoß gegen unsere Vorschriften."

„Trotzdem danke", versicherte ich ihm. „Ich hoffe, er meldet sich bei mir."

Stephen schüttelte meine Hand. „Es tut mir leid, dass ich nicht mehr tun konnte", meinte er. „Ich hoffe, Tristan geht es gut."

Ich zuckte unbekümmert mit den Schultern.

„Meinen Sie, dass er seine Frau einfach sitzen gelassen haben könnte?", fragte Stephen neugierig.

„Vielleicht", räumte ich ein, „aber ich will nur sichergehen, dass es ihm gut geht."

„Es scheint, als würden Sie für ihn weit mehr als das tun", vermutete er.

Meine Augen verengten sich ein wenig. „Das ist das Schöne am gemeinsamen Militärdienst. Wir halten uns gegenseitig den Rücken frei, egal was passiert."

Seine Miene verfinsterte sich ein wenig, und der Marktleiter nickte und sagte: „Das verstehe ich." Er tat es aber nicht.

21

Die Sonne spiegelte sich in den Wellen auf der Wasseroberfläche. Das Licht tanzte an der Kante des Stegs entlang wie Feen, die Verstecken spielen. Meine dritte Tasse Kaffee an diesem Morgen war schon halb ausgetrunken, und ich überlegte, wo ich eine vierte herbekommen könnte. In der Truppe wurde ich darauf trainiert, ohne Schlaf auszukommen, aber mit Kaffee wurde das leichter. Starker, schwarzer Kaffee machte es sogar noch viel einfacher.

Ich schlenderte einen Bürgersteig entlang, der am Wasser entlangführte und einen Blick auf die Boynton Marina bot. Nach einer arbeitsreichen Nacht hinter der Bar hatte ich gestern Abend in meiner Koje auf die Decke gestarrt und konnte nicht einschlafen. Mitten in der Nacht zog ein Sturm auf, und die Wellen schaukelten die *Carina* heftig.

In meiner Schlaflosigkeit schossen mir die Ideen nur so durch den Kopf.

Tristans Haus war durchwühlt worden, und angesichts des Schadens, den die Vandalen angerichtet hatten, vermutete ich, dass sie den gesuchten Gegenstand nicht gefunden hatten. Waren sie auf der Suche nach gestohlenen Drogen gewesen? Das könnten Morenos Männer gewesen sein, aber die Zerstörung hatte etwas Heftigeres an sich.

Moreno wollte ein Zeichen setzen, aber ich wette, dass der Verlust von 25.000 Dollar in seinem Geschäft nicht ins Gewicht fiel. Sein Stolz war verletzt, und er würde Tristan persönlich dafür bezahlen lassen.

Ich grübelte auch über die Telefonnummer nach, die ich auf Tristans Boot gefunden hatte. Ich verfluchte mein Pech. Das Schwimmen, das ich an diesem Morgen unternommen hatte, um Stachelschwein und Muskelmann aus dem Weg zu gehen, hatte jede Chance zunichte gemacht, sie zu lesen.

Wie und ob die Nummer in das Rätsel passt, ging mir eine Weile durch den Kopf. Die Blitze, die durch die Bullaugen zu sehen waren, erzeugten in meiner Kabine einen gruseligen Effekt.

Ein erneuter Besuch auf der *Kristol* schien angebracht, da meine letzte Erkundung unterbrochen worden war. Nachdem ich in den nächsten Stunden dem Geklirr der Fallleinen im Wind zugehört hatte, beschloss ich, bei Tagesanbruch zur Boynton Marina hinüberzufahren.

Estaban Velázquez, oder Narbengesicht, wie ich ihn zu nennen pflegte, stand in einem schwarzen Suburban auf dem Parkplatz. Er muss den Kürzeren gezogen haben, dass er schon so früh aufstehen musste. Ich glaubte nicht, dass Narbengesicht mich schon gesehen hatte, und fuhr zu einem benachbarten Wohnhaus. Er hatte sich so hingestellt, dass er den Hauptsteg im Auge behalten konnte. Ich bin mir sicher, dass Morenos Mann immer noch auf der Suche nach Tristan war, und nach der Art und Weise, wie wir neulich auseinander gegangen waren, war ich mir nicht sicher, ob er mir gegenüber besonders zuvorkommend sein würde. Nach einigen Sekunden des Nachdenkens kam ich zu dem Schluss, dass ein weniger direkter Weg vielleicht unbemerkt bleiben würde. Selbst wenn er von einem von Morenos anderen Handlangern abgelöst worden war, war eine Überwachung wie diese langweilig und alltäglich. Es ist leicht, die Konzentration zu verlieren, wenn man stundenlang auf ein und dieselbe Sache starrt.

Neulich kam ich an der Anlegestelle vorbei, an der die *C'est Vie* angelegt hatte. Der Liegeplatz war leer, was darauf hindeutete, dass sie vielleicht draußen unterwegs war oder in einer kleinen Bucht vor Anker lag. Eifersucht stieg in mir auf. Das Meer rief bereits nach mir. Ich konnte nicht anders, als auf die See hinauszuschauen, obwohl ich in Wahrheit nur die vorgelagerte Insel sehen konnte, die die Brandung davon abhielt, gegen den Yachthafen zu donnern.

Die *Kristol* lag immer noch an ihrem Liegeplatz. Sie hatte vielleicht eine leichte Schlagseite nach Steuerbord, und ich wollte sichergehen, dass die Bilgenpumpe richtig funktionierte.

Die Luke, die ich neulich geknackt hatte, stand einen Spalt offen. Mir kam in den Sinn, dass ich die *Kristol* zu Wasser gelassen hatte und Morenos Männer wahrscheinlich nicht so umsichtig waren, Tristans Boot abzuschließen. Ich ging an Bord. Meine Füße platschten, als sie auf dem Deck auftrafen. Im Führerstand stand ein Zentimeter Wasser, und ich sah mich kurz nach der Ursache um. Das Abflussloch, das zum

Heckspiegel hinausführte, war mit einem Lappen verstopft, der während des Sturms in der letzten Nacht nach hinten gespült worden war.

Das aufgestaute Wasser ging schnell zurück, als ich den Lappen aus dem Loch zog. Ich warf das schmierige, nasse Tuch auf eine der Bänke.

Ein fauliger Geruch schlug mir entgegen, sobald ich durch die Kabinentür trat. Instinktiv drehte ich meinen Kopf in die frische Luft und nahm einen tiefen Atemzug, bevor ich ins Haus ging. Doch es half nichts. Die Kajüte war wie ein Ballon, der mit verfaulter Luft gefüllt war, die einfach nur entweichen wollte.

Tristans Boot war genauso durchsucht worden wie sein Haus. Vielleicht nicht ganz so gründlich. Die Kabine wurde durchwühlt und alle Fächer wurden herausgerissen und ausgeräumt. Ich fragte mich, ob sie zuerst das Boot und dann Tristans Haus durchsucht hatten. Das könnte eine Erklärung für das Ausmaß der Zerstörung sein, die das Haus erlitten hatte, als die Suchenden immer frustrierter wurden.

Ich fing an, die Seekarten und Papiere aufzulesen, die eigentlich auf den Navigationstisch gehörten.

Die Suche war völlig planlos verlaufen. Die Einbrecher haben einfach alles aus dem Weg geräumt, um zu finden, was immer es war. Das würde darauf hindeuten, dass sie etwas Bestimmtes suchten und genau wussten, was es nicht war. Sogar kleine Fächer und Behälter wurden geöffnet und ausgeleert.

Als ich alle Papierkarten aufgesammelt hatte, ordnete ich sie und begann sie durchzublättern, bis ich die Karte für die texanische Küste fand. Die Karte, bei der eine Ecke fehlte. Ich erinnerte mich, dass es sich um eine einseitige Karte handelte, im Gegensatz zu den Karten, die in Buchform herausgegeben wurden.

Etwas entmutigt ließ ich mich auf das Sofa fallen. Ich hatte gehofft, die Karte zu finden, die unter dem zerrissenen Papier gelegen hatte, auf dem Tristan die Nummer notiert hatte. Vielleicht hätte ich den Abdruck finden und die Telefonnummer entziffern können. Der Suchtrupp hatte diese Hoffnung über den Haufen geworfen, indem er in der ganzen Kabine ein heilloses Chaos anrichtete.

Ich hob die Kissen auf und brachte die Kabine wieder einigermaßen in Ordnung. Ich wollte auf keinen Fall Stunden damit verbringen, alles aufzuräumen. Ich wollte mich einfach nur frei bewegen können.

Die Schalttafel der Bertram war ausgeschaltet und ich legte den Schalter um, mit dem die Batterien über den Landstrom aufgeladen werden konnten. Das kleine grüne Lämpchen für die Bilgenpumpe leuchtete auf und ich hörte das Surren des Motors, der das Regenwasser von letzter Nacht ins Meer pumpte.

Ich öffnete den Kühlschrank und entdeckte die Quelle der schlechten Luft. Ohne Strom hatten die Lebensmittel, die vorher nur schimmlig geworden waren, angefangen zu verderben. Brummende Fliegen hatten sich um den Kühlschrank versammelt. Meine Hand drückte die Tür zu, in der Hoffnung, den Geruch darin einzuschließen. Ich hob den Werkzeugkasten auf, den Tristan im Backofen aufbewahrt hatte. Der Kasten war offen und leer. Das UKW-Funkgerät lag unter dem Tisch. Das tragbare GPS-Gerät fand ich in einer Ecke, wo es achtlos weggeworfen worden war.

Ich schaltete das Gerät ein und beobachtete, wie sich der kleine Globus drehte, während das Gerät eine Verbindung zu den Satelliten herstellte. Der Bildschirm war klein, aber er zeigte die Küstenlinie mit einem kleinen Pfeil an, der die Position des GPS-Geräts im Hafen anzeigte. Es war ein älteres Modell und es sah aus, als hätte es seit ein paar Jahren kein Software-Update mehr erhalten. Aber als Notlösung würde es einen Segler an sein Ziel bringen.

Es gab zwei gespeicherte Punkte. Ich sah mir die Koordinaten an. Beide lagen im Süden und waren mit der Bertam in einem halben Tag zu erreichen. Vielleicht etwas länger für die *Carina*, aber ich würde fast keinen Treibstoff verbrauchen, um dorthin zu gelangen.

Wahrscheinlich hatten sie nichts zu bedeuten. Eines sah aus, als läge es direkt westlich des Golfstroms. Ich musste noch einmal nachsehen, aber es sah aus, als wäre es irgendwo am Long Reef. Dort hatte ich schon einige Tauchgänge unternommen. Die Gegend war voll von Meereslebewesen, und normalerweise konnte ich dort irgendetwas zum Abendessen fangen.

Der andere Punkt lag weiter südlich, direkt westlich der Keys.

Wahrscheinlich gibt es dort einfach gute Angelplätze, überlegte ich mir. Oder, so erwog ich, es könnten auch ein paar günstige Treffpunkte für jemanden sein, der Schmuggelware abholt.

Ich schaltete das Gerät aus und steckte es in die linke Tasche meiner Shorts. Ich wollte mir diese Koordinaten etwas genauer ansehen. Wenn sie in irgendeiner Weise mit Moreno in Verbindung standen, könnte sich diese Information irgendwann als wertvoll erweisen. Andererseits, wenn es sich nur um einen von Tristans Lieblingsplätzen handelte, um Fische zu finden, dann würde ich liebend gerne einen Tag auf dem Wasser verbringen, mit einem Angelhaken an der Seite.

Die vordere Kabine wurde ebenfalls auf den Kopf gestellt. Die Matratze vom Bett war auf die Seite gedreht, der Hängeschrank stand offen. Während das Boot beim ersten Mal, als ich an Bord gekommen war, schon ziemlich unordentlich war, sah es dieses Mal so aus, als müsste es komplett generalüberholt werden. Das mag übertrieben sein, aber wenn nicht bald alles in Ordnung gebracht würde, könnte am Ende eine komplette Entkernung des Innenraums notwendig werden.

Ich verließ die Kabine und betrat den Führerstand. Die Schiebetür ließ sich ohne Schlüssel nicht abschließen, aber ich konnte zumindest die Luken schließen und dafür sorgen, dass kein Wasser eindrang.

Als ich mich umdrehte, um von Bord zu gehen, blieb ich stehen und starrte Narbengesicht an. Er stand etwa zehn Meter weiter unten auf dem Steg und wartete. Ich verließ die Bertram und warf einen Blick auf Velázquez am Steg. Er schien mich geradezu aufzufordern, auf ihn zuzugehen. Unter seinen braunen Jacken verbarg sich vermutlich die Waffe, die er als Ersatz für den 45er Colt gewählt hatte, den ich ihm neulich Abend abgenommen hatte. Sein Blick war dunkel und gequält, und ich wollte ihm keine Gelegenheit geben, sich für diese blauen Augen bei mir zu revanchieren. „Mr. Velázquez", begrüßte ich ihn, als ich näher kam.

Seine Lippen verzogen sich zu einem Grinsen. Mein Blick huschte kurz herum. Es gab keine Augenzeugen von heute Morgen und ich war mir nicht sicher, warum das Schicksal derart mit mir umsprang.

„Das mit der Nase tut mir leid", stellte ich fest.

„Ich werde mich schon dafür revanchieren, keine Sorge", knurrte er mit einem dicken Akzent.

„Eines Tages werde ich dich lassen", sagte ich ihm, „oder zumindest werde ich es dich versuchen lassen. Solange du verstehst, dass das, was ich deinem Boss gesagt habe, wahr ist und viel auf dem Spiel steht. Wenn mir etwas zustößt, kann ich dir versprechen, dass dein Boss eines Tages eine Kugel abbekommen wird."

Er starrte mich an.

„Keine Sorge", versicherte ich ihm, „ich habe darauf geachtet, dass ich auch dein aufgeblasenes Gesicht beschreibe." Narbengesicht sagte: „Nur, wenn sie dich finden."

Ich deutete auf die Kameras, die an der Ecke der überdachten Docks hingen. „Dann lass dich mal besser nicht dabei filmen", empfahl ich.

Er grunzte. „Mr. Moreno hat gesagt, dass du von jeglicher Vergeltung verschont bleibst, wenn uns verrätst, wo Locke ist."

„Da kann ich euch auch nicht helfen", antwortete ich, bevor ich um Narbengesicht herumging.

Als ich das Ufer erreichte, stand er immer noch auf dem Steg. Er machte sich auf den Rückweg und ich war auf der Hut, falls er einen von Morenos anderen Schlägern auf mich angesetzt hatte. Stattdessen fiel mir ein Lieferwagen auf dem angrenzenden Parkplatz auf. Der Fahrer saß in dem laufenden Fahrzeug. Ich winkte ihm und, wie ich vermutete, Agent Kohl oder einem seiner Agenten zu.

Zwanzig Minuten später war ich wieder an Bord der *Carina*. Mein Navigationsgerät ist größer und detailreicher als Tristans Handheld. Ich rief die Koordinaten auf und fand den ersten Punkt. Ich hatte recht, er lag am äußersten Ende des Long Reefs. Etwa 150 Kilometer südlich und im Biscayne National Park gelegen.

Der zweite Punkt lag in der Nähe von Key Largo, laut Karte am Rande des Molasses Reef.

Ich starrte auf den Bildschirm, auf dem beide Punkte markiert waren.

Schließlich stand ich auf und betrat den Steg. Ich erklomm die Stufen zum Tilly und überlegte mir einen Zeitplan. Ich würde drei Tage brauchen, schätzte ich.

Hunter stand hinter der Bar, und ich nahm auf dem Hocker Platz. „Hey, Chase", begrüßte er mich. „Soll ich dir was bringen?"

„Nein, ich habe mich nur gefragt, ob du für ein paar Tage alles im Griff hast." Hunter zuckte zusammen. „Über das ganze Wochenende?", fragte er.

Ich nickte. „Ja. Ich mache es wieder gut. Ich muss nur ein bisschen raus."

„Gut", stimmte er zu, „aber ich will nächste Woche sieben Tage frei haben. Und zwar am Stück."

Ich lächelte. „Danke, Mann."

Er zog einen imaginären Hut vor mir, als ich vom Hocker sprang.

„Das solltest du Missy sagen", sagte er. „Sie ist heute ziemlich schlecht gelaunt."

Ich stöhnte ein wenig und ging die Treppe hinunter in ihr Büro.

22

DER WIND KAM AUS dem Osten und das Wasser war so aufgewühlt, dass *Carina*s Bug majestätisch die Wellen erklomm und dann in die Wellentäler krachte. Wir fuhren mit nur etwa sechs Knoten. Heute bestand kein Grund zur Eile.

Missy lag auf der Bank im Führerstand und saugte die Sonnenstrahlen auf. Ihr Bikinioberteil war am Steuerruder aufgehängt, damit sie es sich bei Bedarf schnappen konnte.

Als ich gestern nach unten gegangen war, um mit ihr zu reden, stellte ich fest, dass Hunter recht gehabt hatte. Sie war in einer schlechten Stimmung gewesen. Ich vermute, dass alles, was Michael nach unserem Gespräch versucht hatte, bei ihr zu erreichen, nach hinten losgegangen war. Als ich ihr von meinem Plan erzählte, erinnerte sie mich daran, dass ich ihr angeboten hatte, mit ihr davon zu segeln.

Ich kämpfte mehrere Stunden lang gegen einen Südwind an, bevor wir schließlich in der Biscayne Bay ankern konnten. Heute war es ein kurzer Segeltörn zu den Koordinaten, die Tristan eingezeichnet hatte.

„Was glaubst du, was sich hier draußen befindet?", fragte sie.

Ich zuckte mit den Schultern. „Wahrscheinlich nichts. Selbst wenn das nur ein Treffpunkt ist, werden wir wahrscheinlich nicht zur richtigen Zeit dort sein, um irgendjemanden zu treffen. Am Ende werden es ein paar schöne Tage auf dem Wasser sein."

Sie brummte zufrieden. „Das geht schon in Ordnung. Ich brauchte etwas Meer und Sonne."

Ich warf einen Blick auf ihre bronzene Haut. Sie hatte zwar nicht allzu viel von der Sonne abbekommen, aber das schien nicht das zu sein, was sie wirklich brauchte. Es hat etwas Beruhigendes, auf dem Wasser zu sein.

„Es könnte auch bloß ein Wrack sein, das Tristan gefunden hat", überlegte ich. „Das lange Riff ist voll davon. Vielleicht ist das Beste, was wir finden, ein Schnapper oder vielleicht ein fetter Zackenbarsch."

„Das ist gar kein schlechter Gedanke", stellte sie fest, „vorausgesetzt, du hast passende Zutaten dabei."

„Keine Sorge", versicherte ich ihr, „die Kombüse ist gut bestückt."

Das Blau dehnte sich endlos aus, und hinter mir schrumpfte die Skyline von Miami, war aber noch lange nicht verschwunden. Der Ort, den wir ansteuerten, lag nur sechs Kilometer vor der Küste.

„Willst du dort tauchen?", fragte sie.

„Ja, möchtest du mich begleiten?"

Sie schüttelte den Kopf. „Nein, Schnorcheln ist kein Problem für mich, aber ich glaube nicht, dass es mir gefallen würde, so lange unter Wasser zu sein."

„Es ist ziemlich ruhig. Um dich herum gibt es keine Menschenseele. Nicht unbedingt still, wohlgemerkt. Da unten gibt es einfach ganz andere Geräusche."

„Können wir so weit draußen überhaupt ankern?", fragte sie. „Ich will nicht im Kreis fahren müssen, um dich zu suchen."

„Das sollte möglich sein. Der Großteil von Long Reef ist weniger als zwölf Meter tief."

„Solltest du nicht einen Partner haben?", fragte sie. „Einen Tauchpartner?"

„Idealerweise ja", erwiderte ich, „aber ich sollte in der Lage sein, mit allem fertig zu werden, was schief gehen könnte."

„Weil du so ein zäher Bursche bist?"

„Weil ich so ein zäher Bursche bin", wiederholte ich lachend.

Meine Haare wehten in der Brise und ich lehnte mich zurück und beobachtete das Wasser, das um uns herum tanzte. Ich konnte mir keinen besseren Ort als diesen hier vorstellen. Das Wasser war ein wenig rau. Aber der Wind war stark, die Segel waren aufgebläht und eine wunderschöne, barbusige Frau sonnte sich neben mir. Wenn nur meine Kaffeetasse nicht leer wäre. Das sind alles Luxusprobleme, seufzte ich. Das Leben war einfach perfekt.

Der kleine Pfeil auf meinem Navigationsgerät, der die *Carina* darstellte, näherte sich dem Zielpunkt. Der Autopilot hielt das Ruder dort, wo ich es brauchte. Ich streckte die Hand aus, um die Schot des Genuasegels zu lockern. Als das Vorsegel im Wind zu flattern begann, rollte ich die Leine, mit der das Segel aufgerollt wurde, wieder straff ein.

Da nur das Großsegel gesetzt war, verlangsamten wir auf etwa drei Knoten. Ich ließ den Motor an und wollte so nah wie möglich an die Koordinaten heranfahren können. Ich ließ das Fall los, mit dem das Großsegel gehisst wurde, und ließ das Segel fallen. Doch selbst im Absinken fängt das Segel jeden Wind ein. Also sprang ich nach vorne und zog den Rest des Großsegels herunter, um das zu verhindern.

Selbst wenn der Dieselmotor läuft, ist es der See egal, wie nah man kommen möchte. Sie ist stärker als der Motor. Und sie ist immer in Bewegung, und selbst in der Zeit, die man braucht, um den Anker zu lichten, wird das Boot hier draußen auf dem offenen Wasser schnell bewegt. In einer geschützten Bucht ist es viel einfacher. Das hier würde schwierig werden.

Noch herausfordernder wurde es, als ich sah, wie die Tiefe innerhalb einer Sekunde von 12 Metern auf 26 Meter anstieg. Laut der Karte war der Punkt, an dem ich ankern wollte, 27 Meter tief. Es ist zwar nicht unmöglich, in dieser Tiefe zu ankern, aber generell nicht ratsam.

Ich fluchte leise vor mich hin, als ich das Ruder drehte, um zu wenden.

„Was ist los?", fragte Missy. „Warum wendest du?

„Ich habe dich angeschwindelt", antwortete ich, „ich kann hier nicht so einfach ankern. Ich muss mit dem Beiboot näher ranfahren."

Als der Tiefenmesser etwa 8 Meter anzeigte, entriegelte ich die Ankerwinde über die Steuerung im Führerstand. Der 50 Pfund schwere Rocna-Anker fiel vom Bug ins Meer. Als er auf dem Meeresboden aufsetzte, sperrte ich die Ankerwinde und legte den langsamen Rückwärtsgang ein. Sobald ich spürte, dass der Anker sich dem Zug des Motors widersetzte, schaltete ich den Gang zurück in den Leerlauf.

„Was soll ich tun?", fragte Missy.

„Ich lade die Ausrüstung in das Beiboot", erklärte ich, „und wenn du mitfahren möchtest, kannst du dafür sorgen, dass sich das Beiboot nicht zu weit von mir entfernt."

„Ich schätze, dafür muss ich mir aber ein Oberteil anziehen", seufzte sie, als sie sich aufsetzte und nach ihrem Bikinioberteil griff. Meine Tauchausrüstung befindet sich in einem Fach auf Steuerbord, und ich fing an, alles herauszuholen, was ich brauchte.

Letztes Jahr habe ich einen Kompressor gekauft, mit dem ich die Luftflaschen auffüllen konnte. So musste ich nicht jedes Mal in den Hafen, wenn ich Luft brauchte. Ich tauche viel, und die besten Tauchplätze sind abgelegen. Mehr als zwei Flaschen Luft mitzunehmen, erschien mir unpraktisch, ebenso wie jeden Tag zum Hafen zurückzukehren, um sie zwischen den Tauchgängen aufzufüllen.

Ich schloss den Atemregler an die Flasche und testete den Luftdurchfluss. Anschließend verband ich die Flasche mit der aufblasbaren Tarierweste, bevor ich die gesamte Vorrichtung in das Beiboot legte.

Um meine Taille schnallte ich einen Gewichtsgürtel. Ich neige dazu, im Wasser zu treiben, und jede zusätzliche Hilfe, um schnell auf den Grund zu kommen, kann ich gut gebrauchen.

Ich schnappte mir meine Flossen und meine Maske und warf sie ins Beiboot, bevor ich das Beiboot auf der Wasseroberfläche absetzte. Dann schnallte ich mir mein Tauchmesser an die Wade und schnappte mir meine Harpune. Ich konnte nur hoffen, dass ich etwas zu essen bekommen würde.

„Bist du bereit?", fragte ich Missy.

Sie wartete, bis ich in das Beiboot gestiegen war, damit ich ihr meine Hand anbieten konnte, um das Gleichgewicht zu halten.

„Es ist leicht zu bedienen", erklärte ich ihr. „Der Motor sollte mir einem kurzen Ruck anspringen."

Damit zog ich kaum merklich am Seil, und der vier PS starke Außenborder sprang an. Ich hatte Tristans tragbares GPS-Gerät dabei, damit ich die Koordinaten wiederfinden konnte. Als wir uns näherten, ließ ich einen 15 Pfund schweren Anker über Bord fallen. Das Seil raste durch meine Hände, als der Anker in die Tiefe fiel. Ich hatte zwei extralange Leinen gewählt, die ich an Bord hatte. Die Leine, die am Anker befestigt war, war etwa 30 Meter lang. Als ich spürte, dass das Seil zum Stillstand kam, als der Anker auf dem Meeresgrund aufsetzte, machte ich das Ende am Beiboot fest.

„Ich werde das andere Seil an mir befestigen, damit ich mich in einem kleinen Radius um das Boot herum bewegen kann." Missy nickte, als ich ihr erklärte, was ich vorhatte.

Ich fuhr fort: „Wenn ich mich losbinden muss, kann es sein, dass du das Beiboot zu mir bringen musst. Dazu musst du den Anker und das zusätzliche Seil einholen. Ich bleibe aber angebunden, es sei denn, ich muss mich wirklich losmachen. In diesem Fall werde ich dreimal hintereinander kräftig an der Leine ziehen. Du solltest einen Unterschied merken, wenn ich loslasse."

„Gut", antwortete sie nervös.

Ich lächelte, als ich meine Arme in die Tarierweste schob und die Verschlüsse anbrachte. Nachdem ich meine Maske aufgesetzt hatte, ließ ich mich zurück ins Wasser gleiten.

„Kannst du mir meine Harpune reichen?", fragte ich Missy.

Ich warf einen Blick auf meine Uhr. „Ich werde nicht länger als zwanzig Minuten unten sein."

Die Luft entwich aus meiner Tarierweste, und ich sank unter die Wasseroberfläche. Etwa 5 Meter unter der Wasseroberfläche spürte ich, wie der Druck in meinen Ohren zunahm. Im Laufe der Jahre bin ich so oft getaucht, dass ich mich ohne nachzudenken darauf einstellen konnte. Als ich 12 Meter Tiefe erreichte, spürte ich einen weiteren Anstieg des Drucks. Diesmal kniff ich mir die Nase zu und blies vorsichtig aus, um ihn zu lindern.

Der Rest des Abstiegs verlief langsam und ruhig. Das Ausatmen der Luftblasen alle paar Sekunden war das einzige Geräusch. Ich folgte der Ankerleine nach unten, da ich mich so nah wie möglich an den Koordinaten befunden hatte, als ich sie fallen ließ.

Die Sicht war gut und in einer Tiefe von 17 Metern konnte ich den Grund erkennen. Als die Sonne herauskam, bahnte sich das Licht seinen Weg hinunter zum Meeresboden. Der Tiefenunterschied, den ich auf *Carina* festgestellt hatte, wurde durch einen plötzlichen Abgrund verursacht, der sich etwa 25 Meter westlich von mir an einer Felswand auftat.

Ich erreichte den Grund und warf einen Blick auf meine Uhr. Der Abstieg hatte etwa drei Minuten gedauert. Wenn ich beim Aufstieg keinen Dekompressionsstopp einlegen wollte, musste ich die Zeit am Boden auf etwa 20 Minuten begrenzen. Ich hätte sie auch auf 25 Minuten verlängern können, aber ich wollte einen ordentlichen Puffer für mich behalten.

Der Meeresboden bestand hauptsächlich aus Sand mit ein paar Felsen und Korallenbewuchs. Für die meisten Sporttaucher, die die Riffe und Wracks im Biscayne National Park erkunden, war es hier zu tief. Außerdem befand sich die Stelle am äußersten Rand des Riffs. Es gab zwar immer noch viel Leben im Meer, aber ohne die ausgedehnten Korallenaufschlüsse und künstlichen Riffe, die durch die vielen Wracks in den flacheren Gewässern von Biscayne entstanden sind, waren es viel weniger.

Die Fische, die hier vorbeischlängelten, waren groß und schienen von meiner Anwesenheit unbeeindruckt zu sein. Ein Barsch schwamm auf mich zu und beobachtete mich neugierig. Barsche ergaben normalerweise ein leckeres Sandwich, aber viele Arten sind überfischt. Da ich kein Fachmann bin, halte ich normalerweise nach einem Zackenbarsch Ausschau. Dieser gehörte aber nicht dazu. Auf der *Carina* würde ich die Art in einem praktischen Bestimmungsbuch nachschlagen, das ich an Bord habe. Bis dahin konnte der Fisch einfach mit mir mitkommen.

Die Sicht war hier unten unglaublich gut und ich konnte die Oberfläche immer noch deutlich sehen. Die Wellen und die Bewegung des Wassers ließen sie wie eine verzerrte Glasdecke aussehen.

Das entmutigte mich aber auch ein wenig. Hier unten war rein gar nichts zu sehen. Ich war mir nicht ganz sicher, was ich erwartet hatte. Wenn Tristan diese Koordinate für ein Treffen markiert hatte, würde sich hier unten nichts befinden.

Mit den Füßen tretend, glitt ich am Boden entlang. Ein Paar Antennen ragte aus einer kleinen Felsformation heraus. Meine Flossen schoben mich vorbei, bis ich das Seil an meiner Tarierweste spürte. Ich hatte die Grenze meines Bewegungsradius erreicht. Jenseits meiner Reichweite sah der Meeresboden ähnlich aus. Meine bisherige Zeit auf dem Meeresgrund betrug gerade mal acht Minuten. Ich fing an, einen Kreis zu ziehen und orientierte mich dabei nach Westen. Das Führungsseil diente mir als Radius und ich schwamm um den Grund herum.

Als ich die Runde beendet hatte, checkte ich meine Zeit. Ich war 16 Minuten lang hier unten gewesen. Mein Freund, der Zackenbarsch, hatte genug von mir und schwamm hinter ein paar kleinen Fischen her. Auf dem Rückweg zu der Felsformation, an der ich vorhin vorbeigekommen war, beschloss ich, die Antennen zu untersuchen.

Als ich mit dem Ende meiner Harpune in der Felsspalte herumstocherte, lockte ich einen Hummer von ansehnlicher Größe aus seinem Versteck. Ich schnappte ihn am Schwanz und stopfte ihn in den Netzbeutel, den ich an meiner Tarierweste befestigt hatte. Ein paar Minuten später durchsuchte ich das Felsloch mit meiner Speerspitze, bis ich die verräterischen Fühler aus der Öffnung kommen sah. Schnell schnappte ich ihn auch diesen Hummer und steckte ihn ebenfalls in meinen Beutel.

Als ich mein Mittagessen sicher an meiner Tarierweste befestigt hatte, sah ich noch einmal auf die Uhr. Ich blieb sicher unter meiner 20-minütigen Frist und tauchte an die Oberfläche. Als ich an der Markierung für 17 Meter vorbeikam, hielt ich oben Ausschau nach dem Beiboot. Ich blies meine Tarierweste ein wenig auf und gönnte meinen Beinen eine Pause, während ich etwas schneller aufstieg.

Sobald mein Kopf die Wasseroberfläche berührte, war meine Tarierweste vollständig aufgeblasen. Das Beiboot war etwa sieben Meter von mir entfernt, und ich rollte mich auf den Rücken und strampelte mit den Füßen, um mich rückwärts zum Beiboot zu befördern.

„Du bist wieder da!", rief Missy, als ich mich an der Seite des Bootes festhielt. Ich warf den Beutel mit den Hummern in das Beiboot und erklärte: „Ich habe dir Mittagessen mitgebracht."

Sie quietschte aufgeregt, als ich die aufgeblasene Tarierweste und den Zylinder von meinem Rücken löste. Mit den Flossen stieß ich nach unten und schob mich über die Reling des Bootes. Dann setzte ich mich auf und zog den Rest meiner Ausrüstung an Bord.

„Hast du etwas entdeckt?", fragte Missy. „Außer dem Essen?"

„Nichts", gab ich zu.

Sie stocherte in der Tasche und sprang zurück, als sich die Hummer bewegten. „Du weißt doch, dass ich nicht kochen kann", sagte sie.

Ich schaute sie grinsend an. „Keine Sorge", versprach ich ihr. „Ich kann erstaunliche Dinge mit Hummern anstellen."

Sie strahlte mich an. „Gut. Bring mich zurück zum Boot, und dann stelle ich auch erstaunliche Dinge an."

23

ALS ICH DIE *CARINA* näher ans Ufer brachte, fühlte ich mich viel wohler mit dem Anker, der nun besser hielt. Wir befanden uns in etwa vier Metern kristallklarem Wasser mit weißem, sandigem Grund. Ich ließ den Anker langsam hinab und legte den Rückwärtsgang ein, um das Ankergeschirr tiefer in den Sand zu ziehen. Als das Boot sicher befestigt war, feuerte ich den kleinen Propangasgrill an, der an der Reling meines Cockpits befestigt war. Die beiden Hummerschwänze passten gut auf den Rost und ich würzte sie mit etwas Knoblauchbuttergewürz.

Während ich das Mittagessen zubereitete, stürzte sich Missy ins Meer. Sie war etwa 50 Meter von der Steuerbordseite entfernt und schnorchelte an einem kleinen Riff. Ich hatte Anfang der Woche meine Vorräte aufgestockt und fand nun Instant-Kartoffelpüree und eine Dose grüne Bohnen. Die Dose Bohnen passte auf den Grill, und für das Kartoffelpüree brauchte ich nur etwas heißes Wasser.

Das Kochen an Bord ist eine schwierige Angelegenheit. Wenn ich für eine längere Tour unterwegs bin, sind die meisten meiner Lebensmittel leicht zu verstauen – viele Konserven, Instantkartoffeln und -nudeln sowie getrocknete Lebensmittel. Der Großteil meiner Proteine stammt ohnehin aus dem Meer, wenn ich mit dem Speer fische oder eine Angel auswerfe. Frisches Obst und Gemüse kaufe ich auf dem örtlichen Markt oder tausche es mit Einheimischen. Mein Kühlschrank ist winzig und nur Dinge, die unbedingt kühl gehalten werden müssen, wie etwa Bier, werden darin aufbewahrt.

„Missy!", rief ich der Gestalt zu, die unruhig auf der Wasseroberfläche herumstrampelte. Vielleicht würde ich ihr beibringen müssen, wie man am besten mit Flossen schwimmt, damit die Tritte nicht die Wasseroberfläche durchbrechen.

Ihr Kopf tauchte auf und sah sich neugierig um, was mich an ein Video erinnerte, das ich einmal von einem Seelöwen gesehen hatte.

„Mittagessen!" Meine Stimme erhob sich über die Wellen.

Sie antwortete mit einem verständnisvollen Nicken und strampelte unbeholfen zu mir zurück. Ich nahm ihr Maske und Flossen ab, damit sie sich an der Einstiegsleiter hochziehen konnte.

„Da draußen war ein Baby-Rochen", rief sie aus, als sie ihren nassen Körper aus dem Wasser hob. „Das war so was von cool!"

„Wahnsinn", erwiderte ich und lächelte über ihre Begeisterung. „Wird dir das eigentlich nie langweilig?", fragte sie.

„Nein", antwortete ich. „Ich verbringe jeden Tag vier bis sechs Stunden im Wasser. Zumindest an den meisten Tagen, wenn ich vor Anker liege."

„Ich tue das einfach nicht oft genug", seufzte sie, als sie sich auf die Bank im Führerstand setzte und ihre Prada-Sonnenbrille aufsetzte. „Ich lebe schon mein ganzes Leben hier und kann die Zeiten, in denen ich auf dem Wasser war, wahrscheinlich an beiden Händen abzählen."

„Oh", brummte ich und reichte ihr einen Teller. Das Fleisch des Hummerschwanzes war durch den Schnitt, den ich an der Oberseite gemacht hatte, zum Bersten gespannt. Ein Stück weiche Butter schmolz über der leuchtend roten Schale.

„Wow", sagte sie. „Du solltest öfters kochen."

„Täusche dich nicht," gestand ich. „Hummer ist ganz einfach. Man darf ihn nur nicht zu lange kochen."

„So sieht also dein Leben hier draußen aus?"

Ich zuckte mit den Schultern. „Mehr oder weniger. Normalerweise habe ich keinen Zeitplan. Ich suche mir eine Insel mit einer schönen geschützten Bucht und gehe dort für Tage vor Anker. Manchmal auch Wochen. Ich verbringe viel Zeit im Wasser, gefolgt von langen Nickerchen am Nachmittag."

„Ist man da einsam?", fragte sie.

„Ich bin viel allein", erwiderte ich, „aber es sind oft viele andere Boote da."

„Viele Mädchen in Bikinis?" Ihre Augen blitzten grün vor Eifersucht.

„Nicht, dass das eine Rolle spielen würde", erklärte ich, „aber die meisten Mädels in Bikinis sind mit ihren Partnern unterwegs.

Es gibt nicht viele Singlefrauen, die alleine segeln. Leider."

Sie verdrehte die Augen.

Ich beobachtete, wie sie einen Bissen Hummer herunterschluckte. Sie schloss die Augen, als sie den Bissen genoss. Sie hatte ihr Haar zu einem Pferdeschwanz gebunden, aber vier oder fünf Strähnen wehten noch um ihr Gesicht.

„Natürlich", schlug ich vor, „steht das Angebot noch, wenn du mitkommen willst. Wir könnten einen Monat oder zwei einplanen. Nur um zu sehen, ob es dir gefällt."

„Wer würde dann das Tilly leiten?", fragte sie.

„Stell einen Geschäftsführer ein. Nimm einen Partner auf. Das ist ja nicht ausgeschlossen."

Sie starrte einen Moment lang gedankenverloren über das Wasser. Schließlich hauchte sie: „Das wäre doch schön."

„Ich kann nicht versprechen, dass ich immer Hummer bekomme, aber im Frühjahr bekomme ich normalerweise ein oder zwei pro Tag."

Sie lehnte sich zurück, als ob sie über das Angebot nachdenken würde. „Was glaubst du, warum dein Freund diese Koordinaten gespeichert hat?", fragte sie und lenkte das Thema wieder auf Tristan.

„Das ist eine richtige Schnitzeljagd", gab ich zu. „Vielleicht hat er nur ein paar gute Angelstellen gefunden. Im schlimmsten Fall verbringe ich ein paar Tage mit dir im Paradies."

„Das wäre der schlimmste Fall?", fragte sie im Scherz.

„Ja, mein Leben ist ganz in Ordnung."

„Willst du immer noch die andere Stelle abchecken?"

Ich nickte. „Ja, warum nicht. Es sind nur ein paar Stunden Fahrt nach Süden. Da können wir wenigstens ein bisschen Zeit im Wasser verbringen."

Ihre Pupillen lugten über ihre Brille, als sie ein anzügliches Lächeln zeigte.

Während die *Carina* sicher vertäut war, fuhren wir ein paar Stunden mit dem Beiboot herum. Missy hatte Spaß daran, ein paar der Wracks zu erkunden, in denen es über die Jahre nur so von Leben wimmelte. Der Höhepunkt war die *Mandalay*, ein Schoner mit Stahlrumpf, der in den frühen 60-er Jahren als Luxusliner unterwegs war. Das Segelschiff lief am Neujahrstag 1966 auf Grund.

„Das ist so klasse", keuchte sie durch ihren Schnorchel, als sich eine Muräne an uns vorbeischlängelte. Missy war von den Meeresbewohnern inmitten der morschen Holz- und Metallwracks begeistert.

„Komm schon", drängte ich sie. „Wir müssen zurück."

Ihr Blick schien zu verblassen. Jemanden zu sehen, der sich in das Meer verliebt, ist etwas Beeindruckendes. Ich bin ziemlich weit im Landesinneren in Arkansas aufgewachsen. Das Beste, was wir dort hatten, waren der Barnes River und ein paar Seen in den Ozarks. Vom ersten Tag an, an dem ich mit den Füßen in der Brandung stand, wollte ich unbedingt den Weg zum Salz und zum Sand finden. Ich war vielleicht acht oder neun. Ich träumte davon, Krabben zu beobachten, die in Richtung der zurückweichenden Wellen huschten.

Ich drückte meine Hand gegen ihren strammen Hintern und schob sie in das Beiboot. Sie rollte sich auf den Rücken und ich hörte sie lachen. Dann zog ich mich über die Reling und auf das Deck des Bootes.

„Wie schnell müssen wir in See stechen?", fragte sie.

„Wir sollten ungefähr drei Stunden brauchen, um dorthin zu kommen. Wir haben also noch genug Zeit, bevor es dunkel wird."

Sie schaute sich um und rief: „Wir sind hier ganz allein."

Ich grinste über ihren Leichtsinn, bevor sie mich zurück auf das Deck des Beibootes schob und ihr Oberteil auszog.

Das Beiboot schien auf dem Anker zu bocken und zu schwanken, während Missy hin und her schaukelte. Die Wellen schlugen gegen den Rumpf und übertönten ihr Stöhnen. Als sie sich von mir auf den Rücken rollte, starrten wir beide auf die weißen Wolkenfetzen, die über uns wirbelten.

„Das war schon was", sagte sie kichernd.

„Mmh", stimmte ich zu.

„Aber bequem ist das nicht", stellte sie fest.

Das Gestänge des Bootes lief mir den Rücken hinauf, aber ich hatte nicht vor, ihr zuzustimmen oder mich darüber zu beschweren. Wenn eine Frau bereit ist, mit dir Sex zu haben, darfst du dich niemals darüber beschweren oder Kritik üben. Mach einfach mit und sei glücklich, denn irgendwo da draußen gibt es Millionen von Männern, die in diesem Moment keinen Sex haben.

Sie richtete sich auf und ließ sich sofort wieder neben mir nieder. „Da ist jemand", murmelte sie.

Ich hob meinen Kopf und spähte über die Seite des Beibootes. Ein 8 Meter langes Segelboot hatte etwa 20 Meter vor uns Anker geworfen. Zwei Kids, wahrscheinlich Teenager, waren dabei, das Großsegel zu bergen. Das Mädchen war braungebrannt und blond mit einem geschmeidigen Körper, den sie für den Jungen mit dem Schopf zur Schau stellte, dessen Sommersprossen ich sogar aus dieser Entfernung sehen konnte. Das Mädchen kicherte sichtlich, als sie in unsere Richtung blickte. Sie warf ihrem Freund einen Kommentar zu, der sich ebenfalls amüsierte.

Ich legte mich wieder hin. „Ja, wir haben Besuch."

„Ist das peinlich", murmelte Missy.

Ich drehte mich auf meinen Ellbogen. „Warum?" fragte ich sie. „Du bist eine umwerfende Frau. Das kleine Mädchen ist verdammt eifersüchtig. Sie hat bestimmt Angst, dass ihr kleiner Freund später an dich denkt, denn ich verspreche dir, der Junge wünscht sich gerade, er wäre ich."

Ihr Gesicht verzog sich und sie küsste mich heftig. „Du weißt genau, was du sagen musst", meinte sie. „Jetzt gib mir meine Badehose und bring mich hier weg."

Ich erwiderte ihren Kuss, stand nackt auf und winkte den Kids zu. Beide wendeten sich schnell ab, und ich lichtete den Anker, startete den Motor und fuhr auf die *Carina* zu.

„Versuchst du, die Kleinen zu verunsichern?", scherzte Missy, als sie sich aufsetzte und ihre Badehose suchte.

„Es ist nicht nötig, dass du dich anziehst", sagte ich. „Wir werden ein paar Stunden allein auf dem Boot sein. Da können wir auch gleich alle Bräunungsstreifen loswerden."

„Netter Versuch", erwiderte sie, während sie ihre Füße wieder in den Tanga steckte.

„Verdammt", murmelte ich mit gespielter Enttäuschung.

Das Umladen der Schnorchelausrüstung auf die *Carina* dauerte nur ein paar Minuten. Ich hievte das Beiboot hoch und sicherte es.

Bevor ich den Anker einholte, beugte sich Missy zu mir und küsste mich. „Danke, dass du mich mitgenommen hast."

Ich lächelte zu ihr hoch.

„Das war vielleicht der beste Tag, den ich seit Jahren hatte. „Schön, dass ich daran teilhaben konnte", erwiderte ich.

Das Boot vibrierte, als der Motor der Ankerwinde surrte, und die Kette aus rostfreiem Stahl hörte sich an, als würde sie durch die Zahnräder schleifen, während sie automatisch im Kettenkasten verstaut wurde.

Ich wickelte das Großfall um die Winde neben mir und zog das Seil von einer Seite zur anderen, wobei ich die Winde als Umlenkrolle benutzte, um das Großsegel zu hissen. Der Wind war soweit, das Segel zu blähen. Wir hielten uns gegen den Wind, damit wir, wenn das Großsegel ganz gehisst war, nicht zu rasen begannen. Ich steuerte das Ruder, bis der Baum nach Backbord schwenkte und der Bug sich durch die Wellen schob.

„Gib mir das Fall", bat ich Missy. Sie schaute mich ausdruckslos an, und ich deutete auf das Seil neben ihr.

Sie reichte es mir. „Warum nennst du es nicht einfach Seil?", fragte sie.

„Keine Ahnung", antwortete ich, während ich den Vorgang wiederholte, den ich beim Hissen des Großsegels bereits ausgeführt hatte. Diesmal entfaltete ich das Genuasegel am Bug des Bootes. Als der Wind das Segeltuch erfasste, rollte sich das Segel blitzschnell aus. Ich spannte es an der Winde fest und benutzte den Windengriff, um das Segel plan zu machen.

Als ich mit dem Setzen des Segels fertig war, erklärte ich weiter: „Wenn du auf einem Boot bist, nennt man so etwas nicht Seile. Sie werden als Leinen bezeichnet. Die Leinen, mit denen die Segel gehisst werden, heißen Fallen. Die Leinen, mit denen man die Richtung der Segel kontrolliert, nennt man Schoten. Frag mich nicht, welches Genie sich die verschiedenen Namen ausgedacht hat."

„Das ist eine Menge, was man sich merken muss", erklärte sie.

Ich zuckte mit den Schultern. „Ich benenne die Dinge immer mit dem falschen Namen."

Mit beiden Segeln und dem Wind aus Osten glitt die *Carina* mit etwa 12 Knoten durch den Wind. Das Boot neigte sich zur Seite, und ich bemerkte, wie Missy sich an der Seite festhielt. Das Gefühl, dass ein Segelboot auf der Seite liegt, ist bei den ersten Malen etwas beunruhigend. Ich nahm einige Anpassungen am Ruder und an den Segeln vor, und das Boot richtete sich wieder auf, was Missy ein wenig beruhigte.

„Delfine!" rief Missy einige Minuten später aus. Sie deutete auf die Steuerbordseite, wo etwa 20 Meter entfernt zwei Delfine schwammen. Sie lächelte und lehnte sich auf der Bank zurück, um die Fahrt um sie herum in vollen Zügen zu genießen.

Da der Autopilot eingestellt war, entspannten wir uns für die nächsten Stunden im Führerstand.

24

MISSY SCHLIEF IMMER NOCH in der Kajüte. Ihre Atmung wechselte von einem sanften, rhythmischen Hämmern zu einem leichten Schnarchen. Sie würde nie zugeben, dass sie schnarchte, und ich wollte sie nicht verunsichern.

Ich persönlich fand jedoch, dass solche Eigenschaften meine Faszination nur noch verstärken.

Eine dampfende Tasse Kaffee stand auf dem Tisch im Führerstand, während ich meine Taucherausrüstung vorbereitete. Ich konnte den Anker in der Nähe der zweiten Koordinate werfen, die Tristan abgespeichert hatte. Von hier aus war das Beiboot nicht nötig und es konnte einfach hängen bleiben, während ich über das Heck der *Carina* ins Wasser gehen würde.

Ich lehnte mich einen Moment zurück und nippte an meinem Kaffee, während ich beobachtete, wie die Sonne langsam über dem türkisfarbenen Meer aufging. Der Tag schien perfekt zu sein, und ein zufriedenes Grinsen lag auf meinem Gesicht. Ein paar aufgebauschte Wolken schwebten tief über dem Wasser und warfen Schatten auf die Wellen. Der weiße Sand unter uns hatte eine himmelblaue Färbung. Nicht weit hinter dem Boot konnte ich jedoch beobachten, wie das helle Blau abrupt in ein tiefes Blau überging, das durch das starke Abfallen des Meeresbodens verursacht wurde. Die Tiefe würde von den etwa fünf Metern, an denen wir uns gerade befanden, auf mehr als 150 Meter Tiefe des Golfstroms wechseln, der an der Ostküste entlangströmte.

Ich hatte erwartet, dass dieser Tauchgang genauso ereignislos sein würde wie der vergangene. Ich hasse es, nicht jedem Hinweis nachzugehen, aber ich hatte mir keine großen Hoffnungen gemacht. Innerhalb von dreißig bis vierzig Minuten würde ich den Tauchgang beenden und wieder an Bord sein können, bevor Missy aufwachte. Dann könnten wir gemütlich nach Hause segeln.

Bevor ich mir meine Tarierweste umschnallte, löste ich das Großfall aus dem Segel und hängte es an den Clip neben der Einstiegsleiter. Nach dem Tauchgang konnte ich damit meine gesamte Tauchausrüstung aus dem Wasser heben, damit ich nicht mit hundert Pfund zusätzlich auf dem Rücken die winzige Einstiegsleiter hochklettern musste.

Ich warf noch einmal einen Blick auf das tragbare GPS, um die richtige Richtung zu bestimmen, die ich einschlagen musste. Ich kletterte über die Reling und ließ mich vom Heck des Bootes nach hinten in das Salzwasser fallen. Nachdem ich kurz meine Ausrüstung überprüft hatte, tauchte ich unter die Wasseroberfläche und folgte der Ankerleine bis zum sandigen Grund.

Der Meeresboden bestand nur aus Sand, und das Wasser war glasklar. Als ich aufblickte, sah ich den Kiel der *Carina* und die dunkelbraune Unterseite ihres Rumpfes. Ein paar Seepocken hatten sich auf dem Boden festgesetzt. Die musste ich bald abkratzen, bevor sie sich vermehrten und *Carina*s Leistung beeinträchtigten.

Selbst in einer Tiefe von sechs Metern konnte ich erkennen, wo die Sonne stand, und ich trat mit den Füßen, um nach Osten zu schwimmen. Vor mir schien der Sand aufzuhören, und ein Abgrund tat sich auf. Das war die Ursache für die plötzliche Veränderung der Wasserfarbe, die ich vom Führerstand aus gesehen hatte. Der Abgrund war in Wirklichkeit der Rand einer Klippe, und mein Kopf spähte über den Vorsprung.

Der Fuß des Abgrunds war zu sehen, aber ich konnte nicht feststellen, wie weit unten er war. Es ist schwierig, die Entfernung unter Wasser zu bestimmen, vor allem bei so klaren Verhältnissen. Das erscheint wie ein Widerspruch. In klarem Wasser sollte es einfach sein, Distanzen einzuschätzen. Für mich war es das aber nicht. Als ich in Arkansas aufgewachsen bin, hatte selbst das klarste Wasser nur eine Sichtweite von zwei bis drei Metern. Mein Verstand kann nicht immer 30 Meter oder mehr erfassen. Wenn der Boden nur aus Sand besteht, scheint das unmöglich zu sein. Es gibt keinen Kontrast, den das Auge wahrnehmen kann.

Das gleiche Problem plagte mich auch hier. Der einzige Anhaltspunkt, der mich darauf hinwies, dass es deutlich tiefer ging, war ein ungewöhnlicher Anblick. Ein Treibanker schwamm ein paar Körperlängen unter mir. Die ehemals weiße Boje, die jetzt mit grünen und gelben Algen bewachsen war, schaukelte in der Strömung und war mit einem Kabel am Grund befestigt.

Sie war fehl am Platz und hatte keinerlei Sinn. Die Boje war zwar bewusst platziert, aber viel zu tief, um als Anlegestelle zu dienen. Das Kabel, mit dem die Kugel am Meeresboden befestigt war, war straff gespannt und bestätigte meinen anfänglichen Gedanken, dass sie absichtlich hier platziert wurde.

Luftblasen kullerten aus meinem Atemregler und stiegen an die Oberfläche. Ich stieß meine Flossen an und wagte den Sturz über die Kante. Das Gefühl, im freien Fall langsam nach unten zu sinken, ist einfach unwirklich.

Als ich langsam nach unten driftete, kam ich an dem Treibanker vorbei. Kleine Buntbarsche umkreisten den Ball und knabberten an grünlichen Schleimfäden. Die Boje war mit einer Art Motor auf dem Grund befestigt. Ich hoffte, dass der Idiot, der das für eine gute Idee gehalten hatte, wenigstens in der Lage war, die giftigen Flüssigkeiten zu entfernen.

Ich pendelte mich einen halben Meter über dem Meeresboden ein und prüfte meine Tiefe. Der Pegel zeigte knapp 20 Meter an. Der Grund bestand nur aus Sand und ein paar Felsen, die über den Boden verstreut waren. Ein großer Schnapper hing an der Klippenwand und hielt sich dort verborgen.

Das verrostete Wrack eines Motors steckte in einer Nische neben der Klippe. Der Großteil der Nische war von Felsen umgeben, die bis zu zehn Meter in Richtung Oberfläche ragten. Im Osten erhob sich eine weitere Felswand aus dem Boden. Ich schwamm auf die Wand zu. Ich stellte fest, dass ich mich auf dem Grund eines Lochs befand, wie in einer kleinen Schlucht. Ich umkreiste die Lücke entlang der Felswände. Das maritime Leben war nicht so üppig wie an manchen Riffen, aber es gab immer noch kleine Fische, die um die Felswand herumschwammen.

Die Frage nach dem untergetauchten Treibanker schwirrte mir im Kopf herum. Warum war er hier? Er musste eine Art Markierung darstellen. Ich schwamm um den Motor herum, der den Treibanker an seinem Platz hielt. Der Motor war mit den ersten Rostschichten bedeckt, aber die Metallkonstruktion war noch intakt.

Weitere 50 oder 60 Jahre könnten schwere Narben an ihr hinterlassen. Bis jetzt war der Rost minimal. Er war wahrscheinlich nur sechs Monate bis zu einem Jahr unter Wasser gewesen.

Nach meiner Uhr war ich schon 26 Minuten untergetaucht. Zwar war ich heute nicht durch die Tiefe eingeschränkt, aber ich hatte auch nichts gefunden. Mein Bauchgefühl sagte mir, dass Tristan dies als eine Art Markierung benutzte. Es hätte nicht viel Mühe gekostet, den Motor von der Seilwinde seiner Bertram herunterzulassen. Es könnte zwar schwierig gewesen sein, ihn genau in die Nische zu lenken, oder vielleicht hatte er einfach nur Glück gehabt. Der Metallklotz wäre direkt nach unten gesunken. Vielleicht war er auch ein paar Mal an der Felswand abgeprallt.

Das Ding wäre ein guter Sammelpunkt. Wenn etwas an diesen Koordinaten versenkt wurde, konnte es nur von einem Taucher geborgen werden. Es war unmöglich, hier eine Überwachung einzurichten, und selbst wenn hier etwas gefunden wurde, war es bis zu einem gewissen Grad abstreitbar. Die Stelle lag abseits der üblichen Routen und die Wahrscheinlichkeit, dass ein umherfahrender Bootsfahrer oder Taucher hier etwas fand, war gering.

Andererseits könnte es auch ein Zufall sein. Ich könnte meinen ganzen Tauchgang damit verbringen, darüber zu spekulieren, warum das verdammte Ding hier unten war, nur um keine Antworten zu finden. Im Umkreis von dreißig Metern um den Motor gab es nichts anderes von Interesse.

Hätte ich unter Wasser seufzen können, hätte ich das getan.

Ich drückte den Knopf an meiner Tarierweste, blies sie auf und begann, zur Oberfläche aufzusteigen. Die Wände der kleinen Nische schienen nach unten zu rutschen, als ich im Wasser aufstieg. Eine Muräne, die wahrscheinlich durch die Blasen, die ich ausstieß, aufgeschreckt wurde, flüchtete im Zickzackkurs über meinen Kopf hinweg aus dem Loch, in dem sie sich versteckt hatte.

Als ich am Felsenunterschlupf der Muräne vorbeikam, löste ich den Knopf an meiner Tarierweste und spreizte meine Flossen, um meinen Aufstieg zu verlangsamen. Etwas stach mir ins Auge und ich musste etwas Luft ablassen, um wieder nach unten zu sinken und nachzusehen.

Die Spalte in der Wand war etwa einen halben Meter breit. Ich löste die kleine Tauchlampe von meiner Weste und leuchtete in das Loch. Eine rosafarbene Plastikbox war hinten in die Öffnung geschoben worden. Durch Drehen der Schachtel konnte ich sie aus dem Loch herausziehen. In der Schachtel befanden sich die Reste von Aufklebern mit einem Blumenmuster. Die Ränder der verbliebenen Aufkleber blätterten ab und zerfielen langsam.

Ich spähte zurück in das Loch, um nach etwas anderem zu suchen. Es schien leer zu sein.

Ich hatte noch genug Luft und Zeit, also stieg ich wieder auf den Meeresboden hinab. Vom Boden aus suchte ich gründlich nach weiteren Öffnungen, während ich mich auf den Weg zurück an die Oberfläche machte. Als ich den Rand der Klippe hinter mir gelassen hatte, hatte ich nur das eine Loch gesehen. Hätte ich nicht extremes Glück gehabt, hätte ich auch das komplett übersehen.

Ich orientierte mich und stieß mich westwärts in Richtung der Ankerkette, die ich vor mir gespannt sah. Ich tauchte neben der *Carina* auf und spuckte den Atemregler aus meinem Mund.

„Hey, bist du eine Meerjungfrau?", fragte Missy und steckte ihren Kopf über die Bordwand. „Wenn es nur so wäre", antwortete ich. Ich reichte ihr die rosa Schachtel. „Hier, kannst du die mal nehmen?"

Sie streckte die Hand aus und nahm die Schachtel. „Du warst einkaufen", scherzte sie.

„Es ist nur ein schäbiges T-Shirt." Ich löste meine Tarierweste und befestigte das Großfall, das ich extra für mich vorbereitet hatte.

„Heilige Scheiße!", rief Missy aus.

„Was ist denn?", rief ich.

„Hast du die Schachtel geöffnet?", fragte sie.

„Nein."

„Das musst du dir ansehen", meinte sie.

Ich warf meine Flossen auf die Schwimmplattform und schob mich nach oben.

Missy saß auf der Bank im Führerstand und hielt die geöffnete rosa Schachtel in der Hand. In ihrer rechten Hand hielt sie eine Halskette, die sie durch ihre Finger geschlungen hatte. Die Diamanten funkelten wunderschön in der Sonne.

„Äh ...", stotterte ich.

„Hast du das gerade gefunden?", fragte sie.

„Ja, in ein Loch gestopft und von einer Muräne bewacht."

Ich kam in den Führerstand und schaute mir das Ding genauer an. Die Stränge schienen aus Silber zu sein, das grün angelaufen war. Die Halskette war mit vielen Diamanten in verschiedenen Größen besetzt. Einige waren ziemlich groß.

„Sind die echt?", fragte ich Missy.

„Oh, die sind ziemlich echt", bestätigte sie. „Glaube dem jüdischen Mädchen in mir, dass ich das weiß. Das muss teuer sein. Da sind zwei- und dreikarätige Diamanten drin. Das sind nur die großen."

Ich ließ mich auf die Bank plumpsen. Dann starrte ich eine ganze Minute lang auf die glitzernden Juwelen und sagte gar nichts. Ich war sprachlos.

„Glaubst du, dass die von Tristan sind?", fragte sie.

„Keine Ahnung", antwortete ich schließlich. „Ich hatte ein Drogenversteck erwartet. War sonst noch etwas in der Schachtel?"

Sie schüttelte den Kopf.

Ich lehnte mich vor und stützte meine Unterarme auf die Knie, während ich die Halskette anstarrte. „Weiß das jüdische Mädchen in dir, wie viel die wert ist?"

Sie zuckte mit den Schultern. „Ich bin keine Expertin. Ich würde auf eine Menge tippen. Da sind Hunderte von kleinen Diamanten drin, und auch ein paar große. Das ist nichts, was man im Einkaufszentrum kauft. Das ist eine Sonderanfertigung und von Hand gemacht."

„Irgendjemand vermisst es also", stellte ich fest. „Ja, irgendjemand vermisst das hier."

Ich schaute über das blaue Wasser und dachte nach.

„Diese Hauseinbrüche", schlug Missy vor.

„Genau mein Gedanke."

„Glaubst du, dein Freund war derjenige, der das getan hat?"

Daran wollte ich nicht denken, aber es war klar, dass Tristan zu so etwas fähig gewesen wäre.

„Wenn dir ein Drogendealer 25.000 Dollar abknöpfen würde", sagte ich, „wäre das vielleicht ein guter Fluchtplan."

„Wurde nicht einer dieser Hausbesitzer umgebracht?"

Ich nickte.

„Das bedeutet ..."

„Dass Tristan wahrscheinlich auch ein Mörder ist."

„Was willst du jetzt tun?"

„Wir müssen wieder zurück. Und ich muss herausfinden, wer die Halskette vermisst."

Ich setzte mich in Bewegung, um meine Tauchausrüstung einzuholen, damit wir den Anker lichten konnten. In meinem Kopf spielte ich bereits Berechnungen durch. Selbst wenn der Wind nicht günstig wäre, könnte uns der Dieselmotor bis zum Abend zurück nach West Palm Beach bringen.

Missy legte die Diamantkette zurück in die rosa Schachtel und verschloss sie. „Stell die mal nach unten, damit wir sie nicht verlieren."

Sie nahm die Schachtel mit nach unten, während ich den Anker lichtete.

25

„ICH BIN FROH, DASS das Ding an einem sichereren Ort ist als an Bord des Schiffes", stellte ich fest. Missy nahm mir die Halskette ab und legte sie in den Safe ihres Büros.

„Was hast du jetzt vor?", fragte sie. Ihre Wangen waren rosig von der Sonne und ihr Haar war durch die salzige Luft etwas kraus.

„Diese jüngsten Einbrüche", meinte ich. „Diese Art von Schmuck wurde gestohlen. Von jemandem aus der Oberschicht."

„Vielleicht hat das ja gar nichts mit den Einbrüchen zu tun", schlug sie vor.

„Vielleicht", erwiderte ich und ließ mich auf den Stuhl gegenüber ihrem Schreibtisch fallen. „Ich habe im Moment nicht viele andere Ideen."

„Es ist möglich, dass nicht Tristan die Schachtel versteckt hat."

„Möglich. Aber das ist ein großer Zufall. Er hat diese Koordinaten aus einem bestimmten Grund gespeichert. Darf ich deinen Computer benutzen?"

„Ja, mach nur. Ich gehe duschen und ziehe mich an. Ich will nicht, dass die ganze Belegschaft sieht, wie ich vom Wind zerzaust und voller Salz bin."

Ich lächelte sie an. „Ich finde, du siehst mit deinen Meerhaaren und ohne Make-up wahnsinnig scharf aus", erklärte ich. „Ich bin froh, dass du mitgekommen bist."

Sie setzte sich auf meinen Schoß, schmiegte ihr Gesicht an mich und küsste mich. „Ich auch", antwortete sie. „So viel Spaß habe ich schon lange nicht mehr gehabt. Ich verstehe, warum du wieder da raus willst."

„Das Angebot steht noch", teilte ich ihr mit einem lasziven Lächeln mit. „Wir könnten Monate da draußen verbringen.

dort verbringen. Ohne Mann, ohne Arbeit, ohne Kleidung."

Sie küsste mich erneut, ohne ein Wort zu sagen, bevor sie sich umdrehte und zu ihrem eigenen Toilettenraum ging.

Ich war nicht so dumm zu glauben, dass sie und ich auf Dauer zusammenbleiben würden. Missy würde vielleicht ein paar Tage mit mir unterwegs sein, aber sie brauchte gewisse Annehmlichkeiten, die mit meinem Lebensstil nicht automatisch einhergingen. Ich lebte in den meisten Monaten von ein paar hundert Dollar; sie wollte schicke Restaurants und teuren Wein. Ich bin mit billigem Rum und allem, was ich aus dem Meer ziehe, zufrieden. Sie wollte das Meer und die Sonne in kleinen Portionen erleben. Für mich war es mein Leben. Ohne diese Dinge würde ich verschrumpeln und zugrunde gehen. Sie brauchte Halt, und ich hatte schon das Gefühl, dass ich zu lange im Hafen geblieben war.

Ich war etwas Neues für sie, und das durfte ich nicht vergessen. Es ist nichts falsch daran, eine Neuheit zu sein. Aber es war schön, jemanden zu haben, mit dem man das Abenteuer teilen konnte. Ich starrte auf die Badezimmertür, und spürte eine Welle der Melancholie.

Ich verdrängte den Trübsinn und verschwand hinter Missys Schreibtisch. Nachdem ich ihren Internetbrowser geöffnet hatte, suchte ich nach *Hauseinbrüchen in Palm Beach County*. Es erschienen mehrere Meldungen.

Sie lagen teilweise zwei Jahre zurück, schienen aber in den letzten sechs Monaten zuzunehmen. Ich fügte *Raubüberfälle* zu den Suchbegriffen hinzu und die Ergebnisse stiegen auf das Vierfache. Die meisten Treffer erhielt ich auf der Website des örtlichen Verbrechensregisters, das für Palm Beach County alles von Verkehrsdelikten bis hin zu Mord auflistet.

Es waren zu viele, um sie alle niederzuschreiben, und es gab nur sehr wenige Einzelheiten. Da es weniger Morde und Überfälle gab, glich ich sie mit Raubüberfällen ab und fand die beiden, von denen Peterson mir vor ein paar Tagen erzählt hatte.

Das erste war ein Einbruch. Die Angaben waren lückenhaft. Der 78-jährige Besitzer des Hauses, der als Carl Woodman aufgeführt ist, überraschte die Täter. Er wurde später am Abend von seiner Frau und seiner Tochter entdeckt. Er war zu Tode geprügelt worden.

Der zweite Einbruch endete mit einem tätlichen Angriff. Das Opfer war ein 67-jähriger Mann; sein Name wurde nicht genannt. Er wurde in ein Krankenhaus gebracht.

In keinem der Einträge, die ich las, wurde erwähnt, was gestohlen worden war. Ich starrte eine Minute lang auf den Bildschirm.

Dann nahm ich Missys Tischtelefon und wählte Jays Nummer. „Delp“, antwortete er.

„Jay, ich bin's, Chase.“

„Hey, Mann“, antwortete er. „Hast du schon etwas von Tristan gehört?“

„Nein“, erwiderte ich, „und ehrlich gesagt, ist die ganze Sache ein wenig seltsam geworden.“

„Seltsam?“, fragte er. „Inwiefern?“

Ich dachte über seine Frage nach. „Lass es mich offen halten, damit du nicht das Gefühl hast, wie ein Cop reagieren zu müssen.“

„Dieses Gefühl kann ich ausblenden“, versicherte er mir.

„Lass mich mit einer Frage beginnen. Hat die Polizei bei einem Wohnungseinbruch eine Liste mit den gestohlenen Gegenständen?“

„Ja, die ist enorm umfangreich“, erklärte er. „Wonach suchst du?“

„Die letzten Einbrüche in Palm County. Vor allem nach hochwertigem Schmuck.“

„Scheiße“, antwortete Delp mit seinem dicken Mississippi-Akzent und verlieh dem Wort zwei zusätzliche Silben. „Der Junge ist da in etwas reingeraten, nicht wahr?“

„Ich bin mir noch nicht sicher“, antwortete ich, „aber es scheint ein typischer Tristan-Move zu sein.“

„Wie geht es seiner Frau und seinem Kind?“

„Sie ist bei ihrer Mutter. Ein paar von Julio Morenos Jungs waren bei ihr zu Hause und haben versucht, sie zu schikanieren.“

„Du hast danach keine Dummheiten gemacht?“, fragte er, als ob er meine Antwort schon kannte.

„Ich habe Julio Moreno sehr nett erklärt, dass, wenn mir oder Kayla und Abbie etwas zustoßen würde, eines Tages jemand, den ich kenne, ihn ins Fadenkreuz nehmen und umlegen würde. Ich schätze, er hat es verstanden. Seitdem hat er sich nicht mehr so oft blicken lassen.“

„Du glaubst, Tristan ist tot?“, fragte Jay.

„Bis gestern dachte ich das. Jetzt könnte es sein, dass Tristan zu weit gegangen ist und weiß, dass er nicht mehr zurückkommen kann.“

Ich konnte hören, wie Jays Gedanken durcheinanderwirbelten. „Wenn es brenzlig wird, weißt du, dass du mich anrufen musst.“

„Darauf kannst du dich verlassen“, versicherte ich ihm. „Schau einfach mal, was du auf diesen Listen findest. Ich stelle nur eine weit hergeholte Vermutung an, aber das könnte alles mit einer Reihe von Einbrüchen hier zu tun haben. Wenn ich eine konkrete Verbindung finden kann, führt mich das vielleicht weiter."

Jay stöhnte auf. „Wie schlimm ist es denn? Hauseinbrüche können brenzlig werden."

„Es gab einige Hausbesitzer, die überfallen wurden, und einer ist gestorben", stellte ich fest. „Denk daran, dass das alles nur Vermutungen sind. Ich will nicht, dass du dich schon zu sehr in die Sache reinhängst."

„Mein Zuständigkeitsbereich endet am Highway 98", erinnerte er mich.

Das entsprach nicht ganz der Wahrheit. Ich kannte Jay, und er würde seine Treue zu Tristan und mir mit seiner Pflicht in Einklang bringen. Ich wollte ihn nicht dazu zwingen, zu viele ethisch fragwürdige Entscheidungen zu treffen.

Die Dusche in Missys Badezimmer lief noch. Ich würde auch eine nehmen müssen.

Vielleicht sollte ich mir ein sauberes Hemd und einen Rasierapparat besorgen. Ich überlegte kurz, ob ich mich zu ihr unter die Dusche stellen sollte, entschied mich dann aber doch für die Dusche im Hafen.

Es war schon fast Mittag, und ich durchquerte den Manta Club. Taylor stand hinter der Bar. Die Mittagsgesellschaft war spärlich, und Bobby und Kristy lehnten beide an der Theke.

„Chase!", brüllte Bobby mir zu, als ich durch die Tür kam. „Arbeitest du heute?"

„Keine Ahnung", gab ich zu. „Ich bin früher als geplant zurückgekommen. Ich werde mal sehen, ob Hunter heute Abend frei haben will."

„Cool, ich mache eine Doppelschicht", erklärte Bobby. „Ich liebe es, mit dir abzuhängen."

Ich lächelte. Bobby war ein bisschen energisch und viel gesprächiger, als mir lieb war, aber er war ein guter Barkeeper. Wenn er Schicht hatte, ging mir nie das Bier aus.

„Hey Taylor", rief ich über den Tresen, „kannst du mir ein Thunfischsandwich reinlegen? Rare. Zum Mitnehmen."

„Klar", Taylor drehte sich zum Computer und tippte meine Bestellung ein.

Wilson Peterson saß allein im hinteren Teil der Bar. Ich schlenderte um ihn herum und setzte mich zwei Plätze neben ihn.

„Ich hoffe, ich stinke nicht zu sehr", sagte ich, „ich komme gerade von ein paar Tagen in der Biscayne Bay zurück."

Peterson lachte: „Nein, ich habe schon Schlimmeres im Stadtratssaal gerochen. Der alte Harrison

Bowe kam einmal mit Fischblut auf dem Hemd herein."
„Herrlich", meinte ich, ohne zu wissen, wer Harrison Bowe
war.

„Biscayne Bay, hm?", überlegte Peterson. „Wie war's?"

„Das Wetter war gut. Ich hatte den Wind fest im Griff, in
beide Richtungen."

„Warst du angeln?", fragte er. Peterson hatte eigentlich kein
Interesse am Angeln, aber er war Politiker.

Angeln war hier ein unbedenkliches Gesprächsthema.
Genauso wie Krabbenfang, die Sichtung von Alligatoren und
Florida State Football.

„Nur ein paar schöne große Hummer." Ich schaute zu ihm
rüber und fragte: „Hast du noch andere Anrufe bekommen?"

Er schüttelte den Kopf. „Nein, und ich danke dir für deine
Hilfe."

„Nein, Wilson, das habe ich gerne getan. Du warst mehr als
großzügig."

Mit einem knappen Nicken deutete er an, dass das Thema beendet war. Ich wandte meine Aufmerksamkeit einem
Tennisspiel im Fernsehen zu. Taylor gab mir ein kaltes Miller
Lite. Es war nicht mein Lieblingsgetränk, aber als Barkeeper
schaue ich nie auf das Label eines kostenlosen Getränks.

Peterson aß die letzten zwei Bissen seines Burgers auf.
„Ich habe ein Lunch-Meeting im Hyatt", beschwerte er sich
zwischen den Bissen. „Aber es scheint, dass ich nie die
Möglichkeit habe, dort tatsächlich etwas zu essen."

„Du isst also vor deinem Mittagessen?"

„Das ist der Preis eines öffentlichen Amtes", scherzte er.
„Ich muss immer vor jeder Veranstaltung etwas essen. Sonst
ende ich mit einem leeren Teller, während die Sukkubi mich
mit ihren Händen begrapschen. Außerdem ist das Hühnchen
im Hyatt immer ausgetrocknet."

„In der Wüste hatte ich ein ähnliches Motto. Oft ging es
darum, zu schlafen, wann immer sich die Gelegenheit bot,
denn wir konnten jederzeit drei Tage am Stück unterwegs
sein."

Peterson stieß einen kurzen Seufzer aus. „Chase, du bist
vielleicht für die Politik geschaffen."

Er schob seine Karte über die Theke. Als er bezahlte, sagte
er: „Ich muss los, aber ich habe noch etwas für dich im Auto,
Chase. Warum kommst du nicht und holst es dir?"

Neugierig geworden, folgte ich Peterson durch die Lobby. Mein zerzauster Matrosenlook passte nicht zu seinem
gestärkten Brooks Brothers Anzug.

„Ich weiß deine Diskretion zu schätzen", erklärte Peterson.
„Das hat mich aufgemuntert."

„Selbstverständlich", versicherte ich ihm, als wir uns dem Mercedes näherten, den der Parkwächter am Straßenrand abgestellt hatte.

Er öffnete den Rücksitz und holte einen Karton heraus. Ich öffnete sie und fand darin eine Flasche Pappy Van Winkle Bourbon.

„Wilson, das ist ja wirklich sehr nett."

„Ich dachte, du trinkst Bourbon. Das ist nur ein kleines Dankeschön."

„Wilson, du hast mir schon zu viel gegeben für das, was ich getan habe."

Er machte eine abwinkende Handbewegung.

Ich hielt die Schachtel mit dem teuren Bourbon in der Hand. „Danke."

Peterson klopfte mir auf die Schulter und stieg in seinen Mercedes ein. „Nun, ich habe eine Verabredung mit einem vertrockneten Huhn."

Pappy Van Winkle war die Crème de la Crème unter den Bourbons, und ich mochte durchaus einen guten Bourbon.

Allerdings würde ich mich nicht als Bourbontrinker bezeichnen. Das würde ich dem Bürgermeister aber nicht unter die Nase reiben.

Er fuhr aus der Einfahrt des Tilly's Circle und auf die Straße. Mein Blick fiel auf einen Jeep, der am gegenüberliegenden Bordstein geparkt war und zwei Kajakhalter auf dem Dach hatte. Als Peterson auf die Straße einbog, leuchteten die Rücklichter des Jeeps auf und der Motor sprang an.

Ich setzte zum Lauf an und raste über den Kreisverkehr. Dabei wich ich einem älteren Cadillac aus, der gerade in die Parkgarage einfuhr. Ich erreichte den Bürgersteig gerade noch rechtzeitig, um das Nummernschild des Jeeps zu sehen. Es war derselbe Jeep wie auf dem Überwachungsvideo aus der Zahnarztpraxis. Ich wiederholte das Kennzeichen dreimal laut, um es mir einzuprägen.

Petersons Probleme waren noch nicht vorbei.

Als ich zurück zur Manta Bar kam, lag mein Sandwich in einem Styroporbehälter auf der Theke. Ich stöhnte ein wenig über die Verpackung, aber das schien manchmal unvermeidlich. Ich reichte Taylor einen 20-Dollar-Schein und nahm den Hörer ab.

„Delp", meldete sich Jay wieder. „Ich bin's."

„Ich sollte mich an die Vorwahl gewöhnen", meinte er.

„Kannst du ein Kennzeichen für mich überprüfen?"

„Klar."

Ich gab ihm die Nummer. Das Klicken von Tasten war zu hören.

„Das Auto ist auf einen Sean Gilliam zugelassen. Er wohnt in Haverhill.“

Ich notierte mir die Adresse auf einem Bierdeckel und bedankte mich bei Jay.

„Gegen ihn läuft eine Anklage wegen vorsätzlichen Drogenbesitzes.“

„Wunderbar. Sonst noch irgendetwas?“

„Nein, er ist erst 20. Ich schätze, er war ein Kleinkrimineller und geriet in die Mühlen der Justiz.“

„Danke, Jay.“

„Denkst du, er hat etwas mit Tristan zu tun?“

„Nein“, sagte ich, „das ist etwas anderes.“

„Du bist ein fleißiges Bienchen, Chase.“

Ich legte auf, schnappte mir mein Sandwich und ging zurück zur *Carina*.

26

Nachdem eine lange, heiße Dusche das Salz der letzten Tage von mir abgespült hatte, saß ich in der Kajüte der *Carina* und starrte auf die Flasche Bourbon, die Peterson mir geschenkt hatte. In dem Schaumstoffbehälter auf dem Tresen lag der letzte Bissen Brot von meinem Thunfischsandwich. Der schwache Fischgeruch lag noch immer in der Luft, aber ich hatte mich schon daran gewöhnt.

Der automatische Lufterfrischer versprühte einen zeitlich abgestimmten Sprühstoß. Diesen Trick lernte ich im ersten Sommer, als ich an Bord lebte. Der kleine Raum begann im Nu zu stinken. Jedes Mal, wenn ich das Boot verließ und die Luken schloss, entwickelte der Innenraum einen wenig attraktiven Moschusgeruch.

Zwischen der Feuchtigkeit und dem Geruch, der sich auf einem geschlossenen Boot bildet, fühlte es sich manchmal wie ein verlorener Kampf an.

Da ich wusste, wer der Erpresser war, fragte ich mich, wie ich vorgehen sollte. Was auch immer Sean Gilliam gegen Peterson in der Hand hatte, der Bürgermeister wollte nicht, dass ich ihn aufspüre. Andererseits hatte ich das Gefühl, dass es für Peterson noch mehr Probleme geben würde. Gilliam verfolgte ihn jetzt, und die Sache könnte eskalieren. Irgendwann würde Gilliam eine weitere Forderung stellen oder eine andere Taktik wählen.

Im Moment geht er davon aus, dass er völlig unbekannt ist. Aber vielleicht weiß Peterson schon längst, wer er ist.

Die beste Art, ihn abzuschrecken, ist, ihm klar zu machen, dass er nicht länger ein Geheimnis ist.

Ich trat auf das Deck hinaus. Die Luft veränderte sich. Der Abfall des Luftdrucks war an dem Kribbeln auf meiner Haut zu spüren. Die gleichen Informationen waren auf der batteriebetriebenen Wetterstation, die auf meinem Navigationstisch steht, wesentlich detaillierter zu finden. Wäre ich auf dem Wasser, würde ich versuchen, herauszufinden, wie groß und wo der Sturm ist. Im Hafen prüfe ich nur die Ankerleinen.

Haverhill war eine der wenigen Kleinstädte, die ich kannte. Dort gab es einen tollen kleinen jamaikanischen Jerk-Laden, in dem ich gerne gutes Jerk Pork und Festtagsbrot kaufte.

Natürlich wohnte Gilliam nicht in dem Jerk-Laden, also brauchte ich das GPS, um sein Haus zu finden.

Es war kein Haus. Gilliam wohnte in einem kleinen Apartmenthaus. Eher in einem Vierfamilienhaus. Von dem Jeep war nichts zu sehen, aber ich entdeckte zwei ältere Plastikkajaks, die an der Seite des Gebäudes festgemacht waren.

Ich ließ den Toyota etwa einen halben Block entfernt stehen und marschierte auf das Gebäude zu. Seine Wohnung lag im zweiten Stock, und ich klingelte.

Von drinnen waren schlurfende Geräusche zu hören, und nach einer Sekunde öffnete sich die Tür. Ein dunkelhäutiges Mädchen öffnete die Tür. Große kupferfarbene Augen sahen mich an und es fiel mir schwer zu übersehen, dass sie nur ein Tanktop trug. Sie war jung. Höchstens neunzehn, wenn ich raten müsste.

Die kupferfarbenen Augen musterten mich, als sie versuchte zu begreifen, wer oder was ich war.

„Kann ich dir helfen?“, fragte sie.

Mein Blick huschte über ihre Schulter, um die Wohnung hinter ihr zu betrachten. Das Einzige, was man sehen konnte, waren das Arbeitszimmer und ein Teil der Küche. Beide sahen aus, als wäre ein Tornado durchgefegt. Auf einem Couchtisch standen zwei Wasserpfeifen.

„Ich suche nach Sean“, erklärte ich. „Ist er hier?“

Ich wollte so klingen, als ob Gilliam und ich uns schon gut kennen würden. Vielleicht könnte ich als sein Dealer durchgehen. Ich wollte eigentlich freundlich klingen.

„Er ist nicht hier“, antwortete sie.

„Verdammt“, antwortete ich niedergeschlagen. „Ich hatte gehofft, ihn zu erwischen. Weißt du, wann er zurückkommt?“

„Spätestens heute Nachmittag.“

„Danke“, sagte ich und versuchte dabei, charmant zu wirken. Normalerweise gelingt mir das nicht.

Sie schob die Tür zu und ich ging zum Auto zurück. Der Nachmittag verging wie im Flug und ich wartete.

Dieser Jerkladen klang ziemlich verlockend. Der Himmel wurde immer dunkler. Etwas, das ich bereits vorausgesagt hatte. Die Temperatur sank und eine Brise kam auf. Orangenblüten und Blumen wogten im Wind, und ich nahm mir vor, mein Fenster so lange wie möglich unten zu lassen.

Ein paar Minuten nach fünf hielt der Jeep an. Der Sturm zog von Osten heran, und der Himmel hatte sich schwarz und grün verfärbt. Die Luft bewegte sich langsamer, ein gutes Zeichen dafür, dass der Tiefpunkt bald erreicht sein würde. Gilliam stieg gerade aus dem Auto aus. Der Junge sah aus, als wäre er noch in der High School. Er hatte blondes Haar und einen blassen Teint, er war dünn, wie ein Leichtathletikstar. Er konnte mich wahrscheinlich abhängen, aber wenn ich ihn erwischte, war er erledigt.

Ich stieg aus dem Auto aus und lief mit zwei Schritten den Bürgersteig hinauf. Gilliam war schon fast auf der Treppe, als ich hinter ihm auftauchte.

„Sean", sagte ich schroff.

Der Junge drehte sich mit einem überraschten Blick um. Ich überlegte, wie ich mit ihm umgehen sollte, da er noch ein Junge war. Zugegeben, er hat eine Straftat begangen, aber trotzdem war er noch ein Kid. Es gibt keinen Grund, ihm wehzutun, aber ein bisschen Angst ist viel hilfreicher als körperliche Gewalt.

„Wer bist du?", fragte er, als ich sein T-Shirt mit dem „Devil Wears Prada"-Logo auf der Vorderseite packte.

„Was zum Teufel?", brüllte er. Ich stieß ihn gegen die Wand und er war eine Sekunde lang völlig überwältigt.

Ich zerrte Gilliam an seinem Shirt und zog ihn unter der Treppe hindurch, so dass er die Straße nicht sehen konnte. Seine Augen weiteten sich vor Angst und ich warf ihm einen finsteren Blick zu.

„Lass uns ein bisschen reden", zischte ich ihm zu.

„Was willst du?"

„Ich will alles, was du über Wilson Peterson hast."

„Peterson?" Er reagierte verblüfft. Dann kam er wieder zur Vernunft. „Wovon redest du?"

„Hör zu, Junge", knurrte ich ihn an. „Ich habe dich ganz einfach gefunden. Du warst ein Amateur. Du hast eine einfache Wahl. Entweder du gibst mir das Video und alles andere, was du hast, oder ich schleife deinen besinnungslosen Arsch die Treppe hoch und zwinge deine Kleine, mir alles auszuhändigen."

„Nein", flehte er, „tu ihr nicht weh."

Ich hob meine Augenbrauen, als wollte ich ihm damit zu verstehen geben, dass er tun sollte, was ich wollte.

„Weißt du, was auf dem Video zu sehen ist?", fragte er.

„Es ist mir egal, was drauf zu sehen ist", spuckte ich die Worte aus. „Ich will es haben. Jede Kopie, die du davon hast."

Er nickte schnell. Dann sagte er: „Er ist kein guter Mensch."

„Wer ist das schon?", fragte ich. Gilliam hatte wahrschein-lich Recht. Ich war überzeugt, dass ich nicht wissen wollte, was auf dem Video zu sehen war. Ich konnte den ganzen Tag lang spekulieren, aber wenn ich es nicht wusste, konnte ich mit der Situation umgehen.

„Er wird mich und Leah verfolgen."

„Wie kommst du darauf, dass er das nicht ohnehin schon tut? Du hast ihm 70.000 Dollar abgenommen. Das wird er nicht länger hinnehmen. Die Polizei könnte anrücken und dich einbuchten. Die ganze Sache würde unter den Teppich gekehrt werden."

Er seufzte. „Es ist oben."

„Das Geld?"

„Das gehört mir", erklärte er entsetzt.

„Nein, tut es nicht", erinnerte ich ihn. „Aber ich kann dich gern die Treppe hochschleppen und es selbst suchen."

Er schüttelte schnell den Kopf.

„Gut, dann erkläre ich dir jetzt, wie das hier abläuft", brüllte ich mit drohendem Ton. „Wir steigen jetzt die Treppe rauf. Du wirst mir alles geben, was du über Wilson Peterson hast und das ganze Geld, um das du ihn betrogen hast. Dann wirst du alles über ihn vergessen. Versuche nicht, ihn noch einmal zu erpressen. Wenn du das tust, werde ich dich wieder finden und wir werden keine nette Unterhaltung führen."

Seine Augen entspannten sich.

„Das scheint ein bisschen persönlich für dich zu werden", stellte ich fest. „Hör auf mit dem Scheiß. Wenn du es persön-lich nimmst, bekommst du nur noch mehr Ärger."

Gilliam starrte mich an. „Du weißt es einfach nicht", murmelte er. „Komm schon", drängte ich. „Bringen wir es hinter uns."

Er stieg die Treppe hinauf und ich führte ihn an der Hand. Gilliam wirkte nicht wie ein besonders mutiger Mensch. Vielleicht war er aber auch einfach nur dumm, also war ich darauf gefasst, dass er etwas versuchen würde.

Er öffnete die Tür und das dunkelhäutige Mädchen streckte ihren Kopf über die Lehne der Couch hervor.

„Hey!", rief sie aus. Sie trug immer noch nur das dünne Tank-Top. Dann warf sie mir einen Blick zu. „Der war vorhin hier", sagte sie zu Sean.

„Halt die Klappe, Leah", befahl er ihr.

Das Mädchen gehorchte nicht. „Was will er denn?", fragte sie, als hätte Gilliam nie etwas gesagt.

Ich schrie: „Halt's Maul!"

Ein Anflug von Angst überzog Leahs Gesicht, als ihr der Ernst der Lage bewusst wurde. Jetzt hielt sie ihre Zunge im Zaum.

„Warum setzt du dich nicht hin?", schlug ich vor. Sie setzte sich tatsächlich.

„Wo ist es?", verlangte ich.

Gilliam ging hinüber zu einem Schreibtisch mit einem brandneuen Computer. Es war eine Art Spielcomputer mit rotem Neonlicht an den Ecken, zweifellos eine Neuanschaffung von den Erpressungsgeldern. Er reichte mir einen USB-Stick.

„Lösche es auch vom Computer."

Damit setzte er sich an den Computer und bewegte die Maus. Ich warf einen Blick über meine Schulter zu Leah, die von der Couch aus zusah.

Sie konnte es offensichtlich nicht mehr aushalten. „Nimmt er das Video mit?"

Ich sah sie an und erklärte: „Ich habe Sean die Situation bereits erklärt. Das hier ist heute vorbei."

„Nein!", heulte sie und Tränen traten in ihre Augenwinkel. „Das kann er nicht."

Ich sah zu, wie das Mädchen schluchzend auf der Couch saß. Sean zog eine Datei in den Papierkorb auf dem Desktop des Computers. Als er den Papierkorb des Computers leerte, nickte ich ihm zu.

„Das Geld, jetzt."

„Nein", wimmerte das Mädchen unter Tränen.

Gilliam schaute von mir zu ihr. „Nimm einfach das Video und wir werden ihn nie wieder belästigen."

Ich schüttelte den Kopf. „Ihr beide habt hier mehrere Straftaten begangen. Selbst wenn ich euch nicht zwingen würde, mir das Geld zu geben, würde ein einziger Anruf genügen, um euch beide wegen einer Reihe von Straftaten verhaften zu lassen. Schwerer Diebstahl, Erpressung und wahrscheinlich noch eine Handvoll anderer Dinge. Oder ich kann das Geld nehmen und Peterson muss es nie erfahren."

„Er wird es erfahren", murmelte Leah.

Ich überging ihre Worte und starrte Gilliam ungeduldig an. Ich fing an, Mitleid mit den beiden Kids zu haben. Ich wollte mir nicht ausmalen, was sich wohl auf dem USB-Stick befinden könnte.

Der Junge gab schließlich nach und verschwand im Schlafzimmer. Es gefiel mir überhaupt nicht, die beiden aus den Augen zu lassen, aber ich hatte nicht damit gerechnet, dass er einfach so verschwinden würde. Es versteht sich von selbst, dass ich in solchen Dingen nicht viel Übung habe.

„Keine Bewegung!", schnauzte ich Leah an, bevor ich Gilliam folgte.

Als ich durch die Tür kam, kramte er gerade in einer Schublade. Mit zwei langen Schritten durchquerte ich den Raum und fing seine Hand ab, als er eine Smith & Wesson .38 aus der Schublade zog.

„Verdammt", fluchte er, als ich ihm die Waffe entriss.

„Sie ist nicht geladen", sagte ich überrascht. „Du Vollidiot, zieh niemals eine ungeladene Waffe gegen jemanden. Du bringst dich noch um."

„Ich ...", begann er.

„Halt die Klappe und hol das Geld", sagte ich ihm. Dann wisperte ich ungläubig: „Da zieht der tatsächlich eine ungeladene Waffe."

Gilliam öffnete die Schranktür und holte einen Rucksack heraus. Er warf den Rucksack auf das Bett; ich öffnete ihn und sah einen Stapel Hundertdollarscheine.

Ich zog einen Stapel aus der Tasche und fächelte die Scheine auf meinem Daumen, als wäre es ein Kartenspiel. Ich warf ihn auf das Bett.

„Das gehört dir", sagte ich, „solange du nie wieder etwas von dir hören lässt. Verstehst du?" Er nickte.

„Wenn du auf dem Boot, das du gestohlen hast, irgendwelche Abdrücke hinterlassen hast, hast du noch mehr Ärger am Hals. Ich will aber nichts mehr von dir hören, selbst wenn du deswegen verhaftet wirst. Sonst werde ich dafür sorgen, dass Leah als Komplizin mit dir untergeht."

„Ich habe alles weggewischt", versprach er.

„Das geht mich nichts an", erklärte ich, „solange ich deinen Namen nie wieder höre."

„Okay."

„Sollte noch einmal irgendjemand hinter Peterson her sein, hole ich mir euch beide zuerst. Verstanden?"

„Ja", antwortete er.

„Ich weiß zwar nicht, was da drauf ist", meinte ich und hielt den USB-Stick hoch, „aber vergiss es. So hast du ein längeres Leben."

Er nickte.

„Du solltest es ihr auch erklären", forderte ich.

„Das werde ich." Sein Tonfall war geprägt von Bescheidenheit.

Ich warf mir die Tasche über die Schulter, warf die leere 38er auf das Bett und verließ das Zimmer. Leah saß auf der Couch und hatte Tränen im Gesicht. Gilliam war direkt hinter mir, als ich an ihr vorbeiging. Er drehte sich um und setzte sich zu ihr auf die Couch.

Ich trat ins Sonnenlicht hinaus und hatte das Gefühl, heute nicht viel Gutes getan zu haben.

27

DAS ERSTE MAL, DASS mir der ältere Trailblazer auffiel, war ein paar Blocks von Gilliams Haus entfernt. Ein Teil meines Unterbewusstseins hat ihn gesehen und mich aufmerksam gemacht. Der kleine kastanienbraune Geländewagen war mir schon vorher aufgefallen, ich war mir nur nicht sicher, wann. Der zerbrochene Beifahrerspiegel war das entscheidende Signal, das mein Gehirn aufnahm und den gedanklichen Alarm auslöste.

Da ich einen Rucksack mit stapelweise Hundertdollarscheinen bei mir trug, war ich mehr als nur ein wenig beunruhigt. Das könnte ein abgekartetes Spiel sein. Vielleicht hatte Gilliam einen Partner an Leahs Seite. Aber das passte nicht. Es war unwahrscheinlich, dass er wusste, dass ich kommen würde. Und selbst wenn, hatte er nicht genug Zeit, um seine Leute zu versammeln, damit sie mich abfangen konnten, sobald ich Gilliams Haus verließ.

Zu diesem Zeitpunkt standen unzählige Möglichkeiten offen. Die Drogenfahndung, Moreno oder jemand, der mit Gilliam in Verbindung stand. In den letzten Tagen hatte ich die ganze Zeit über einen Stein nach dem anderen umgedreht. Leider leben unter Steinen die gruseligen und gefährlichen Dinge.

Es war möglich, sie abzuschütteln. Gleichgültig, wer auf dem Fahrersitz saß, auf dem Sitz neben mir gab es viele Gründe, sie abzuhängen.

Andererseits kam mir meine Neugierde in die Quere. Die Suche nach Tristan wurde zu einer schwierigen Angelegenheit. Alles, was ich herausfand, machte die Sache nur noch schlimmer. Zuerst dachte ich, ich würde Tristan vor Moreno und Kohl beschützen. Jetzt könnte er in eine Reihe von Einbrüchen und Morden verwickelt sein. Wenn das der Fall war, gab es keine Möglichkeit, ihn zu schützen. Aber bislang habe ich noch keine Antworten gefunden, die mich zufrieden stellen.

An der nächsten Ampel bog ich rechts ab. Der Trailblazer befand sich drei Fahrzeuge hinter mir, als er ebenfalls rechts abbog. Zeit, etwas zu unternehmen.

Auf der linken Seite tauchte ein Einkaufszentrum auf und ich sah mir die Geschäfte an: einen Starbucks, einen Dollar-Store und ein Fitnessstudio.

Ich parkte zwischen dem Dollar-Store und dem Fitnessstudio. Der Trailblazer war schlau genug, an der ersten Einfahrt, die ich benutzte, vorbeizufahren und in die zweite einzubiegen. Er parkte am hinteren Ende des Parkplatzes in der Nähe des Starbucks. Die Vorderseite des Trucks wies in meine Richtung.

Ich schnappte mir den Rucksack, hängte ihn mir über die Schulter und ging in den Dollar Store. Ich kaufte eine Flasche Wasser, ein billiges Vorhängeschloss und einen schwarzen Rucksack, ähnlich dem, den ich auf der Schulter trug. Das war zwar nicht gerade das Wahre, aber es musste reichen. Ich nahm die Wasserflasche aus der Plastiktüte und stopfte den Rest meiner Einkäufe in die mit Geld gefüllte Tasche, die an meiner Schulter hing.

Der Trailblazer hatte sich nicht bewegt, und von meinem Standpunkt aus konnte ich nur einen Kopf auf dem Vordersitz erkennen. Mit der Wasserflasche in der Hand ging ich in das Fitnessstudio.

Ein stämmiger, muskulöser schwarzer Mann stand hinter dem Tresen. Er hob den Kopf, als die Tür aufschwang.

„Willkommen", sagte er, als es an der Eingangstür läutete, um mein Hereinkommen anzukündigen.

„Hallo", antwortete ich, „ich bin neu hier in der Gegend. Ich habe nach einem Fitnessstudio gesucht, dem ich beitreten kann." „Oh", antwortete er, „dann kann ich dir helfen."

„Kannst du mir etwas über eure Angebote erzählen?"

Er fing an, die verschiedenen Leistungen dieser Kette aufzuzählen. Es war das Standardprogramm. Eine Vielzahl von Trainingsgeräten, von Laufbändern bis zu Heimtrainern. Für Ungeübte gab es ein paar einfache Kurse und einen Solariumbereich.

„Kein Pool?", fragte ich mit gespielter Enttäuschung in meiner Stimme.

„Keiner unserer Standorte hat einen Pool."

„Oh", sagte ich, „ich beende mein Training gerne mit einer Runde Schwimmen. Wie wäre es mit einem Whirlpool oder einer Sauna?"

Er schüttelte langsam den Kopf. „Was hältst du davon, wenn ich dir eine dreitägige Mitgliedschaft schenke?", bot er an.

„Dann kannst du alles ausprobieren und sehen, ob es deinen Bedürfnissen entspricht."

Mit einem zögerlichen Nicken stimmte ich zu. „Ja, das wäre schön."

Er holte eine Karte mit dem Logo des Fitnessstudios aus einer Schublade und kritzelte das Datum und seine Unterschrift darauf. „Die Karte läuft in drei Tagen ab. Danach musst du dich für eine unserer Mitgliedschaften anmelden."

Ich schnappte mir die Karte und fragte: „Gibt es einen Umkleideraum?"

„Ja", sagte er, „ich kann dir auch alles zeigen."

„Nein", meinte ich, „das geht schon. Das schaffe ich schon. Zeig mir einfach den Weg zur Umkleidekabine."

„Natürlich", erwiderte er und klang erleichtert, dass er nicht das gleiche Gerede wie jeden Tag abspulen musste. „Geradeaus den Flur entlang. Die Männerumkleide ist die letzte Tür auf der rechten Seite."

„Danke", antwortete ich, während ich zur Umkleidekabine ging.

Es war wohl noch zu früh für die Massen. Nur vier Leute waren am Trainieren. Drei Frauen auf Laufbändern und ein älterer Mann an den Gewichten. Eine lange Reihe von Fernsehern hing von der Decke vom vorderen bis zum hinteren Teil des Gebäudes. Alle vier oder fünf schienen sich zwischen den verschiedenen 24-Stunden-Nachrichtenkanälen und zwei Kochshows zu wiederholen. Es gibt nichts Besseres als hart zu schuften, um Kalorien zu verbrennen, während man jemandem zusieht, der einem zeigt, wie man einen Pfirsichkuchen mit echtem Schmalz zubereitet. Zu diesem Zeitpunkt wusste ich nicht, was genau die Motivation dafür sein sollte.

In der Umkleidekabine gab es zwei Wände mit Spinden, die mit inspirierenden Logos und den Firmenslogans des Fitnessstudios beschriftet waren. An der hinteren Wand hing ein 32-Zoll-Fernseher, auf dem ein paar Talkmaster des Sportsenders über ein einmaliges Sportereignis diskutierten. Ich schenkte dem Ganzen keine große Aufmerksamkeit.

Ich wählte einen Spind in der Mitte der Wand. Einen, der für jeden im Raum gut sichtbar war. Ich nahm den neuen Rucksack, den ich gerade gekauft hatte, zusammen mit dem Schloss heraus und entfernte alle Etiketten. Dann legte ich die Tasche mit dem Geld in den Spind Nummer 27. Ich schloss ihn mit einem Vorhängeschloss ab und steckte den Schlüssel ein.

Die neue Tasche sah nun ziemlich leer aus und ich begann, sie mit Papiertüchern aus dem Spender zu füllen.

Als sie ungefähr genauso aussah wie die andere, schaute ich auf die Uhr. Ich war erst seit zwanzig Minuten in der Sporthalle.

Beim Verlassen der Umkleidekabine hatte ich mir die neue Tasche über den Rücken gehängt. Der Trailblazer war immer noch auf dem Parkplatz zu sehen. Die Silhouette eines Kopfes, der die Turnhalle beobachtete, war immer noch da.

Ich suchte mir eine Kraftmaschine mit Blick auf das Fenster. Ein paar Wiederholungen würden mich nicht ins Schwitzen bringen, und ich würde vielleicht nicht bemerkt werden. Viele Leute gehen ins Fitnessstudio und strengen sich nicht besonders an.

Ich verbrachte etwa 15 Minuten an diesem Gerät und versuchte, möglichst unscheinbar zu sein. Dann fand ich, dass ich lange genug drinnen gewesen war, und verließ das Gebäude. Der Fahrer des Trailblazers erwartete mich bereits. Der Truck schob sich leicht nach vorne, bevor ich überhaupt hinter dem Lenkrad des Autos der Marina gesessen hatte. Er war direkt hinter mir, als ich aus der Einfahrt fuhr.

Nachdem ich das Geld einigermaßen sicher verstaut hatte, war es an der Zeit, herauszufinden, wer mir folgte. In wahllosen Kurven fuhr ich im Zickzackkurs zurück nach West Palm. Ich wollte nicht zum Tilly zurückkehren, aber ich beschloss, auf den Parkplatz von Publix zu fahren. Ich parkte in der Nähe des westlichen Eingangs des Ladens und betrat ihn in meinem lässigen „Ich bin gerade beim Einkaufen"-Schritt. Aus den Augenwinkeln sah ich, wie der Trailblazer eine Reihe weiter hinten parkte.

Als ich den Laden betrat, bog ich nach rechts ab und lief durch den ganzen Laden bis zum Osteingang, wo ich hoffentlich unbemerkt von meinem Verfolger herauskam. Ich ging die Autoreihe entlang, bis ich mich an den Trailblazer heranarbeiten konnte. Ich bewegte mich an den geparkten Autos entlang und versuchte, die größeren Trucks und SUVs zu nutzen, um unerkannt näherkommen zu können.

Als ich die Reihe erreichte, in der der kastanienbraune Wagen geparkt war, schlich ich mich langsam an und beobachtete das Heck des Trailblazers. Es gab ein paar Momente, in denen der Fahrer mich vielleicht hätte sehen können, wenn er auf seinen Rücken geachtet hätte, aber ich rechnete damit, dass er stattdessen die Tür beobachtete, um mich herauskommen zu sehen.

Als ich den Trailblazer erreichte, kauerte ich mich hinter die Heckklappe. Mit schnellen Schritten stand ich auf und näherte mich der Fahrertür. Die Tür war verschlossen und der Fahrer war verschwunden.

Ich schaute mich um und war überrascht, dass meine Zielperson verschwunden war.

Eine Gestalt kam um die Vorderseite des Ford Coupés herum, das neben dem Trailblazer geparkt war.

„Was zum ...“, rief mir ein schmierig aussehender weißer Junge zu, während er eine Glock aus seiner Hose zog. Ich stieß mich vom Trailblazer ab und rollte mich auf dem Rücken über die Motorhaube des Coupés, als die 9 mm zweimal losging.

Meine rechte Hand und meine Knie schlugen auf dem glühenden Asphalt auf. Meine Fußballen trieben mich bereits zu einem Sprint in geduckter Haltung an, bevor der Junge mich anvisieren konnte. Ich hörte nicht mehr auf die Schüsse. Ich bewegte nur noch meine Füße. Die Sorge, getroffen zu werden, würde erst später kommen.

Eine Mutter mit zwei kleinen Kindern kauerte hinter dem Minivan zu meiner Rechten.

„Los!“, rief ich und wies sie an, sich zu bewegen. Die Mutter schirmte die Kinder ab und redete auf sie ein, aber sie rührten sich nicht.

„Scheiße!“, schrie ich, drehte mich von ihnen weg und rannte aufrecht über den Parkplatz, weg von der wehrlosen Familie.

Ich hörte einen weiteren Schuss, als ich hinter einen Dodge-Truck schlitterte. Hinter dem Schutz des Lasters hob ich den Kopf, um meine Lage einzuschätzen. Der Bewaffnete, der wahrscheinlich nicht mehr ganz so jung war, wie ich zuerst gedacht hatte, schien Ende 20 oder Anfang 30 zu sein. Er warf eine schwarze Tasche in den Trailblazer. Meine schwarze Tasche.

Die Reifen des Trailblazers quietschten, als er rückwärts aus der Parklücke schoss. Ich sah das Nummernschild und prägte es mir ein, bevor der Truck davonraste. Er stieß mit einem Nissan Maxima zusammen, als er um die Ecke auf die Straße bog.

Ich eilte zu der Familie hinüber, die sich immer noch duckte. „Alles in Ordnung?“ fragte ich.

Die schluchzende und zitternde Mutter sah zu mir auf. „Es ist vorbei. Seid ihr alle wohlauf?“

Sie schob die Kinder von sich, um sie in Augenschein zu nehmen. Die Kinder waren beide unter fünf Jahre alt. Zwei Mädchen in kurzen Sommerkleidchen aus Baumwolle. Keines der beiden schien von der Aktion sonderlich beeindruckt zu sein. Die Mutter sank auf ihren Hintern und weinte, während sie die beiden Mädchen in ihre Arme zog.

Eines der kleinen Mädchen schaute zu mir auf. „Mama, er ist verletzt.“

Die Mutter wandte ihren Kopf zu mir hoch. Ihre Wangen waren feucht und gerötet. „Sie bluten“, erklärte sie mir.

Ich schaute an mir herunter und sah, dass mein Shirt blutverschmiert war. Als ich den unteren Teil des Shirts anhob, sah ich eine Wunde an meiner Seite, wo eine der Kugeln mich gestreift hatte.

„Es ist nur eine Fleischwunde“, erklärte ich, ließ mich aber zu Boden sinken.

Vor dem Supermarkt bildete sich eine Menschenmenge. Ein Sicherheitsbeamter näherte sich mit der Hand an seiner Waffe.

„Was ist passiert?“, fragte er.

„Dieser Mann hat angefangen, auf ihn zu schießen“, erklärte die Mutter.

„Ich schätze, ich habe einen Raubüberfall vereitelt“, meinte ich und blickte auf den Toyota von Tilly's und das geborstene Fenster des Fahrers.

„Die Polizei ist auf dem Weg“, versicherte mir der Wachmann. „Ist jemand verletzt?“

„Er wurde angeschossen“, antwortete eines der Mädchen.

Ich hob meinen Arm, um mein blutverschmiertes Shirt zu zeigen. Der Ersthelfer war ein einzelnes Polizeiauto aus West Palm Beach. Der Beamte wandte sich sofort an den Wachmann, der ihm eine kurze Beschreibung der Ereignisse zu geben schien.

Als der Beamte schließlich zu uns kam, fragte er: „Was ist passiert?“

Das erste kleine Mädchen, das mein Blut bemerkt hatte, sagte: „Der Mann wurde angeschossen.“

„Er hat uns gerettet“, rief die Mutter aus.

Der Polizist drehte langsam seinen Kopf zu mir. Ich saß nur da und blutete leicht.

28

Trotz meiner Beteuerungen ließ der Sanitäter nicht locker, mich in die Notaufnahme zu bringen. Auch die Polizeibeamten vor Ort bestanden darauf und wurden misstrauisch, als ich die Behandlung verweigern wollte. Um jeden Verdacht zu vermeiden, gab ich schließlich nach und ließ mich vom Krankenwagen ins Krankenhaus bringen.

Die Kugel hatte zwar nur eine Fleischwunde verursacht, aber es war mehr als nur ein Streifschuss. Die Kugel hatte eine deutliche Eintritts- und Austrittswunde hinterlassen, die nach Meinung des Sanitäters mit ein paar Stichen genäht werden musste. Der Sanitäter überredete mich schließlich dazu, mir ein örtliches Betäubungsmittel zu verabreichen, bevor ich genäht werden konnte. Nachdem die Behandlung abgeschlossen war, lag ich auf dem Bett im Eingangsbereich der Notaufnahme. Agent Kohl kam mit einem anderen Mann herein, der aussah wie ein unterbezahlter Regierungsangestellter.

„Mr. Gordon", fragte Kohl, „wie geht es Ihnen?"

„Mir geht es gut", versicherte ich ihm.

„Sie sehen gut aus", erklärte er, nachdem er einen Blick auf meine genähte Seite geworfen hatte.

„Was machen Sie eigentlich hier?", fragte ich kühl.

„Ich habe Ihren Namen eingetragen, falls jemand auf Sie schießt oder Sie auf jemand anderen schießen", erklärte er mir. „Anscheinend war mein Instinkt richtig."

„Sie hätten Blumen mitbringen können", spöttelte ich.

Meine Seite fühlte sich eng an. Nachdem der Arzt die Stelle mit dem Lokalanästhetikum betäubt hatte, hatte ich keine Schmerzen mehr. Jetzt spürte ich nur noch die Spannung der Nähte.

„Das ist Detective Charles", stellte Kohl vor. „Er ist wegen der Schießerei hier."

„Und Sie sind nur mitgekommen, weil Sie sich Sorgen um mich gemacht haben."

„Sie sind eine Person von Interesse in einem Bundesfall", erklärte er. „Ich bin hier, um sicherzustellen, dass Sie nicht drei Jahre Ermittlungsarbeit in den Sand gesetzt haben."

„Ich enttäusche Sie nur ungern", sagte ich, „aber das waren nicht die Jungs von Moreno."

Kohl runzelte die Stirn. „Sind Sie sicher?"

„Ziemlich sicher", erwiderte ich. „Ich kenne Morenos Leute genau. Das war ein weißer Junge, der aussah, als müsste er sich zwischen dem Wellenreiten eine Pille einwerfen. Ich kann mir nicht vorstellen, dass er zu Morenos Crew gehört."

Der Detective starrte mich an. Dann stellte er fest: „Aber er hat auf Sie geschossen. Sie müssen irgendwie einen Eindruck auf ihn gemacht haben."

„Vielleicht sollte Moreno eher Surfer anwerben", scherzte Kohl.

„Ich habe den Jungen dabei erwischt, wie er meinen Rucksack aus dem Auto gestohlen hat", sagte ich. „Ich hielt ihn für einen Drogensüchtigen, der nur einen schnellen Schuss haben wollte. Ich habe nicht damit gerechnet, dass er eine Waffe hat."

„Nach dem, was ich von Ihnen bisher gesehen habe", meinte Kohl, „passt das nicht zusammen."

„Wir sind alle manchmal unvorsichtig", stellte ich fest.

„Ich dachte, Marines dürfen das nicht."

„Nun, ich bin im Ruhestand."

„Die Mutter", begann der Detective, hielt aber inne, um in seinem Notizbuch nach ihrem Namen zu suchen, „Ms. Kelton sagte, Sie hätten das Feuer von den Kindern abgelenkt."

„Ich habe nicht nachgedacht. Ich habe nur reagiert."

Kohl starrte mich an. Dann fragte er: „Sind Sie sicher, dass es nicht Moreno war? Was war eigentlich in der Tasche?"

„Turnsachen", antwortete ich. „Der Typ wird enttäuscht sein."

„Sie haben dem diensthabenden Officer das Nummernschild genannt", überlegte Kohl. Ich nickte. „Ich habe es gesehen, als er sich aus dem Staub gemacht hat."

Der Polizist musterte mich. „Nachdem Sie verwundet wurden?"

Kohl hob die Hand, um die Befragung des Detectives zu unterbrechen.

„Das Auto wurde gestohlen", stellte Kohl fest, „also führt es uns nirgendwo hin."

„Von wo wurde es gestohlen?"

„Oben in Jupiter."

Da ich keine Ahnung hatte, wo Jupiter lag, hörte ich einfach zu.

„Wenn das nicht Moreno ist", meinte Kohl, „dann werde ich hier wohl nicht mehr gebraucht."

„Wie schön, dass Sie uns besuchen, Van", erwiderte ich mit einem Hauch von Sarkasmus.

Er warf Charles einen Blick zu und sagte: „Ich vermute, dass das, was er sagt, nicht die ganze Wahrheit ist und dass er nicht weiß, wann er sich zurückhalten muss."

„Das ist verletzend", wandte ich ein.

Er beachtete mich nicht weiter und verließ die Notaufnahme.

Dann lenkte Detective Charles sein Augenmerk auf mich. „Was können Sie mir noch über den Schützen sagen?"

„Ich hatte nur eine Sekunde, bevor er anfing zu schießen. Er war weiß. Seine Haare waren lang. Vielleicht schulterlang und strähnig. Es sah aus, als hätte er es nicht gewaschen."

„Hatte er Gesichtsbehaarung?"

Ich schüttelte den Kopf. „Haben die Überwachungskameras etwas aufgenommen?"

Mit einer hochgezogenen Augenbraue sagte er: „Sie haben sogar gezeigt, wie Sie den Laden betreten und durch den anderen Eingang wieder verlassen und sich dem Fahrzeug des Verdächtigen genähert haben."

„Das ist richtig", erklärte ich. „Ich habe bemerkt, dass er mir gefolgt ist. Nach meinem letzten Zusammentreffen mit Julio Morenos Leuten wollte ich sichergehen, dass ich sie überrasche und nicht andersherum."

„Das hat wohl nicht geholfen", bemerkte er in einem herablassenden Ton.

„Ich bin nicht perfekt. Ich habe nicht erwartet, dass er mich einfach ausrauben will."

„Warum haben Sie nicht den Sicherheitsdienst des Ladens alarmiert? Oder uns angerufen?", fragte Charles.

Ich zuckte mit den Schultern. „Ich dachte, ich hätte es im Griff."

„Was hätten Sie getan, wenn er nicht zuerst auf Sie geschossen hätte?" Seine Frage war spitz.

„Ich wollte nur wissen, warum er mich verfolgt hat. Ich war unbewaffnet", erklärte ich. „Ich wollte nichts weiter tun, als herauszufinden, wer er ist."

Er blinzelte mich an und versuchte zu entschlüsseln, ob Kohl Recht hatte und ich nur Halbwahrheiten erzählte. Ich nahm an, dass der Detective sich bereits ein Urteil über mich gebildet hatte.

Mit seinem Notizbuch in der Hand erklärte Charles: „Ich brauche eine Telefonnummer von Ihnen."

Ich warf ihm einen entschuldigenden Blick zu. „Ich habe kein Telefon", antwortete ich.

Ein verwirrter Blick ging über sein Gesicht. „Sie haben kein Telefon?"

„Das höre ich oft."

„Jeder hat ein Telefon", antwortete er.

„Ich lebe auf einem Boot und verbringe mehr Zeit auf den Bahamas als auf dem Festland. Und nachdem mich die US-Regierung jahrelang auf Trab gehalten hat, gefällt mir der Gedanke, mal nicht erreichbar zu sein."

Er schüttelte ungläubig den Kopf. „Jeder hat ein Telefon", wiederholte er halblaut. „Wie kann ich Sie erreichen?"

„Sie können im Tilly Inn eine Nachricht für mich hinterlassen. An manchen Abenden bin ich Barkeeper im Manta Club." Er notierte sich die Nummer, während ich sie ihm herunterrasselte.

„Ich kann Ihnen sonst nichts sagen", meinte der Detective. „Ich gebe Ihnen Bescheid, wenn wir Ihre Sachen wiederfinden."

„Da bin ich aber mal gespannt", sagte ich.

Er sah mich skeptisch an und ich stellte mir vor, dass der gute Detective meine Ehrlichkeit anzweifeln würde, selbst wenn Kohl sie nicht beschmutzt hätte.

„Vielen Dank, Detective", sagte ich, als er ging.

Ich wurde noch etwa 15 Minuten lang allein gelassen, bis eine Krankenschwester hereinkam. Sie war Ende 50 und trug eine rote Perücke, die fast neonfarben leuchtete. Sie erinnerte mich an eine Frau aus meiner Kindheit. Ich konnte mich nicht an ihren Namen erinnern, aber sie saß jeden Sonntag zwei Reihen vor meiner Mutter und sang bei jeder Hymne drei Oktaven falsch.

„Mr. Gordon, können wir Sie nach Hause fahren?", fragte die rothaarige Frau.

„Nein, ich nehme ein Taxi."

„Sie brauchen jemanden, der Sie fährt." Sie machte eine Notiz auf meiner Karte, als ob es ein unheilbares Leiden wäre, nicht gefahren zu werden.

„Wenn Sie mir das anbieten, muss ich Sie warnen, dass ich angeschossen wurde und vielleicht nicht im Vollbesitz meiner Kräfte bin." Ihre Augen tadelten mich.

„Ich wurde angeschossen", betonte ich als Entschuldigung für meinen Sarkasmus.

„Deshalb brauchen Sie ja auch jemanden, der Sie nach Hause bringt."

„Ich habe niemanden. Ein Taxi reicht mir."

Die unscheinbare rothaarige Krankenschwester zog mit einem frustrierten Gesichtsausdruck ab. Ich wartete. Inzwischen war ich mir ziemlich sicher, dass ich einfach auf dem Parkplatz hätte bleiben sollen. Ich hätte mit einem kräftigen Rumcocktail zurück zum Yachthafen fahren können, um die Schmerzen zu lindern, während ich mir die Wunden leckte.

Die nächste Krankenschwester war viel jünger. Kurze schwarze Haare, dunkle Haut und braune Augen, die Van Morrison inspiriert hätten, wenn sie vierzig Jahre früher geboren worden wäre.

„Mr. Gordon", begann sie und hielt mir ein Klemmbrett hin, „wenn ich Ihre Unterschrift bekomme, können wir Sie hier rauslassen."

Auf ihrem Namensschild stand Anna und ich schenkte ihr ein Lächeln, als ich die Papiere entgegennahm und unterschrieb. „Bin ich fertig?", fragte ich.

„Das war's. Sie können gehen."

„Kann ich ein Telefon benutzen? Ich muss ein Taxi rufen."

Sie bedeutete mir, ihr zu folgen. Das Telefon auf der Schwesternstation stand neben der rothaarigen Krankenschwester, die mich anstarrte, als ich ein Taxi rief.

„Mr. Gordon, im Aufenthaltsraum wartet jemand auf Sie", sagte die Rothaarige mit einem Anflug von Spott und einem Hauch von Genugtuung.

Ich legte den Hörer auf und trat durch die Tür in den Warteraum. Missy saß in einer Ecke, abseits von den anderen Leuten. Sie trug einen schwarzen Anzug, ihre übliche Kleidung, wenn sie durch die Lobby gehen und Gäste begrüßen wollte.

„Was machst du denn hier?", fragte ich und ließ mich auf den Platz neben ihr fallen.

„Die Polizei hat wegen des Autos angerufen", antwortete sie. „Ich habe Randy dort abgesetzt, um es zurückzufahren."

„Tut mir leid."

Sie machte eine abwinkende Handbewegung. „Geht es dir gut?", fragte sie und starrte auf das blutverschmierte Shirt, das ich trug.

„Es ist nur ein Kratzer. Insgesamt sechs Stiche."

Sie schüttelte ungläubig den Kopf. „Sechs Stiche", murmelte sie. „Soll ich dich zum Hafen fahren?"

„Ja, du wirst der Krankenschwester damit bestimmt den Tag versüßen. Sie war ganz aus dem Häuschen, weil ich keine Mitfahrgelegenheit hatte. Ich dachte, sie würde mir vielleicht anbieten, mich mit nach Hause zu nehmen."

„Du kannst immer noch mit ihr mitfahren", witzelte sie. „Wenn du möchtest."

Ich lächelte: „Nein, es ist schön, dich stattdessen zu sehen. Macht es dir etwas aus, wenn wir einen Zwischenstopp einlegen?"

Missy fuhr mich zur Turnhalle. Ich war nervös, dass der schmierige Junge, der auf mich geschossen hatte, meine einfache List durchschaut haben könnte. Sobald er einen Rucksack voller Papierhandtücher gefunden hatte, würde er das bestimmt tun. Zu diesem Zeitpunkt lief ihm jedoch die Zeit mit dem gestohlenen Trailblazer davon. Wenn er nicht dumm war, was ich noch nicht ausschloss, musste er ihn loswerden und sich einen neuen Wagen besorgen.

Wie es der Zufall wollte, war der Rucksack noch im Schließfach. Am Check-in-Schalter war ein anderer Angestellter, aber mit meiner vorläufigen Mitgliedskarte wurde ich ohne Fragen eingelassen.

Als ich zwei Minuten später das Fitnessstudio verließ, warf man mir einen fragenden Blick zu. Der Angestellte sagte nichts, und falls er sich gefragt haben sollte, ob ich auf dem Weg ins Gebäude eine Tasche bei mir getragen hatte oder nicht, hatte er keine Gelegenheit, danach zu fragen.

„Geht es um die Halskette?", fragte Missy.

Ich schüttelte zweifelnd den Kopf. „Ich weiß es wirklich nicht", gab ich zu. „Ich kann mir nicht vorstellen, wie jemand wissen konnte, dass wir die Kette aus ihrem Versteck auf den Keys geholt haben, aber ich bin mir auch ziemlich sicher, dass es nicht Morenos Leute waren."

„Vielleicht", schlug Missy vor, „ist es an der Zeit, Tristan gehen zu lassen. Sprich mit seiner Frau."

Das hatte ich mir schon überlegt, während ich darauf wartete, genäht zu werden. Tristan hatte sich selbst ziemlich in die Scheiße geritten. Er hat mehrere Löcher gleichzeitig gegraben und es gibt keine Möglichkeit herauszufinden, welches ihn verschluckt hat. Kayla und Abbie sollten bei ihrer Familie bleiben und die ganze Sache auf sich beruhen lassen. Wenn Tristan zurückkommen sollte, müssten die Dinge wieder in Ordnung gebracht werden. Wenn er nie wieder auftauchte, war es wahrscheinlich, dass er tot war.

Auf der anderen Seite war etwas im Gange. Es bestand immer noch die Möglichkeit, dass der Typ im Trailblazer mit Gilliam zusammenarbeitete, um Peterson zu erpressen. Mein Gefühl sagte mir, dass das nicht der Fall war. Gilliam und Leah hatten diesen Plan ausgeheckt, und wenn ich bei ihnen nachgrub, würde ich sehr wahrscheinlich eine konkrete

Verbindung zu Peterson finden. Zu diesem Zeitpunkt war ich nicht bereit, das zu tun.

„Ich habe ein paar Dinge, die ich mir ansehe", sagte ich ihr, „aber wenn das nicht klappt, habe ich wohl keine weiteren Möglichkeiten mehr."

„Was hast du als Nächstes vor?", fragte sie.

„Heute Abend werde ich mich in meine Koje verkriechen und bis zum Morgen schlafen. Dann überlege ich mir, was ich als Nächstes mache."

29

„Ich werde in der Manta Bar etwas trinken gehen", erklärte ich Missy, als wir auf den Parkplatz fuhren. „Willst du auch einen?"

Sie schüttelte den Kopf. „Nein, wir sind zum Abendessen bei den Schwiegereltern verabredet." Ich konnte nicht verhindern, dass ich zusammenzuckte.

„So schlimm sind die doch gar nicht", log sie, hauptsächlich zu sich selbst. „Außerdem geht Paige mit, also haben wir einen guten Puffer."

Das Auto des Yachthafens stand auf seinem üblichen Stellplatz. Durchsichtiges Plastik verhüllte das zerbrochene Fenster. Randy hatte den Rand des Plastiks mit mehreren Streifen silbernem Klebeband abgedeckt.

„Ich bezahle die Scheibe", sagte ich zu ihr. „Tut mir leid."

„Wir haben eine Versicherung. Du musst nur die Selbstbeteiligung übernehmen", antwortete sie, als ich die Tür öffnete.

Sie legte ihre Hand auf mein Bein, beugte sich vor und küsste mich auf die Wange, bevor ich ausstieg. „Bitte sei vorsichtig", flehte sie.

„Ich werde es versuchen. Ich spüle nur noch diese Antibiotika mit etwas Rum herunter, bevor ich mich schlafen lege."

Sie fuhr weg und ließ mich auf dem Parkplatz zurück, während ich zusah, wie die roten Rücklichter nach Norden abbogen und sich in den Verkehr einfügten. Als die Lichter nicht mehr von den anderen auf der Straße zu unterscheiden waren, gab ich meine übertriebene Wachsamkeit auf und wagte mich in die Bar. Ich hatte das Gefühl, dass ich auch Peterson anrufen musste. Diese Tasche mit dem Geld war so etwas wie ein Ballast um meinen Hals. Ich wollte das ganze Peterson-Debakel hinter mir lassen, ohne meine moralischen Grundsätze zu gefährden.

Im Manta Club war viel los. Das Gelächter und die Gespräche übertönten die Musik von oben, die, wenn ich mich anstrengte, nach John Mellencamp klang. Kristy rauschte mit einem Tablett voller Getränke an mir vorbei. Sie machte eine Pause und schenkte mir ein schüchternes Lächeln. Ich wich zwei Herren aus, die sich mit weit ausholenden Handbewegungen unterhielten, und trat hinter die Bar. Hunter blickte zu mir auf, während er sich einen Drink genehmigte.

Ich nahm den Hörer ab und wählte Petersons Nummer. Er ging nicht ran. Seine Mailbox sagte mir, dass er nicht erreichbar sei, und ich hinterließ eine kurze Nachricht, dass ich mit ihm sprechen müsse.

Die Tasche war immer noch da und ich musste entscheiden, was ich mit ihr machen wollte, bis ich sie zum Bürgermeister zurückbrachte. Es schien mir keine gute Idee zu sein, die Tasche mit auf mein Boot zu nehmen. Es gab bereits zu viele Leute, die sich für mein Kommen und Gehen interessierten, als dass ich sicher sein konnte, dass sie dort sicher wäre. Nach reiflicher Überlegung ging ich zu der öffentlichen Toilette im Erdgeschoss, die ich leer vorfand. Normalerweise war sie das immer. Aus irgendeinem Grund schien sie so abgelegen zu sein, dass die Gäste sie nie benutzten; stattdessen gingen sie lieber durch die Lobby zu der Toilette neben der Rezeption. Ich stieg auf die Toilette und hob die Deckenfliese über der Kabine an. Die Nähte in meiner Seite zogen. Ich beachtete sie nicht weiter und schob die Tasche in das Loch, bevor ich die Fliese wieder an ihren Platz schob.

Als ich fertig war, kehrte ich in die Manta Bar zurück, um mir den Drink zu holen, den ich nach diesem anstrengenden Tag verdient hatte, an dem ich angeschossen worden war. Ich setzte mich an die Bar und wartete darauf, dass Hunter sich auf den Weg zu mir machte, um meine Bestellung aufzunehmen.

„Hey", meinte Hunter, als er bei mir ankam. „Ich habe gehört, dass du heute angeschossen worden bist. Stimmt das?" Er musterte mich und sah verwirrt aus, dass ich aufrecht dasaß.

„Das hat sich wohl schon herumgesprochen."

„Wirklich?", war er entsetzt. „Ich kann nicht glauben, dass du angeschossen wurdest."

„Es war nur ein Streifschuss. Die Haut ist nur leicht verletzt."

„Randy kam vorbei, nachdem er das Auto geholt hatte. Ich war mir nicht sicher, ob er mich verarschen wollte oder nicht. Geht es dir gut?"

Ich deutete auf das Loch in meinem Shirt, das mit getrocknetem braunem Blut bedeckt war. „Es war nur eine Fleischwunde. Die Stiche haben mehr weh getan als das Einschussloch."

„Trotzdem, das ist doch irre", meinte er. „Wurdest du schon mal angeschossen, als du bei den Marines warst?"

„Einmal ins Bein."

„Verdammt", pfiff er. „Tut das weh?"

„Das Bein? Nicht mehr. Die Naht pocht nur noch ein bisschen." „Möchtest du etwas trinken?", fragte er und sagte dann: „Du möchtest etwas trinken."

„Ja", stimmte ich zu. „Gib mir einen Rum mit Cola."

Er ging weg, um mir den Drink zuzubereiten. Eine Minute später kam er mit dem Glas und zwei Zetteln zurück.

„Du hast ein paar Nachrichten", stellte er fest und reichte mir die Zettel.

Ich nickte dankend und las sie. Die erste war eine Nummer und der Name „Tommy". Vielleicht war es der Tommy von Hometown Hardware. Ich war ein wenig überrascht, überhaupt von ihm zu hören. Vielleicht hat Stephen ihn ja erreicht.

Der zweite war von Kayla. Ich erstarrte, als ich die Notiz unter ihrem Namen las, in der stand: „Tristan hat gesimst, dass wir uns im Haus treffen sollen."

„Hunter", rief ich, „wann hat die hier angerufen?"

Er sah sich die Nachricht an. „Ist das das Mädchen? Es war früh. Vielleicht um zwei oder so."

„Scheiße!", fluchte ich. „Kannst du mir mal das Telefon geben?"

Hunter warf mir den schnurlosen Hörer zu, während er sich eine Margarita machte. Kaylas Nummer klingelte zweimal und ging dann an die Mailbox.

„Kayla, ich bin's, Chase. Ich bin auf dem Weg zu Ihnen nach Hause. Wenn Sie noch nicht da sind, warten Sie, bis Sie von mir hören."

Ich legte auf und sah Hunter an. „Hat sie noch etwas gesagt?", fragte ich ihn.

Hunter schüttelte den Kopf und zuckte gleichzeitig mit den Schultern. „Nur, dass sie sich mit Wie-heißt-er-noch treffen wollte."

„Tristan", ergänzte ich leise. Ich sprang auf und sagte: „Ich muss los."

„Ist alles in Ordnung?", fragte er mit einem besorgten Gesichtsausdruck, als wäre es seine Schuld, dass er die Nachricht so spät überbracht hatte.

„Ich habe nur ein schlechtes Gefühl", antwortete ich.

Mein unangetastetes Getränk stand noch auf der Theke, als ich aus der Tür eilte. Der andere Zündschlüssel für den Toyota war noch in meiner Tasche. Randy hatte den größten Teil der Glasscherben vom Fahrersitz entfernt.

Auf dem Weg nach Loxahatchee fragte ich mich, ob es wohl stimmte, dass Tristan sich an Kayla gewandt hatte. Das wäre eine Erleichterung, aber mein Bauchgefühl war nicht überzeugt. Mir gefiel dieser ganze Zufall ganz und gar nicht. Der Anruf von Kayla kam nur ein paar Minuten, nachdem der Junge auf dem Parkplatz auf mich geschossen hatte. Der schmierige Mistkerl im Trailblazer hatte vielleicht gemerkt, dass die Tasche ein Köder war, und beschlossen, es anders zu versuchen. Er wollte einfach nur schnell zuschlagen und sich die Tasche schnappen. Das bedeutet, dass er nicht nach etwas Großem gesucht hat. Etwas, das klein genug war, um in einen Rucksack zu passen. Zum Beispiel eine Diamantenhalskette.

Vielleicht war es nur Timing oder pures Glück. Wenn Tristan gehört hat, dass ich nach ihm suche, könnte er beschlossen haben, jetzt wieder aufzutauchen. Vielleicht war es nur ein Zufall, dass das weniger als eine Stunde, nachdem ich angeschossen und ausgeraubt worden war, der Fall war.

Wie ich schon sagte, mag ich keine Zufälle. Nicht, weil ich nicht an sie glaube, aber sie sind unzuverlässig. Man sollte ihnen nicht trauen. Es ist besser, zu beweisen, dass es ein glücklicher Zufall war, als später herauszufinden, dass dem nicht so war.

Die Straßen waren dunkel, als ich auf den Golfplatz zusteuerte, der die nördliche Seite der Straße säumte. Je näher ich dem Haus der Lockes kam, desto weiter entfernt standen die wenigen Straßenlaternen, bis ich schließlich auf ihrer Straße war. Die Straße war dunkel, und die Dunkelheit wurde nur durchbrochen von Lichtflecken, die aus den Fenstern der Häuser kamen, in denen die Leute sich mit irgendeiner Polizeiserie oder Reality-Show beschäftigten, die von den Satelliten weit über der Erde übertragen wurde.

Ein älterer Ford Minivan war in der Einfahrt von Tristans Haus geparkt. Meine Scheinwerfer beleuchteten das dunkle Haus, als ich hinter ihm einfuhr. Die Sperrholzplatte, mit der ich die Haustür abgedeckt hatte, fehlte. Der Türrahmen war ein unheimlicher Schlund für ein Haus voller Schatten.

Ich ließ das Licht an, damit ich etwas sehen konnte, und stieg langsam aus. Das Zirpen der Grillen und Zikaden sang durch die Dunkelheit. Winzige Lichtpunkte blitzten auf dem Hof auf, als Glühwürmchen hin und her schwirrten.

Die Luft war ruhig und heiß. Eine typische Nacht im Hinterland von Florida. Ich wischte das Summen einer Mücke neben meinem Ohr weg.

Der Minivan war leer, aber anhand des Kindersitzes auf dem Rücksitz vermutete ich, dass er Kayla gehörte.

„Kayla", sagte ich laut. Wenn noch jemand in der Nähe war, wusste er bereits, dass ich hier war. An diesem Punkt gab es wenig Grund zur Heimlichkeit.

Die einzige Antwort war die Kakophonie der Insekten, die durch die Nacht hallte.

Ich trat durch die Haustür und fand den Lichtschalter. Das Haus sah noch genauso aus. Die Absperrung aus Sperrholz lag auf dem Boden, aber der Rest des Hauses sah immer noch ziemlich mitgenommen aus.

Als ich in der Küche und im Flur das Licht anschaltete, fand ich ein leeres Haus vor. Plötzlich blieb ich stehen.

Die Tür zum Badezimmer war aufgebrochen, als ob sie eingetreten worden wäre. Der Türknauf war aus der billigen Hohltür gerissen worden. Zwei Füße ragten aus dem Türrahmen.

Ich kniete in dem abgedunkelten Bad über Kaylas daliegenrde Gestalt. Ihr Gesicht war blutverschmiert, aber sie atmete noch. Jemand hatte sie auf den Kopf geschlagen, aber sie konnte noch atmen.

„Kayla", fragte ich. „Können Sie mich hören?" Sie stöhnte. „Kayla."

Ihre Augen flatterten.

Ich suchte in der Dunkelheit nach ihrem Telefon. Als ich es fand, musste ich zu meinem Entsetzen feststellen, dass das Display zerbrochen war.

Kayla stöhnte erneut. „Abbie!", heulte sie.

„Kayla", versuchte ich sie zu beruhigen. „Ich bin's, Chase."

„Chase." Ihre Stimme war verzweifelt. „Wo ist Abbie?"

„Keine Ahnung", antwortete ich.

„Er hat sie mitgenommen", rief sie.

„Wer?" fragte ich. „Tristan?"

Sie schüttelte kaum merklich den Kopf und zuckte vor Schmerz zusammen.

„Nein, irgendein Typ", flüsterte sie. Ihre Hand griff nach meiner, als sie versuchte, sich hochzuziehen. „Ganz ruhig", sagte ich. „Es hat Sie ziemlich hart erwischt."

Sie drehte ihre Augen zu mir. „Er hat Abbie."

„Okay, aber jetzt stehen wir erst mal langsam auf."

Sie legte ihren Arm um mich, und ich hob sie auf den Rand der Badewanne, damit sie sich ausruhen konnte. „Setzen Sie sich einen Moment", bat ich sie.

Sie nickte langsam.

„Können Sie sich erinnern, was passiert ist?"

„Ich habe eine SMS von Tristan bekommen", begann sie.

„Haben Sie mit ihm gesprochen?" fragte ich. „Oder nur eine SMS?"

„Nur eine SMS."

Ich nickte, damit sie fortfahren konnte.

„Ich bin sofort hingefahren. Das Haus ..." Ihre Worte verstummten. „Er war in Abbies Zimmer. Er sagte mir, er wolle wissen, wo Tristan die Halskette versteckt hat."

Sie fing an zu weinen, als sie von dem ganzen Vorfall überwältigt wurde. „Ich habe versucht, uns hier einzuschließen", stammelte sie. „Er hat die Tür eingetreten."

„Schon gut, Kayla", sagte ich und legte meine Arme um sie. „Hat er noch etwas anderes erwähnt?"

„Ich weiß es nicht mehr", heulte sie. „Die Tür ist kaputt und ich habe keine Ahnung."

„Wir müssen Sie ins Krankenhaus bringen."

„Ich muss Abbie finden", verlangte sie.

„Das werden wir", versprach ich ihr, „aber erst müssen Sie sich untersuchen lassen."

„Ich weiß nicht, wovon er gesprochen hat", murmelte sie vor sich hin.

„Ich glaube, ich weiß es." Ich half ihr auf die Beine. „Wir holen sie zurück, das verspreche ich. Erzählen Sie mir von dem Kerl."

„Er war schmächtig. Ein Weißer. Vielleicht so alt wie ich."

„Hat er irgendetwas davon erwähnt, Sie anzurufen?"

Sie schüttelte den Kopf. „Ich schätze, er hat meine Nummer." „Ja", seufzte ich, als ich ihr das kaputte Telefon zeigte.

„Wie sollen wir sie bloß zurückbekommen?"

„Ich glaube, er und ich haben uns heute schon getroffen, also weiß er, wer ich bin. Aber wenn er die SMS von Tristans Handy aus geschickt hat, können wir davon ausgehen, dass er es hat."

Ich begleitete sie langsam zum Auto und schnallte sie an. „Ich komme mit und sichere das Haus für Sie."

„Nein", sagte sie ohne Umschweife. „Ich will nur meine Tochter zurück."

Ich nickte und schloss die Tür. Kaylas Kopf wippte ein wenig, als ob die Anstrengung, ihn gerade zu halten, zu groß für sie war.

Sie weinte, als ich die Straße hinunterfuhr.

„Ich hasse ihn", murmelte sie durch ihre Tränen hindurch. Ich nahm an, dass sie von Tristan sprach.

„Ich hole sie zurück", versprach ich erneut, weil ich nicht wusste, was ich sonst sagen sollte.

30

Die Lichter des Manta Clubs waren noch an, als ich es endlich zurück zum Tilly schaffte. Ich spähte durch die geschlossenen Glastüren und sah, wie Hunter die Bar abschloss. Er war gerade dabei, den Servicebereich zu reinigen, als ich hereinkam.

Die letzten Stunden hatte ich damit zugebracht, Kayla zu trösten, während wir im Wartezimmer des Krankenhauses warteten. Als der Arzt der Notaufnahme sie endlich sah, bestand er darauf, dass sie zur Beobachtung hier blieb.

„Die Polizei wird vorbeikommen", sagte ich zu ihr, bevor ich ging. „Ich schlage vor, Sie erzählen ihnen alles. Vielleicht können sie Ihnen helfen."

Sie nickte stumm. Ihre Augen waren rot.

„Ich werde versuchen, ihn über Tristans Telefon zu erreichen", versicherte ich. „Ich werde mir etwas einfallen lassen."

Die Krankenschwestern fanden, dass ich lange genug dort gewesen war und schickten mich raus. In der Hoffnung, noch einen Drink zu finden, fuhr ich zurück zum Inn.

Hunter sah mich an der verschlossenen Tür stehen und ließ mich eintreten. „Du bist aber spät zurück", bemerkte er.

„Ja", war alles, was ich herausbekam.

„Ist alles in Ordnung?", fragte er. „Du siehst ein bisschen mitgenommen aus."

„Es war eine lange Nacht", murmelte ich. Ich setzte mich an die Bar.

„Ist es das Mädchen, das angerufen hat?", mutmaßte er.

Ich nickte. „Sie wurde überfallen und ihre Tochter entführt."

„Oh Scheiße", sagte er. „Brauchst du Hilfe?"

Ich machte eine abwinkende Handbewegung. „Ich muss einen Anruf tätigen", sagte ich. „Wartest du noch eine Minute?"

„Ich bin fast fertig, aber lass dir Zeit."

Auf dem Weg durch die Eingangstür schnappte ich mir das Handy des Parkwächters. Ich würde Missy morgen sagen, dass ich es habe, aber jetzt wollte ich erst einmal den Ball ins Rollen bringen.

„Hoffentlich ist das Mädchen in Sicherheit", tippte ich. „Ich habe, was du willst. Lass uns tauschen."

Ich wollte vage bleiben, aber die richtigen Forderungen stellen. Abbie in Sicherheit zu wissen, war das Wichtigste.

Hunter stellte ein Glas Whiskey vor mich hin.

„Ich habe das Eis schon weggekippt", sagte er, „aber du siehst aus, als ob du etwas brauchst."

„Danke", antwortete ich, bevor ich den Schnaps hinunterstürzte. Das langsame Brennen des Whiskeys strömte

durch meinen Unterleib. „Ich lasse dich dann mal in Ruhe."

„Brauchst du mich für morgen?", fragte er.

„Du hast doch schon die ganze Woche Dienst", sagte ich entschuldigend.

„Tja", meinte er verlegen, „das klingt, als hättest du alle Hände voll zu tun."

„Ich werde es wieder gutmachen", versprach ich.

Er nickte mir zustimmend zu.

Ich ließ ihn in der Bar zurück und lief zum Yachthafen. Der Himmel war klar, bis auf ein paar Wolken, die sich vor die Sterne geschoben hatten. Der Unterschied zwischen der Luft hier und der in Tristans Haus war verblüffend. Die Meeresbrise machte die Nacht fast kühl und angenehm.

Nachdem ich in den Führerstand geklettert war, setzte ich mich wieder auf das Kissen auf der Steuerbordseite und rief Jay an. „Delp", antwortete er schläfrig.

„Tut mir leid, dass ich dich geweckt habe", sagte ich.

„Chase", klang er überrascht. „Was ist los?"

„Ich denke, es ist an der Zeit, dass ich dich umfassend aufkläre. Die Dinge sind außer Kontrolle geraten."

„Ja, bleib dran", antwortete er. Ich konnte hören, wie er sich bewegte, vielleicht aus dem Bett aufstand.

Er fragte: „Was ist denn eigentlich los?"

Ich erzählte ihm alle Einzelheiten, die ich ihm zuliebe absichtlich ausgelassen hatte.

Als ich fertig war, fragte er: „Geht es Kayla gut?"

„Ja, es war eine schwere Gehirnerschütterung."

„Ich buche den nächsten Flug hinunter", erwiderte er. „Ich werde morgen früh nachsehen, was es Neues gibt."

„Ich will den Kerl erst einmal finden, bevor ich ein Treffen mit ihm vereinbare. Er war allein, als er vorhin auf mich geschossen hat, aber er arbeitet vielleicht nicht allein."

„Bist du sicher, dass es derselbe Typ ist?“, fragte Jay.

„Ich bin mir nicht ganz sicher, aber wie hoch ist die Wahrscheinlichkeit?“

„Glaubst du, dass Tristan und dieser Typ in Häuser eingebrochen sind?“

„Das war nur eine Theorie, aber er hat Kayla gesagt, dass er die Halskette will. Das bringt die Sache ins Rollen.“

Jay sagte: „Ich bin die Listen mit den gestohlenen Waren für dich durchgegangen. Auf einer wurde eine gestohlene Diamantenkette im Wert von 45.000 Dollar gemeldet.“

„Die muss es sein“, sagte ich.

Er nannte mir die Adresse des Gebäudes. „Das Opfer heißt Sharon Goddard. Ihr Ehemann Harold wurde während des Einbruchs getötet. Er wurde mit einer Marmorstatue erschlagen.“

„Hast du zufällig eine Telefonnummer?“, fragte ich. „Ich möchte heute Abend mit ihr reden und ich glaube nicht, dass sie um diese Zeit noch einen Fremden empfängt.“

„Ja, die steht hier drin.“ Er gab mir die Telefonnummer.

„Danke, Jay“, antwortete ich.

„Es gibt einen Flug um 7:50 Uhr. Ich werde gegen Mittag da sein.“

Ich legte auf. Die Nummer von Sharon Goddard lag in meiner Hand. Ich hielt inne, bevor ich anfing zu wählen. Es war fast Mitternacht. Die Frau hatte erst vor ein paar Wochen etwas Schreckliches durchgemacht. Und nun war ich im Begriff, es für sie wieder auszugraben.

Ein Bild der kleinen Abbie Locke, die in der Manta Bar Hähnchenteile aß, schoss mir durch den Kopf. Das Mädchen war das Einzige, was im Moment zählte.

Das Telefon klingelte dreimal, bevor eine Frau abnahm. „Hallo“, die Stimme klang rau.

„Mrs. Goddard?“

„Ja?“ Ihr Tonfall war nicht mehr ganz so träge und klang entweder besorgt oder verärgert.

„Tut mir leid, dass es so spät ist“, erklärte ich. „Ich stehe unter Zeitdruck und hatte gehofft, mit Ihnen über den Einbruch sprechen zu können.“

„Wer spricht da?“

„Mein Name ist Chase Gordon. Ich komme gleich zur Sache. Ich will nicht unsensibel sein oder Sie so spät stören, aber es ist sehr wichtig.“

„Nun, dann fangen Sie mal an, Mr. Gordon“, erwiderte die Frau sachlich.

„Ein kleines Mädchen wurde heute entführt und ich glaube, dass der Mann, der sie entführt hat, derselbe ist, der in Ihr Haus eingebrochen ist."

Sharon Goddard war einen Moment lang still. Schließlich fragte sie: „Wer genau sind Sie?"

„Das kleine Mädchen ist die Tochter meines Freundes. Ich habe nichts mit der Polizei zu tun, aber ich bin mir sicher, dass sie auch nach dem Mädchen suchen."

„Wie heißt das Mädchen?", fragte sie. Vielleicht war es ein Test, oder sie wollte das Problem vermenschlichen.

„Abbie", antwortete ich. „Sie ist drei Jahre alt."

„Und was hat das mit mir zu tun?", fragte sie.

„Ich weiß, es ist spät, Ma'am, aber hätten Sie heute Abend noch Zeit für mich?"

„Es ist tatsächlich schon spät", schimpfte sie.

„Ich weiß, aber ich bin ein bisschen verzweifelt."

„Ich nehme an, wenn Sie meine Telefonnummer haben, dann müssen Sie auch meine Adresse haben."

„Ja, Ma'am."

„Ich setze einen Kaffee auf", erklärte sie.

„Danke." Ich legte auf, als ich auf den Steg zurückkehrte.

Die Fahrt zum Haus von Sharon Goddard verlief um diese Zeit sehr schnell. Ihr Haus sah aus wie ein Marmorschloss, das auf einer Klippe über dem Meer stand. Das vordere Fenster wurde von einem Kronleuchter erhellt, der vom Gehweg aus einen Durchmesser von drei Metern zu haben schien, mit hunderten, wenn nicht mehr, Kristallen, die das Licht brachen und reflektierten.

Die Tür öffnete sich, bevor ich klopfen konnte. Ein braunhaariger Mann in einem Florida State Shirt und einer schwarzen Jogginghose stand im Licht.

„Sind Sie Mr. Gordon?", fragte er etwas vorsichtig.

„Ja, ist Mrs. Goddard da? Sie erwartet mich."

„Das ist sie. Ich bin ihr Sohn. Sie hat mich angerufen und mich gebeten, vorbeizukommen." Er bat mich nicht herein, und ich wartete ein paar Sekunden lang.

„Harry", rief eine Frauenstimme aus einem anderen Zimmer, „bring ihn in die Küche!"

Harry gab mir ein Zeichen, einzutreten. Er beäugte mich vorsichtig, und ich konnte es ihm nicht verdenken. Sein Vater war vor weniger als einem Monat in diesem Haus ermordet worden.

Er führte mich durch ein kleines, gut ausgestattetes Museum mit japanischer Kunst und Schmuckstücken, das als Wohnzimmer diente. Die Küche war größer als die *Carina*. Sie war fast größer als der gesamte Manta Club. Ein

Kühlschrank und ein Backofen aus Edelstahl reflektierten das sanfte Licht. Die Wände waren mit Schränken aus Alabaster verkleidet.

Eine gut aussehende Frau stand an dem dunklen Eichentisch. Sie erhob sich auf meine Höhe, ihre blauen Augen blickten in meine, als sie mich musterte.

„Mr. Gordon", sagte sie mit fester Stimme.

„Chase. Danke, dass Sie mich so spät noch empfangen."

„Ich gebe zu, ich war etwas vorsichtig", sagte sie streng. „Verständlich", bekräftigte ich.

„Möchten Sie einen Kaffee?" Mrs. Goddard gab mir ein Zeichen, mich zu setzen.

„Ich lehne nie eine Tasse ab."

„Harry."

Ihr Sohn goss den Kaffee in eine kleine, feine Porzellantasse. Er warf mir einen fragenden Blick zu.

„Schwarz", antwortete ich auf die ungestellte Frage. Er reichte mir die verschnörkelte Tasse.

Ich begann zu sprechen. „Einiges von dem, was ich Ihnen jetzt erzähle, sind meine eigenen Mutmaßungen. Das Mädchen, von dem ich Ihnen erzählt habe, ist die Tochter eines Freundes, der mit mir in Afghanistan gedient hat. Seine Frau kam letzte Woche zu mir, weil er seit Wochen vermisst wird. Leider glaube ich, dass er getötet worden sein könnte, obwohl ich das nicht beweisen kann. Ich weiß nur, dass ein Mann heute Morgen seine Tochter entführt hat. Er verlangte von der Mutter des Mädchens, dass sie 'die Halskette zurückgibt'. An dieser Stelle wird es höchst theoretisch, und ich möchte versuchen, Sie nicht zu langweilen. Ich glaube, dass es sich bei der fraglichen Halskette um diejenige handelt, die Ihnen gestohlen wurde."

„Warum sollte die Frau Ihres Freundes die Halskette meiner Mutter haben?", fragte Harry mit einem verächtlichen Grinsen.

Mein Kopf drehte sich zu Mrs. Goddard. „Ich vermute, dass mein Freund auch an dem Einbruch beteiligt war."

„Es war ein Mord!", zischte Harry mich an.

„Ja", gab ich zu.

„Dann hoffe ich, dass Ihr Freund tot ist. Seine Tochter soll verdammt sein."

„Harry", mahnte seine Mutter.

„Ihr Verlust tut mir leid."

Mrs. Goddard erklärte: „Es ist nicht die Schuld des Mädchens." Ich nickte.

„Es waren zwei Männer", begann sie. „Wir wollten die Stadt verlassen, aber ich fühlte mich nicht wohl. Ich hatte mich in mein Zimmer zurückgezogen, und Harold war unten.

„Da hörte ich ein Geräusch", fuhr sie fort. „Ein Mann kam ins Zimmer. Er war überrascht, mich dort zu sehen. Er starrte mich nur eine Weile an. Dann hörten wir ..."

Ihre Stimme blieb ihr im Hals stecken, als sie gegen ihre Gefühle ankämpfte. „Ich glaube, er war erschrocken, als er Harold schreien hörte. Er sagte mir, ich solle mich im Wäscheschrank verstecken. Er versprach, dass er nicht zulassen würde, dass der andere Mann mir etwas antun würde. Er sagte, ich solle still sein."

Sie hielt inne und nahm einen Schluck von ihrem Kaffee. Nachdem sie sich wieder gesammelt hatte, fügte sie hinzu: „Er hat dem anderen Mann erklärt, dass oben niemand ist. Es kam mir wie eine Ewigkeit vor, bis ich sie nicht mehr hörte. Dann kam ich heraus und fand Harold im Arbeitszimmer."

Harry legte seinen Arm um seine Mutter.

„Haben Sie den Mann unten gesehen?", fragte ich. Sie schüttelte den Kopf.

„Können Sie den Mann identifizieren, der Sie in den Wandschrank gesperrt hat?"

„Wenn ich ihn sehen würde", antwortete sie.

„Können Sie ihn beschreiben?"

Sie nahm einen weiteren Schluck Kaffee. „Er war blond und hatte blaue Augen. Er war noch ein Junge."

„Gab es sonst noch etwas an ihm?"

Sie musterte mich genau. „Er hatte das gleiche Tattoo wie Sie?"

Sie deutete auf das Tattoo der Einheit, das wir alle bekamen, bevor wir nach Afghanistan gingen.

„Was haben Sie mit dem Mädchen vor?", fragte Harry.

„Ich muss erst den Mann finden", antwortete ich, „aber ich muss sie zurückholen."

„Es war also Ihr Freund", sagte sie entschlossen.

„Ich glaube schon", gab ich zu. „Das tut mir leid."

„Wir können nicht die Aufpasser unserer Brüder sein", belehrte sie mich. „Aber er hat mir das Leben gerettet."

„Mutter", warf Harry ein, „das entschuldigt nicht seine Beteiligung."

„Harry, das habe ich nie behauptet. Es geht um mehr als nur um den Mord an deinem Vater."

„Wenn mein Freund noch am Leben ist", schwor ich, „wird er die Gerechtigkeit erfahren, die er verdient."

Sharon Goddard bedachte mich mit einer anerkennenden Geste. „Es scheint", sagte sie mit Nachdruck, „dass die Sicherheit des jungen Mädchens von größter Bedeutung ist. Bitte sagen Sie mir Bescheid, wenn ich Ihnen helfen kann."

Die strenge Frau stand auf und signalisierte damit, dass meine Zeit mit ihr zu Ende war.

Ich richtete mich auf. „Vielen Dank, Mrs. Goddard, für Ihre Zeit."

Mit einem knappen Nicken ordnete sie an: „Ich erwarte, dass Sie mir das Ergebnis der Untersuchung mitteilen."

„Ja, Ma'am."

31

„CHASE", RIEF MISSY VON der Treppe aus.

Mein Kopf war immer noch in den Kissen in der Koje am Bug vergraben, wo ich letzte Nacht zusammengeklappt bin. Ich hob ihn und versuchte, zu erraten, wie spät es war. Vielleicht halb sieben, dachte ich.

Mein rechter Fuß hing vom Bett herunter und ragte durch die Tür in die vordere Kabine. Missy berührte meinen nackten Fuß.

„Chase", sagte sie wieder. „Ein Detective sucht nach dir im Inn."

Stöhnend, weil meine Seite schmerzte, richtete ich mich auf und drehte mich so, dass ich auf der Kante der Koje saß und nach hinten blickte. Missy sah mich an. Sie fuhr mit der Handfläche sanft über meine Nähte. Ihr Blick kroch über meine Brust zu meinem Gesicht.

„Tut es weh?", fragte sie.

„Nicht so sehr", antwortete ich. „Die Fäden ziehen etwas."

Ihre Finger streichelten meine Wange. Zwei Tage ohne Rasur hatten ein paar Stoppeln hinterlassen, die sich wahrscheinlich wie Sandpapier anfühlten. Sie lächelte mich an.

„Er wartet in der Lobby", sagte sie.

„Soll er doch warten", murmelte ich.

„Geht es um die Schießerei?", fragte sie.

„Das bezweifle ich", antwortete ich. „Kayla wurde gestern überfallen und ihre Tochter wurde entführt."

„Das kleine Mädchen aus der Bar?"

Ich nickte. „Er hat Kayla gesagt, dass er die Halskette will."

„Die in meinem Safe?"

„Das kann ich nur vermuten." Ich ging an ihr vorbei und schnappte mir eine Shorts. „Im Moment weiß niemand, dass wir die Halskette haben. Sie wurde bei einem der letzten

Hauseinbrüche gestohlen. Tristan war einer der Einbrecher, genauso wie der Typ, der mich angeschossen und Abbie entführt hat."

„Das war derselbe Typ?"

„Ziemlich sicher", sagte ich und zog ein sauberes Shirt mit einem Guy-Harvey-Gemälde als Aufdruck an.

„Warum hat er auf dich geschossen?"

„Ich habe vor, ihn das zu fragen, aber ich schätze, er denkt, dass ich die Halskette habe."

„Was du ja auch tust."

„Aber das kann er nicht wissen." Ich schlüpfte in ein Paar Segeltuchschuhe. „Danke, Missy."

Sie hielt meine Hand fest. „Du musst vorsichtig sein."

Ich küsste sie.

Detective Charles wartete in einem der Ohrensessel neben dem Flügel, der gerade automatisch spielte. Irgendetwas Klassisches, aber meine Musikkenntnisse beginnen erst in den späten Sechzigern.

„Mr. Gordon", sagte er und stand auf, „Sie scheinen eine Menge Ärger zu haben."

Ich setzte mich ohne ein Wort auf den anderen Stuhl.

„Sie haben Mrs. Locke gestern Abend in die Notaufnahme gebracht."

„Das stimmt."

„Wie sind Sie auf sie gestoßen?", fragte er.

„Ich habe sie in ihrem Haus angetroffen."

„Warum waren Sie dort, Gordon?"

„Ich habe nach ihr gesucht", erklärte ich.

„Woher kennen Sie beide sich?"

Ich verdrehte die Augen und antwortete: „Ihr Mann und ich haben zusammen gedient."

„Ihr Mann, Tristan Locke?"

Ich nickte.

„Das ist der, von dem Kohl sagte, er sei bei Julio Moreno angestellt gewesen?"

„Das ist Kohls Verdacht", stellte ich fest.

„Wo ist er?"

„Keine Ahnung."

„Sie waren also im Haus Ihres Freundes, um seine Frau zu treffen."

Ich war mir nicht sicher, ob er das fragte oder sagte. Also antwortete ich nicht.

„Mrs. Locke sagte, dass sie angegriffen wurde, bevor ihre Tochter entführt wurde."

„Das hat sie mir auch berichtet", bestätigte ich.

„Ihre Beschreibung des Angreifers schien dem Verdächti-
gen, der gestern auf Sie geschossen hat, sehr ähnlich zu sein."
Wieder stellte er keine konkrete Frage.
Er seufzte über mein Schweigen. „Was halten Sie davon?",
fragte er.
Ich schüttelte den Kopf. „Ich weiß nicht. Ich habe den Kerl
nie gesehen, bevor er auf mich geschossen hat."
„Mrs. Lockes Haus sieht aus, als wäre es durchwühlt wor-
den. Hat das etwas mit Julio Moreno zu tun?"
„Hören Sie, Detective Charles, ich habe ehrlich gesagt
keine Ahnung. Der Mann gestern passte einfach nicht in das
Schema von Morenos Mitarbeitern."
„Mrs. Locke sagte, dass der Mann eine Halskette wollte.
Sagt Ihnen das etwas?"
„Ich habe ein wenig recherchiert", erklärte ich. „Vor ein
paar Wochen wurde bei einem Einbruch eine wertvolle Hals-
kette gestohlen."
Charles verengte seine Augen. „Das Goddard-Haus?", fragte
er.
„Vielleicht ist das ja nicht dieselbe Kette, aber das ist meine
einzige Vermutung."
Er starrte mich eine Sekunde lang an, bevor er seinen Blick
wieder auf sein Notizbuch richtete. Seine Miene war verdutzt.
Das Entwirren von Fäden, die er gar nicht gesehen hatte,
machte ihn sprachlos.
„Gibt es sonst noch etwas?", fragte ich.
Er schüttelte den Kopf. „Nein, das ist alles, was ich im
Moment habe. Bleiben Sie in der Nähe, falls ich noch mehr
Fragen habe."
Ich schlug meine Beine übereinander, als der Detective die
Lobby verließ. Ein paar Sekunden später setzte sich Missy auf
den Stuhl des Detectives.
„Er hat dich nicht verhaftet", stellte sie fest.
„Nein, hat er nicht. Aber der Tag ist ja noch jung."
Ich schaute sie an. Es gibt so viele Arten, wie ich sie
wahrnehme, von nackt und verschwitzt bis hin zu dieser pro-
fessionellen Hotelière. Das grüne Kleid, das sie trug, schim-
merte smaragdgrün.
„Hat dir schon jemand gesagt, dass du heute wunderschön
aussiehst?"
„Noch nicht", antwortete sie.
„Verdammt, du siehst gut aus."
Ihre Augen funkelten.
„Was hast du heute wegen dem Mädchen vor?", fragte sie.
„Einer der anderen Jungs aus meiner Einheit kommt heute
vorbei. Ich hoffe, dass wir mit dem Kerl, der Abbie hat, in

Kontakt treten und einen Tausch gegen die Juwelen machen können."

„Du hast dem Detective also nichts von der Halskette erzählt?"

„Wenn wir einen Tausch machen müssen, möchte ich nicht, dass sich jemand einmischt. Ich bin mir nicht sicher, was die Polizisten tun würden, aber sie könnten eine Vorgehensweise wählen, die das Mädchen gefährdet."

„Dein Freund?", fragte sie. „Ist er so wie du?"

„Ich bin mir nicht sicher, was das bedeutet", erwiderte ich. „Aber er ist ein knallharter Typ."

Sie schürzte ihre Lippen.

„Kannst du ein Zimmer für ihn reservieren?", fragte ich.

„Ja, wie heißt er?"

Sie gab seinen Namen an der Rezeption durch und ich ging zur Kaffeebar, um mir eine Tasse einzuschenken. „Alles geregelt", sagte sie und reichte mir eine Schlüsselkarte. „1127."

„Ich werde mal nach Kayla sehen", sagte ich zu Missy. Dabei zeigte ich ihr das Handy, das ich gestern Abend vom Concierge-Schalter mitgenommen hatte. „Ich habe das Telefon des Parkwächters. Ich habe es benutzt, um dem zu schreiben, der hoffentlich der Entführer ist."

„Ich rufe an, wenn irgendjemand auftaucht", antwortete sie.

Einen Moment lang wollte ich sie küssen, aber ich hielt mich zurück. Unsere Blicke blieben eine Sekunde lang aneinander haften. Ich seufzte und wandte mich zum Gehen.

Kayla war schon angezogen, als ich im Krankenhaus ankam.

„Meine Mutter ist auf dem Weg hierher." Ihre düstere Stimme klang leise und niedergeschlagen. „Der Detective hat mich heute Morgen besucht."

Sie nickte. „Er sagte mir, dass sie das FBI einschalten werden, weil es sich um eine Entführung handelt."

„Ich habe eine SMS an Tristans Handy geschickt, in der Hoffnung, dass der Entführer sie bekommt."

„Was werden Sie tun, wenn er antwortet?"

Ich seufzte und setzte mich auf den Stuhl gegenüber dem Bett. Sie wandte sich um und ließ ihre Füße aus dem Krankenhausbett hängen, ihre Wangen waren geschwollen und rot. Ich fragte mich, wie viel sie letzte Nacht wohl geschlafen hatte.

„Ich werde einen Tausch arrangieren", erklärte ich.

„Haben Sie dem Detective davon erzählt?"

„Noch nicht", erklärte ich. „Das wäre verfrüht. Vielleicht funktioniert das Ganze ja auch gar nicht. Vielleicht hat er nicht einmal mehr Tristans Handy."

Ihr Blick verengte sich auf mich und sie legte ihre Stirn in Falten. Ihre Stimme krächzte, als sie fragte: „Glauben Sie, dass Tristan tot ist?"

Eine Welle der Übelkeit durchzuckte meinen Magen. Ich schluckte die Galle hinunter und spürte, wie sie sich von meiner Kehle bis in meinen Magen ausbreitete.

„Ich glaube, das muss er sein", sagte ich schließlich. „Er war in einige schlimme Dinge verwickelt, aber ich glaube nicht, dass er Sie im Stich gelassen hätte. Nicht auf diese Weise."

Sie schüttelte den Kopf. „Er war ein guter Mann", betonte sie.

„Das war er", versicherte ich ihr. „Am Anfang wollte er sich nur um Sie und Abbie kümmern. Die Dinge gerieten außer Kontrolle und seine Versuche, sie aufzuhalten, machten alles nur noch schlimmer."

„Die Drogen?", fragte sie.

„Das schien leicht verdientes Geld zu sein. Ich bin mir ziemlich sicher, dass er Drogen vor der Küste abholte und sie für einen Drogendealer in Miami schmuggelte. Das lief gut, bis die Küstenwache ihn aufgriff. Er hat die Drogen entsorgt, um nicht festgenommen zu werden, aber der Drogendealer wollte seine Kohle trotzdem haben."

Sie blinzelte, als sie mir zuhörte.

„In Miami wird immer noch nach ihm gesucht, also glaube ich nicht, dass sie ihn umgebracht haben. Er hat sich auf etwas anderes eingelassen. Etwas, das ihm etwas Geld einbringen könnte, um den Dealer zu bezahlen und gleichzeitig Sie und Abbie zu schützen. Das ist schief gelaufen."

„Was hat er getan?"

„Er ist in Häuser eingebrochen. Ein Mann wurde ermordet, und das schien die Grenze zu sein, die Tristan nicht über- schreiten wollte. Er hat den Mann nicht umgebracht, aber er hat die Frau des Mannes gerettet."

„Oh", sagte sie und Tränen traten ihr in die Augen.

„Ich habe gestern Abend mit der Frau gesprochen. Sie hat mir Tristan beschrieben, bis hin zu dem Tattoo auf seinem Arm. Sie sagte, dass Tristan überrascht war, als sein Partner ihren Mann ermordete. Das kann nicht der Plan gewesen sein. Er hat sie in einem Schrank versteckt, weil er wusste, dass sie ihn identifizieren könnte."

„Sie glauben, sein Partner hat es herausgefunden und ihn umgebracht?"

„Ich glaube, dass Tristan eine wertvolle Halskette aufbe- wahrt hat, wahrscheinlich um die Kontakte in Miami zu bezahlen, und sein Partner hat ihn deswegen umgebracht. Auf der Suche nach der Kette hat er Ihr Haus auseinandergenommen. Er schoss auf mich, weil er dachte, ich hätte sie vielleicht gefunden. Als letzten Strohhalm hatte er es auf Sie abgesehen, für den Fall, dass Sie von der Halskette wüssten."

„Ich habe sie nicht", sagte sie. „Was hat er mit Abbie vor?"

„Nichts", sagte ich. „Ich habe ihm gesagt, dass ich die Kette bei mir habe. Wenn er sie will, muss er Abbie in Sicherheit bringen."

„Das haben Sie ihm gesagt?"

„In der SMS auf Tristans Handy."

„Was ist, wenn er sein Handy gar nicht hat?"

Ich seufzte. Das war zwar gut möglich, aber ich wollte ihr nicht die Hoffnung nehmen.

„Das spielt keine Rolle", sagte ich, „das ist seine einzige Chance, die Halskette zurückzubekommen."

Wieder bildeten sich Tränen in ihren Augen.

Ich legte meine Hand auf ihr Knie und versuchte, sie zu trösten. „Hat Tristan jemals über Jay gesprochen?"

Sie wischte sich mit den Fingerknöcheln über die Wange. „Aus Ihrer Einheit?"

„Ja, der. Er wird in ungefähr einer Stunde hier landen. Wir beide werden Abbie zurückholen, und nichts wird uns aufhalten."

Sie nickte.

„Ich bin sicher, dass die Polizei sich wieder bei Ihnen melden wird", sagte ich. „Ich habe Detective Charles bereits gesagt, dass Tristan an dem Einbruch beteiligt war. Vielleicht können sie seinen Partner auf offiziellem Weg ausfindig machen."

Ich fügte hinzu: „Wenn der Entführer Sie wegen Abbie kontaktiert, sagen Sie ihm, dass wir haben, was er will."

„Haben wir das?"

„Wir wollen, dass er das denkt", antwortete ich. „Vielleicht können wir ihn zur Vernunft bringen. Sagen Sie ihm einfach, dass ich die Übergabe vornehmen werde."

„Soll ich den Detective anrufen?", fragte sie.

„Ja", antwortete ich. „Ich werde tun, was ich kann, aber ehrlich gesagt, ist das eher Neuland für mich. Die Cops haben viel mehr Erfahrung auf diesem Gebiet."

Ich hatte Schwierigkeiten damit, die Polizei mit einzubeziehen. In der Einheit hatte man dafür gesorgt, dass meine Fähigkeiten ein breites Spektrum abdeckten. Das Aufspüren von Entführern gehörte allerdings nicht dazu.

Warum ich nicht erwähnt habe, dass ich die Halskette in meinem Besitz hatte? Nun, die menschliche Natur ist nun mal sehr unberechenbar; ich konnte nicht wissen, wie jemand reagieren würde, wenn ich verraten würde, dass ich die

Halskette habe. Mrs. Goddard oder, was wahrscheinlicher ist, ihr Sohn Harry, könnte den Schmuck sofort zurückfordern. Vielleicht würde auch die Versicherung sie haben wollen. Sogar die Polizei könnte sie in eine Asservatenkammer sperren. Dabei dürften die Diamanten die einzige echte Verhandlungstaktik sein, um Abbie zurückzubekommen.

Es macht mir nichts aus, mit anderen zu spielen, aber in diesem Fall erschien es mir noch nicht ratsam, alle meine Karten auf den Tisch zu legen.

Ich ließ Kayla auf ihre Mutter warten und beschloss, im Tilly auf Jay zu warten, der mich dort treffen sollte.

Ich drückte den Abwärtsknopf des Fahrstuhls, als das Telefon in meiner Tasche piepte. „Keine Bullen", stand in der SMS. „Ich melde mich bei dir, um dich zu treffen."

32

„FLASH", HÖRTE ICH DIE Stimme hinter mir rufen.

Als ich mich auf dem Barhocker herumdrehte, sah ich Jay am Eingang der Manta Bar stehen. Er hielt einen Seesack in der Hand und lächelte hinter einer Fliegerbrille.

„Du siehst aus wie ein Bulle", scherzte ich. „Willst du meinen Führerschein und meine Zulassung?"

„Es würde mich wundern, wenn dir die nicht schon längst abgenommen worden wären."

„Flash?", fragte Missy mit einer leicht hochgezogenen Augenbraue.

„Das war mein Rufname", gab ich zu.

„Oh", kicherte sie, „Gordon, richtig? So kreativ seid ihr ja gar nicht."

Ich sprang auf und umarmte Jay herzlich. Jay drückte mir einen Kuss auf die Wange.

„Du siehst gut aus", rief er, als ich mich von ihm löste.

„Jay, das ist Missy. Sie ist die Besitzerin des Hotels."

„Ma'am", Jay streckte seine Hand aus und ließ seinen Mississippi-Ton noch tiefer klingen. „Danke, dass Sie dieses Arschloch mit Ihrer Arbeit von der Straße ferngehalten haben."

„Ich wünschte, ich könnte ihn länger hier behalten", erklärte Missy. „Er hat eine Abneigung dagegen, zu lange hier zu bleiben."

Jay schenkte ihr ein verständnisvolles Lächeln und sah mich misstrauisch an. „Wie gehen wir vor?"

„Mach dir keine Sorgen. Missy weiß, was los ist."

Er sagte erleichtert: „Gut, was hast du gehört?"

„Ich habe vor etwa einer Stunde eine SMS bekommen. Er hat mir ein Bild von Abbie geschickt, um zu beweisen, dass er sie hat." „Hast du die Polizei gerufen?", fragte er.

Mein Kopf senkte sich ein wenig. „Nein, habe ich nicht. Die Bullen wissen nicht, dass ich die Halskette habe, die er will."

Jay nickte zustimmend. „Hast du Angst, dass sie aus dem Verkehr gezogen wird?"

„Ja, ich dachte, es wäre besser zu wissen, dass ich ein Druckmittel habe, falls es die einzige Möglichkeit wäre."

Jay nahm neben mir Platz. „Hat er schon ein Treffen vereinbart?"

„Noch nicht", teilte ich ihm mit. „Ich wollte deine Meinung dazu hören."

„Das hängt von ihm ab. Wie viel Kontrolle will er haben? Er muss das Gefühl haben, dass er die gesamte Kontrolle hat, bis wir das Mädchen zurückbekommen. Kennt er dich?"

„Irgendwie schon", antwortete ich. „Ich glaube, er ist der Typ, der auf mich geschossen hat."

Jay schien nachdenklich zu sein. „Dann lassen wir ihn dich weiter beobachten. Lass uns das Ganze mal durchdenken. Hast du irgendwelche Ausrüstung?"

Ich lächelte. „Folge mir."

Der Yachthafen hat einen kleinen Bereich mit Lagereinheiten, die die Tauchsportler mieten können, um Gegenstände aufzubewahren, die zu groß für ein Boot sind. Einheit 4C war eine der kleineren. Darin könnte man einen kleinen Grill oder vielleicht eine Waschmaschine unterbringen. In meinem Fall war es eine kleine Waffenkammer, die in einer großen, luftdichten Kühlbox untergebracht war.

„Ich bin so froh zu wissen, dass die Tilly Marina gut geschützt ist, wenn Kuba in West Palm Beach einmarschiert", sagte Missy, als sie die Waffenstapel sah, während ich den Verschlag öffnete.

Jay griff hinein, nahm eine M45 heraus und überprüfte die Mechanik. Das vertraute Klirren hallte in der Lagereinheit wider.

„Hast du alle deine Dienstwaffen mitgenommen?", scherzte er, während er die Pistole wieder in ihr Holster schob.

„Nein, das waren alles Nachkäufe", versicherte ich ihm. „Ich habe sie bei einem Nachlassverkauf für einen alten Colonel in Sarasota gekauft. Ich habe kaum an der Oberfläche seiner Sammlung gekratzt. Seine Witwe hat mit seinen Waffen ein kleines Vermögen gemacht."

Er schnappte sich eine Schachtel mit 45er Munition und lud das Magazin. „Oh, gib mir die M240", sagte er und deutete auf das Maschinengewehr mit Gurtzuführung.

„Das könnte zu groß sein", meinte ich und reichte ihm ein M40 Scharfschützengewehr. „Warum nimmst du nicht stattdessen das Gewehr? Wenn wir so viele Patronen brauchen, haben wir die Mission schon verloren."

Er seufzte. „Na gut." Er nahm das M40-Gewehr entgegen. „Aber wenn das hier erledigt ist, müssen wir mit dieser tollen Frau auf den Schießstand gehen."

„Ich habe noch nie einen Mann so über Waffen reden hören. Boote und Autos ja, aber keine Waffen."

„Sie haben wohl noch nie einen richtigen Mann getroffen, was?" sagte Jay und funkelte mich an.

„Das stand wohl in allen drei Scheidungspapieren", schnauzte ich.

„Wie weit kann man damit schießen?", fragte Missy Jay, während sie ihm dabei zusah, wie er das M40 schulterte und das Visier einstellte.

Jay antwortete: „Ein stehendes Ziel treffe ich jedes Mal aus mindestens 750 Meter Entfernung. Wenn sich das Ziel bewegt, muss ich etwa 300 Meter entfernt sein."

„Wow", pfiff sie.

„Sie sollten ihn dazu bringen, Sie zum Schießen mitzunehmen", sagte Jay. „Es gibt nichts Besseres als 600 Schuss in der Minute, um das Blut in Wallung zu bringen. Besser als Sex."

„Das haben auch deine Ex-Frauen gesagt. Du hast deine Munition innerhalb einer Minute verschossen."

„Ahh", deutete er grinsend auf mich.

Missy blinzelte und grinste Jay an. „Das werde ich ihn sicher mal machen lassen. Ich meine, mich zum Schießen mitnehmen. Ich muss jetzt zurück an die Arbeit. Seid vorsichtig, Jungs."

„Danke, Missy", antwortete ich. Sie lächelte mich an, als sie wegging.

Nachdem er einen Seesack aus der Kiste gezogen hatte, packte Jay das M40 Scharfschützengewehr in eine grüne Armeetasche. Außerdem stopfte er eine Schachtel mit Patronen in die Tasche.

„Du hast was mit ihr, oder?", fragte er beiläufig, während er den Seesack mit dem Riemen verschloss.

„Sie ist verheiratet."

„Aber ..."

„Es ist eine ziemlich unauffällige Sache. Sie verlässt ihn nicht und ist noch mehr mit dem Hotel verheiratet."

„Ja, das passt nicht zu deinem Wikingerleben, oder?"

„Wikinger?", erwiderte ich. „Für mich sind sie zu weit im Norden geblieben."

„Wenn wir das Mädchen zurückbekommen ...", begann er. Sein Blick wurde wehmütig und er stellte fest: „Sieht ganz so aus, als hätte dieser Typ Tristan ausgeschaltet."

Ich nickte. „Vielleicht, aber das würde bedeuten, dass er Tristan überrumpelt hat."

„Er hat dich überrumpelt", antwortete Jay und deutete auf meine Seite. „Tatsache ist, dass wir davon ausgehen müssen, dass Tristan tot ist und dass er etwas damit zu tun hatte."

„Es sei denn, Tristan steckt hinter der ganzen Sache."

„Du glaubst, er würde sein eigenes Kind entführen und seine Frau verprügeln?"

Ich dachte über die Frage nach. Diese Seite von Tristan wollte ich nicht wahrhaben.

„Ich habe den Jungen geliebt, aber er hat nie zugehört", murmelte ich. „Er hätte zu uns kommen sollen, bevor das passiert ist."

„Das spielt jetzt keine Rolle", sagte Jay, „er hat ihn wahrscheinlich umgebracht. Und jetzt entführt er auch noch seine Tochter. Da muss Gerechtigkeit walten, findest du nicht auch?"

Ich blieb stumm.

„Können wir in deiner Bar etwas essen gehen?", fragte er nach einem Moment.

Ich schlug den Schrank zu und bedeutete ihm mit dem Kopf, mir zu folgen.

Michael saß schon an der Bar, als wir zurückkamen. Ein leeres Martini-Glas stand vor ihm, drei Olivenspieße waren auf der Serviette neben ihm angesammelt. Er starrte mich an und musterte Jay, um ihn zu begutachten.

„Ist das einer deiner SEAL-Freunde?", fragte er und ich spürte, wie Jay zusammenzuckte.

„Halt die Klappe, Michael", ermahnte ich ihn.

Er grinste mich an, als wir uns zwei Plätze auf der anderen Seite der Bar schnappten.

Hunter kam rüber und legte uns zwei Untersetzer hin. „Er hat gerade drei Martinis getrunken, seit ihr weg seid."

Jay blickte ein wenig verwirrt. „Was? Ist er jetzt etwa zum aggressiven Säufer mutiert?"

Hunter gluckste leise. „Eher ein 'ständig aggressiver' Typ. Der Mann trinkt, als ob der Martini ihm sagen würde, dass er einen kleinen Schwanz hat."

„Vielleicht hat er das ja", vermutete Jay, woraufhin Hunter in Gelächter ausbrach.

„Das würde normalerweise Chase sagen", scherzte Hunter.

„Das ist Missys Ehemann", sagte ich und beugte mich vor.

„Ahh", sprach Jay mit plötzlicher Einsicht. „Es geht also wirklich um den kleinen Penis."

„Gib uns zwei Thunfischsandwiches", bat ich Hunter, um das Thema von Missys Mann abzulenken.

Als er ging, um unser Essen zu bestellen, fragte Jay: „Ich nehme an, der Ehemann weiß alles über dich."

„Diese ganze schäbige Sache ist ein Shitstorm. Ich sollte es besser wissen."

„Sollten wir das nicht alle?", murmelte er.

Jay befand sich mitten in seiner dritten Scheidung. Seine erste Frau hatte er geheiratet, als sie beide 18 Jahre alt waren. Das war einen Monat, bevor Jay nach Parris Island abkommandiert wurde. Sie reichte die Scheidung ein, bevor er aus der Grundausbildung kam. Die zweite, Lara, heiratete er, während wir in Mobile, Alabama, stationiert waren. Sie hielt zwei Jahre durch. Die dritte lernte ich erst bei der Hochzeit kennen. Zu diesem Zeitpunkt glaubte ich, dass Jay die Ehe schon aufgegeben hatte. Jay sagte mir, dass es einige Dinge gab, in denen er sehr gut war; verheiratet zu sein gehörte nicht dazu.

Hunter stellte zwei Flaschen Coors Light vor uns hin. „Wo ist diese Halskette eigentlich?" fragte Jay.

„Sie ist in einem Safe in Missys Büro eingeschlossen."

„Ich finde es nicht gut, dass wir hier sitzen und darauf warten müssen, von ihm zu hören", meinte Jay. „Er sollte die Sache schnell hinter sich bringen wollen. Wie groß ist die Wahrscheinlichkeit, dass er dich beobachtet?"

„Das ist möglich, aber ich habe ihn neulich ziemlich schnell entdeckt. Wenn sich seine Fähigkeiten zur Überwachung nicht stark verbessert haben, würde er wohl auffallen."

Ich schaute auf, als Wilson Peterson an Michael vorbeischlenderte, der sich gerade mit Missy in einer hitzigen, aber vertraulichen Diskussion befand. Peterson winkte mir zu und zeigte mir sein Handy als unausgesprochene Antwort auf meine Nachricht.

„Gib mir eine Sekunde", bat ich Jay, als ich aufstand.

Als ich mich Peterson näherte, fragte ich vage: „Hast du etwas Neues gehört?"

Peterson lächelte freundlich und antwortete: „Nicht ein Wort."

„Gut", atmete ich aus. „Ich muss mit dir über etwas reden, und zwar diskret."

Er runzelte die Stirn.

„Ich bin im Moment beschäftigt, aber ich rufe dich später an."

Mit einem verwirrten Blick nickte der Bürgermeister. „Okay, Chase. Ist alles in Ordnung?"

„Klar, es ist alles in Ordnung", antwortete ich, als ich seine Besorgnis sah. „Ich habe nicht vor, dich niederzumachen, falls du das denkst."

Er grinste verlegen, als wäre ihm mein Vorschlag nie in den Sinn gekommen.

„Schläfst du auch mit seiner Frau?", fragte Jay, als ich mich wieder hinsetzte und sah, dass unsere Sandwiches angekommen waren.

„Das ist der Bürgermeister von West Palm."

„Du kommst ja ganz schön rum", scherzte Jay. „Und, schläfst du auch mit seiner Frau?"

„Wie läuft es mit der Scheidung?" Ich stupste ihn an.

„Das ist ein bisschen kaltherzig."

In meiner Tasche summte es und ich zog das Handy heraus. „Heute Abend um 23 Uhr, DuPuis Corbett Campsite".

Jay las den Text, als ich ihm das Display zeigte. „Wo ist das?", fragte er. Kopfschüttelnd gab ich zu: „Keine Ahnung."

„Wohnst du nicht hier?", fragte er verblüfft, als Hunter vorbeikam, um nach uns zu sehen.

„Chase?", lachte Hunter. „Er wohnt nur hier. Er geht nirgendwo hin, wenn es mehr als einen Spaziergang vom Tilly entfernt ist."

Ich zuckte mit den Schultern. „Ich bin ein Gewohnheitstier, aber diese Woche hat mich ziemlich aus der Bahn geworfen."

„Weißt du, wo der DuPuis Corbett Campsite liegt?", fragte Jay Hunter.

„Das ist der DuPuis State Park. Zwischen Okeechobee und dem Strand gibt es viele Wanderwege", sagte Hunter. „Chase kann das nicht wissen, weil man dort nicht mit dem Boot hinfahren kann."

„Das stimmt", räumte ich ein.

„Ich wette, am Concierge-Schalter gibt es eine Broschüre oder so etwas", sagte Hunter.

Ein zweiminütiger Gang zum Concierge brachte mir eine Broschüre über das Dupuis Management Area, das Wander- und Reitwege sowie mehrere einfache Campingplätze bietet.

„Ich wette, es ist dieser hier", erklärte ich Jay und deutete auf den abgelegensten Zeltplatz auf der Karte.

Das kleine Zeltsymbol lag am Rande der Grenze zwischen dem DuPuis Management Area und dem Corbett Wildlife Management Area.

„Schlau", bemerkte Jay. „Es sieht so aus, als ob der einzige Weg dorthin zu Fuß ist. Wenn wir die Polizei einschalten, wäre das zu auffällig. Er könnte in diesen Wäldern verschwinden."

„Was denkst du?", fragte ich und verfolgte die Strategie, die ihm durch den Kopf ging. „Von der Straße aus sind es locker zehn oder zwölf Kilometer zu Fuß. Aber genau hier", er deutete auf eine Straßenkreuzung auf der Karte, „ist es nur etwa anderthalb Kilometer Luftlinie."

„Und ein großer Kanal", ich zeigte auf den Kanal, der aus dem Okeechobee-See ausgebaggert wurde. „Wenn hier unten mehr als zehn Zentimeter Wasser sind, gibt es Alligatoren."

„Besser als der Sand", sagte er.

Dem kann man kaum etwas entgegensetzen.

33

EIN STÄNDIGES LEISES SUMMEN nächtlicher Käfer, die hin- und herschwirrten, erfüllte die Dunkelheit um mich herum. Das einzige Licht zwischen den hohen Pinienbäumen kam von einem Halbmond, der am südöstlichen Himmel stand. Das reichte aus, damit ich die Umrisse des Weges vor mir erkennen konnte. Ich entschied mich, in einem Gebiet zu parken, das acht Kilometer vom Wanderweg entfernt war, der zum Zeltplatz führte. Ich hoffte, dass die zusätzlichen acht Kilometer zu Fuß verhindern würden, dass mir jemand am Anfang des Weges auflauern würde.

Der Acht-Kilometer-Marsch war ein Kinderspiel und ich würde höchstens eine knappe Stunde für die Strecke brauchen. Wenn ich mich nachts 20 Meter von der Straße fernhielt, konnte ich mich unbemerkt nähern. Als ich den Ausgangspunkt des Weges erreichte, verharrte ich eine halbe Stunde lang auf meiner Position. Keiner kam oder ging. Die meisten Wanderer waren nach Einbruch der Dunkelheit nicht mehr unterwegs. Sie waren alle um ein Lagerfeuer versammelt und vertrieben mit dem Rauch die Mücken.

Ich nicht, dachte ich, als ich die Stiche schon nicht mehr zählen konnte. Ich machte mich bei Halbmond auf den Weg, der schließlich zum Atlantik führte.

Meine Augen hatten sich an die Dunkelheit gewöhnt, und obwohl ich keine Einzelheiten erkennen konnte, wurde der sandige Pfad durch das Mondlicht nahezu erleuchtet. Ich lief schnell, aber vorsichtig. Die Wahrscheinlichkeit, dass mir eine Falle gestellt werden könnte, war immer noch hoch genug, um wachsam zu sein. Meine Schritte waren leise, und nur wenige würden mich in der Dunkelheit überhaupt sehen.

Die Diamantkette fühlte sich mit jedem Schritt in meiner Tasche schwerer an. Meine Hände tasteten alle paar Sekunden nach ihr, um die Panik zu besänftigen, dass sie sich irgendwie aus meiner Tasche lösen und in diesen Wäldern verloren gehen könnte. Die M45 in meinem Hosenbund sorgte für zusätzliche Erleichterung, denn ich wusste, dass ich nicht zögern würde, den Versuch zu unterbinden, falls jemand versuchen sollte, mir die Juwelen zu entwenden.

Jay hatte zwei Stunden Vorsprung vor mir. Er hatte ein paar Minuten damit verbracht, die Karte zu studieren, bevor er beschloss, mich zu bitten, ihn an einer unbefestigten Straße abzusetzen, die nur etwa anderthalb Kilometer vom Campingplatz entfernt war. Als ich am Eingang der DuPuis Management Area ankam, hatte Jay Zeit, sich zum Campingplatz zu begeben und sich dort in ein Versteck zu verkriechen.

Leider herrschte Funkstille, als wir uns auf den Weg machten. Vor allem, weil ich kein Funkgerät dabei hatte. Ich hatte keine Möglichkeit zu überprüfen, ob Jay in Position war. Ich musste ihm einfach vertrauen und mir sicher sein, dass er da war.

All das war die Grundvoraussetzung. Es gab nur zwei oder drei andere Menschen auf der Welt, denen ich so viel Vertrauen schenken konnte. Alle von ihnen waren Marines.

Die leuchtenden Pfeile auf den Zeigern meiner Uhr zeigten mir, dass es zehn Minuten vor zehn war.

Den Schritten nach zu urteilen, die ich im Kopf nachvollzog, sollte der Campingplatz nicht weiter als anderthalb Kilometer von meinem Standort entfernt sein. Mehr oder weniger. In der Dunkelheit ist es schwer, die Entfernung einzuschätzen.

Meine letzte Annäherung würde die gefährlichste sein. Es wäre zwar ein amateurhafter Anfängerfehler des Entführers, aber mir in der Nähe des Ziels aufzulauern, wäre ein leichtes Unterfangen.

Vor allem, wenn er dachte, ich würde mich wie die meisten Menschen verhalten, die nachts durch einen unbekannten Wald streifen. Die meisten würden mit einer Taschenlampe gehen. Es wäre, als würde man auf einen Leuchtturm warten, der vorbeikommt. Schwer zu übersehen.

Vorhersehbarkeit bringt einen manchmal um. Dieser Junge hatte mich schon einmal überrascht, und ich hatte nicht vor, ihm das noch einmal durchgehen zu lassen.

Ich wollte den Pfad verlassen, sobald ich mich dem Lagerplatz näherte, und den Entführer von der Seite angreifen. Der Platz war so nah, dass ich mich entschied, dass es an der Zeit war. Da ich die Karte studiert hatte, bevor ich den Wald betreten hatte, konnte ich den Mond und den kleinen Kompass an meiner Armbanduhr benutzen. Das war ein praktisches

Hilfsmittel, das ich beim Tauchen benutzte und von dem ich nie erwartet hätte, dass ich es einmim Wald benutzen würde.

Die Tannennadeln auf dem Waldboden verhinderten, dass meine flachen Schritte ein Geräusch machten. Ich hatte das Gefühl, als würden meine Füße auf Teppichboden laufen.

Die Bäume schienen immer noch wie ein Orchester von Insekten zu klingen. Die Mücken saugten zwar unaufhörlich mein Blut, aber das störte mich nicht so sehr wie andere Dinge. Ich konnte Wasser riechen, was, wie ich Jay erklärt hatte, bedeutete, dass es Alligatoren gab. Ich habe schon viele gesehen, und sie sind eher faszinierend als beängstigend. Aber im Dunkeln könnte mich sogar ein anderthalb Meter großer Alligator erschrecken. Ich wollte nicht erklären müssen, warum ich meine Position verriet, während ich einen Alligator erlegte.

Die Bäume vor mir fingen an, einen Lichtschimmer durchzulassen. Ich bog nach Norden ab, um den Campingplatz zu umrunden. Ich hörte Stimmen. Männlich und unverständlich von dort, wo ich stand.

Ich nutzte die Stämme der hohen Kiefern, um zu tarnen, dass ich mich näherte. Selbst wenn die beiden Männer auf dem Campingplatz direkt in meine Richtung schauten, glaubte ich nicht, dass sie mich im Schatten ausmachen würden.

Diese Typen waren eindeutig Amateure. Sie hatten ein paar Taschenlampen mit so viel Lumen, dass sie ein ganzes Fußballfeld ausleuchten konnten, und sie konzentrierten sich auf den Pfad, der zum Campingplatz führte. Selbst von dort, wo ich mit meiner M45 stand, hätte ich die beiden leicht ausschalten können, bevor sie überhaupt mitbekommen würden, was passiert war. Das war aber nicht der Fall. Abbie war immer noch eine Unbekannte, und ihre Sicherheit war das Wichtigste.

Ich erkannte den schmierigen Jungen, der auf mich geschossen hatte, sofort. Der andere Mann war älter als ich und schien derjenige zu sein, der das Sagen hatte. Er machte ein paar Bewegungen, die offensichtlich Befehle waren, und der Junge gehorchte.

Hinter ihnen hatten sie ein Zelt aufgebaut. Ich hoffte inständig, dass sich Abbie in diesem Zelt befand. Wenn nicht, dann ... Nun, daran wollte ich gar nicht denken.

Bevor ich einen Schritt machte, wollte ich Abbie sehen. Jetzt fühlte ich mich unbehaglich. Wenn sie im Zelt war, konnte ich nicht sicher sein, dass sie in Sicherheit war, sobald ich mich näherte.

Ich wusste, dass ich den Vorteil hatte, dass Jay mir Deckung gab. Die Jungs wussten das nicht. Aber auch so durften wir nichts dem Zufall überlassen. Sobald sie wussten, dass die Halskette hier war, würden Abbie und ich entbehrlich werden. Es ist besser, dafür zu sorgen, dass das nicht passiert.

Ich zog die Diamantenkette aus meiner Tasche, nahm das Schweizer Armeemesser, das ich bei mir trug, und rammte die Klinge in die Kiefer, hinter der ich stand. Der Anhänger hing sanft an dem Messer. Die Diamanten fingen das Licht des Mondes ein und reflektierten es wie Sterne.

„Ich hoffe, ich weiß noch, welcher Baum", murmelte ich vor mich hin.

Ich schlich mich langsam an den Waldrand. Die Kidnapper standen immer noch mit dem Rücken zu mir. Meine Füße bewegten sich langsam, als ich hinter ihnen auftauchte. Ich überlegte, ob ich das Zelt überprüfen sollte, aber ich befürchtete, dass ich zu viele Risiken einging. Es war besser, abzuwarten und meine Chancen zu nutzen.

Meine Hand griff nach der M45 und zog sie aus meinem Hosenbund. „Wo ist das Mädchen?", fragte ich scharf.

Der schmierige Junge zuckte überrascht zusammen und drehte sich um.

„Verdammt", fluchte der Ältere.

„Das ist er", erklärte der schmierige Junge.

Ich wiederholte: „Wo ist das Mädchen?"

„Wo ist die Halskette?", fragte der Junge.

„Sie ist im Wald", antwortete ich, „und wenn ihr auch nur daran denkt, danach zu suchen, mache ich euch beide fertig."

Der Ältere sagte: „Kein Grund zur Aufregung. Das Mädchen ist im Zelt."

„Holt sie", befahl ich.

Der ältere Mann nickte dem Jungen zu und der Junge bewegte sich auf das Zelt zu. Der Mann zuckte ein wenig, und ich wusste, dass er auch bewaffnet war. Er würde aber nicht ziehen, dachte ich mir. Er würde es dem Jungen überlassen, während er Abbie im Arm hielt. Er würde annehmen, dass meine Aufmerksamkeit abgelenkt war und meine Sorge um Abbie mich davon abhalten würde zu schießen.

Für die meisten Menschen wäre diese Strategie vielleicht gar nicht so schlecht. Aber ich hatte jahrelanges Training hinter mir. Ich war ein Meisterschütze, und ich wusste, dass Jay den Kopf des Mannes im Fadenkreuz hatte.

„Wo sind die Diamanten?", fragte der Mann.

„Sie sind im Wald versteckt. Sie sind jetzt nicht mehr als 15 Meter von euch entfernt. Sobald ihr das Mädchen gehen lässt, zeige ich sie euch."

Der Junge tauchte mit einer sehr schläfrig aussehenden Abbie wieder auf. In der Hand hielt er eine Glock 9 mm. Das Mädchen schien zu versuchen, sich zu orientieren.

„Abbie, kannst du mich sehen?", fragte ich.

Sie blickte in meine Richtung und nickte.

„Erinnerst du dich an mich?", fragte ich. „Ich bin Chase. Ich habe dir letzte Woche ein Eis geschenkt."

Sie nickte wieder. Ich schaute zwischen dem Jungen und dem älteren Mann hin und her, aber keiner von beiden machte eine Bewegung. Sie hatten die Halskette immer noch nicht, und sie wollten sie auch nicht so schnell verlieren.

„Bist du verletzt, Abbie?", fragte ich. Sie schüttelte den Kopf.

„Gut. Ich bringe dich jetzt nach Hause zu deiner Mommy."

„Genug." Der Junge drückte Abbie fester an sich. „Wo ist die Halskette?"

„Ich vermute mal", sagte ich, „du bist derjenige, der Harold Goddard auf dem Gewissen hat, richtig?"

„Die Halskette", zischte er scharf.

„Ganz ruhig", ermahnte ihn der Mann.

„Was ist mit Tristan?" fragte ich.

„Hör zu, Chase", sagte der Mann, „wir wollen nur die Halskette und dann können alle wieder in ihr Leben zurückkehren."

„Erzählt mir von Tristan", drängte ich. „Wer von euch hat ihn getötet?" Der Junge schaute zu dem Mann hinüber.

„Es sind Fehler aufgetreten", gab der Mann zu. „Lasst uns das erst einmal vergessen. Wir wollen nicht, dass irgendjemand zu Schaden kommt."

„Ich glaube, ich weiß jetzt, was passiert ist", sagte ich. „Tristan war auf das schnelle Geld aus, aber Mord war für ihn nicht drin. Aber er hatte Schulden und die Halskette war mehr als ausreichend, um sich von ihnen freizukaufen. Das hat euch beiden natürlich nicht gefallen, oder?"

„Im Ernst", schnauzte der Junge, „halt die Klappe."

Das M45 war immer noch auf den älteren Mann gerichtet. Seine Augen weiteten sich und er begann langsam das Gefühl zu bekommen, dass er die Situation unterschätzt hatte.

„Lasst das Mädchen gehen", drängte ich. „Sie kann in Richtung des Weges marschieren."

„Die Halskette", antwortete der Mann streng. „Er wird sie gehen lassen, sobald ich sie in meinen Händen halte."

Ich lächelte. Nicht sehr herzlich. Man hat mir gesagt, ich hätte ein zorniges Lächeln. Ich habe das zwar noch nie gesehen, aber ich habe gehört, dass es als „furchterregend" beschrieben wird.

„Wenn er seine schmierigen Hände von ihr nimmt, sage ich
es euch." Der Junge hielt die Waffe näher an Abbies Kopf.

„Du bist wirklich ein Arschloch", knurrte ich den Jungen an.
„Du scheinst nur alte Männer und kleine Mädchen umbringen
zu können."

Die Augen des Jungen funkelten.

„Er will dich nur provozieren", warnte der Mann.

Ich zuckte mit den Schultern. „Kanntest du Tristan gut?",
fragte ich den Mann. Er antwortete nicht.

„Wahrscheinlich nicht. Vielleicht hätte er euch von uns
erzählt. Vielleicht hättet ihr es euch dann zweimal überlegt,
ihn zu töten."

„Uns?", fragte der Mann.

Ich hob drei Finger in die Luft. Dann zählte ich stumm
herunter. Drei. Zwei. Eins. Der Mann fiel zu Boden, als das
Geschoss aus Jays Lauf seine Kniescheibe durchschlug.

Der Junge ließ Abbie los und drehte sich in Richtung Wald.
Ich schoss ihm in die Schulter, sobald er die Glock von Abbie
wegdrehte. Dann stürzte ich mich auf sie und nahm sie in die
Arme, bevor ich dem Jungen die Waffe aus der Hand schlug.

Der Mann heulte vor Schmerz auf, und ich schnappte mir
die 38er Halbautomatik aus seinem Gürtel.

Abbie vergrub ihren Kopf in meiner Schulter und hielt sich
beide Hände über die Ohren. Ich trug sie von den beiden
Männern weg, die sich im Dreck wanden.

„Hallo, Süße", flüsterte ich ihr zu, als sie aufschaute.

„Wo ist meine Mommy?", bettelte sie.

„Ich bringe dich zu ihr", versprach ich. „Sie macht sich
Sorgen um dich."

Jay tauchte aus den Bäumen auf. Sein Gesicht war
schmutzig und aus seinem Haar ragten Tannennadeln. In
meinen Armen zitterte Abbie.

„Mach dir keine Sorgen", sagte ich zu ihr. „Das ist mein
Freund. Sein Name ist Jay." Sie richtete sich in meinen Armen
auf und sah ihn an.

„Mir gefällt es hier nicht", erklärte sie.

„Wir verschwinden von hier", versicherte ich ihr. „Ich muss
bloß erst mit Jay reden."

34

NACH EINER KURZEN DISKUSSION, in der wir kurz darüber nachdachten, die beiden in einen der Kanäle zu werfen, die an das Naturschutzgebiet grenzen, schlug Jay vor, dass wir den Sheriff von Palm Beach County anrufen sollten. Jay wies darauf hin, dass es uns schwerer fallen würde, zu erklären, wie Abbie sicher zurückgebracht werden konnte, ohne dass wir uns mit den Strafverfolgungsbehörden auseinandersetzen mussten. Während Jay den Anruf tätigte, trennte ich die beiden Kidnapper voneinander. Mit einigen Bändern, die ich aus dem Zelt geschnitten hatte, fesselte ich beide. Der ältere Mann, der sich laut seinem Führerschein als Tommy Evans herausstellte, würde nirgendwo hinlaufen. Ich machte mir keine großen Sorgen, dass die beiden entkommen könnten. Mit ihren Verletzungen würden sie keine paar Meter weit kommen. Ich wollte sie aber getrennt halten. Es hatte keinen Sinn, sie Pläne schmieden zu lassen oder ihre Aussagen abzusprechen.

Ich vermutete, dass Evans wahrscheinlich der Tommy von Hometown Hardware war, aber zu diesem Zeitpunkt weigerte er sich, mit mir zu reden, außer sich darüber zu beschweren, dass wir ihm ins Knie geschossen hätten und er nie wieder laufen könne.

Der Junge konnte sich nicht ausweisen. Er sagte auch nichts, und eigentlich war es mir auch egal. Abbie war in Sicherheit und ich hegte immer noch einen gewissen Groll gegen den Jungen, weil er mich angeschossen hatte.

„Sie schicken einen Hubschrauber", teilte Jay mir mit, als er auflegte. „Es wird eine Weile dauern, bis sie hier sind." Er trat zwischen mich und Evans, der immer noch über sein Knie stöhnte.

„Die Jungs haben sich ja einen abgelegenen Ort für einen Tausch ausgesucht."

„Das war vielleicht das einzig halbwegs Schlaue, was sie getan haben", sagte er und starrte Tommy Evans an. „Schade, dass sie nicht an die Hunderte von Hektar Deckung um sie herum gedacht haben."

„Wie viel Ärger wird es geben?", fragte ich und hielt Abbies Hand fest. Das Mädchen gähnte und zappelte um meine Füße herum.

„Es wird brenzlig", gab er zu, „aber ich hoffe, dass mein Dienstausweis einiges davon ausbügeln wird."

„Ich will nach Hause", jammerte sie.

Ich ging neben ihr in die Hocke. „Ich bringe dich zu deiner Mommy. Es wird aber noch ein paar Minuten dauern."

Die ersten Hilfssheriffs brauchten fast eine Stunde, um uns zu erreichen. Drei Geländefahrzeuge brummten durch die Bäume. Die Lichtbalken auf dem Dach erhellten den Campingplatz, als wäre es mitten am Tag. Das Summen der Tierwelt wurde durch den Lärm der benzinbetriebenen Motoren übertönt.

Über uns kreiste der Hubschrauber ein paar Mal, weil sie auf die Bestätigung warteten, dass der Platz sicher genug für eine Landung war.

Bevor sich die Sheriffs näherten, hatten wir das Gewehr und meine M45 bereits auf den Boden gelegt. Jay hielt seine M45 fest und streckte seine Dienstmarke in die Höhe, bis die ersten Hilfssheriffs die Lichtung betraten.

„Ich bin Polizist", rief Jay und wedelte mit seiner Marke in der Luft, während er seine Pistole auf den Boden warf. Zwei Hilfssheriffs flankierten uns mit gezogenen Dienstwaffen.

Abbie schreckte auf, als ich mich auf die Knie sinken ließ. Sie war an meiner Schulter eingeschlafen, nachdem wir mit ihrer Mutter telefoniert hatten. Während der Stunde, in der wir auf das Eintreffen des Sheriffs gewartet hatten, rief ich Kayla an, um ihr die gute Nachricht zu überbringen.

„Kayla", sagte ich ins Telefon. „Ich habe Abbie."

„Sie ist bei Ihnen?", rief sie erleichtert aus.

„Ja, sie ist in Sicherheit", versicherte ich ihr. „Alles, was sie jetzt noch will, ist ihre Mommy."

Ihre Tränen waren durch das Telefon zu hören. „Oh, danke, Chase", murmelte sie. „Danke, danke."

„Ich glaube, sie will mit Ihnen sprechen", sagte ich, als ich Abbie das Telefon reichte.

„Mommy", sagte das Mädchen.

Die Kleine unterhielt sich einige Minuten mit Kayla, bevor sie mir das Handy zurückgab. Ich konnte nicht verstehen, was Kayla sagte, aber ich sah, wie das kleine runde Gesicht in den Hörer nickte.

„Vielen Dank, Chase", flüsterte sie, als ich wieder in der Leitung war. „Ich weiß nicht, was ich sonst getan hätte."

„Das ist das Mindeste, was ich tun konnte. Es kann eine Weile dauern, aber ich rufe Sie an, sobald ich weiß, wo wir landen.

Ich nehme an, die Polizei wird jemanden brauchen, der mit Abbie spricht."

„Ich bin gleich da", versprach sie, bevor wir die Verbindung unterbrachen. „Bitte lassen Sie sie nicht aus den Augen."

„Ich werde sie nicht mehr loslassen", versprach ich Kayla.

Der nächststehende Beamte versuchte, mir Abbie aus den Armen zu nehmen. Ich wehrte mich und sagte: „Sie bleibt bei mir, bis ihre Mutter hier ist."

„Wir müssen sie untersuchen", sagte der ältere Hilfssheriff zu mir. „Lassen Sie mich nur kurz einen Blick auf sie werfen."

„Lass ihn", sagte Jay zu mir. „Bleib einfach bei ihr."

Der Hilfssheriff und ich tauschten einen Blick aus, und er nickte zu Jays Vorschlag. Ich folgte ihm zu einem der Geländefahrzeuge und legte das schlafende Mädchen sanft auf den Sitz. Während der Beamte, dessen Namensschild Jepson lautete, sie untersuchte, stand ich mit dem Rücken zum Fahrzeug.

„Ein paar Sanitäter sind auf dem Weg. Sie sieht in Ordnung aus, aber ich werde sie durchchecken lassen", versicherte er mir.

Vom Geländewagen aus konnte ich hören, wie Jay begann, dem anderen Detective alles zu erklären, was passiert war. Wir hatten beschlossen, dass er den Großteil des Gesprächs übernehmen sollte. Seine Dienstmarke könnte alle juristischen Fehltritte, die heute begangen wurden, ausgleichen. Alle vier bis fünf Minuten wechselte Abbie unruhig die Position.

Nachdem er seine erste Aussage gegenüber Deputy Jepsons Partnerin beendet hatte, kam Jay zu mir herüber und stellte sich neben mich. Er betrachtete Abbies Gesicht.

„Sie sieht aus wie Tristan", sagte er leise.

Ich nickte. Ein paar Sekunden lang gedachten wir beide still unseres Bruders.

Jay brach das Schweigen und sagte: „Sie bringen die beiden mit dem Hubschrauber zu einem Arzt. Die Bundespolizei schickt jemanden raus, da das Gebiet unter Bundesrecht fällt."

„Wir wissen wirklich, wie man die Dinge verkompliziert", sagte ich leise.

„Der Deputy bot ihr an, sie mit dem Hubschrauber zu ihrer Mutter ins Krankenhaus zu bringen. Ich habe ihm erklärt, dass das nicht möglich ist", sagte er.

Während wir neben dem Geländefahrzeug standen und warteten, kam der Deputy, mit dem Jay gesprochen hatte, auf uns zu und hüllte sie in seine Jacke. „Versucht, die Moskitos von ihr fernzuhalten", sagte er. „Wir wollen nicht, dass sie voller Stiche zu ihrer Mutter zurückkehrt."

„Danke", sagte ich.

„Ich bin Detective Jackson", stellte er sich vor, als wir uns von dem schlafenden Mädchen entfernten und Jay die Aufsicht über sie überließen. Jackson war viel älter, kurz vor der Pensionierung, mit schütterem Haar und einem Bauchansatz. Er schielte durch eine Bifokalbrille. „Ich würde gerne Ihre Version der Geschichte hören."

„Die ist lang", begann ich. Ich fing mit dem Tag an, an dem Kayla in den Manta Club kam, und erzählte ihm alle Einzelheiten.

Als ich fertig war, fragte er: „Sie haben die Halskette behalten, anstatt sie der Polizei in West Palm zu übergeben?"

„Ich war mir nicht sicher, was es war. Sie lag auf dem Grund des Ozeans. Ich wusste nicht sicher, dass sie Teil der Sache war, bis Abbie gekidnappt wurde. Ich wollte ihr Leben nicht wegen eines glänzenden Schmuckstücks riskieren."

„Aber Sie wussten, dass der Schmuck gestohlen war, als Sie mit den Goddards gesprochen haben."

„Dann ging alles zu schnell. Abbie wurde entführt und ich war nicht bereit, das Schmuckstück zurückzugeben, bis ich sicher war, dass es sie nicht retten konnte."

„Und als die Forderungen kamen, die Diamanten gegen das Mädchen einzutauschen, haben Sie beide beschlossen, das nicht zu melden?"

„Ich habe die Polizei angerufen", sagte ich, „er steht da drüben."

„Er ist nicht zuständig", schimpfte Jackson.

„Wir haben eine Ermessensentscheidung getroffen", antwortete ich. „Jay konnte ungesehen reinkommen und uns Deckung geben. Es war nicht nötig, dass ein ganzes SWAT-Team den Wald durchkämmt. Ich war um Abbies Sicherheit besorgt."

„Ich muss Ihnen eine Frage stellen", sagte er. „Warum haben Sie die beiden nicht einfach umgebracht?"

Ich hob neugierig eine Augenbraue.

Er erklärte: „Sie waren sich sicher, dass Locke in etwas Schlimmes verwickelt war. Diese Typen haben ihn wahrscheinlich auch umgebracht. Ich dachte, ihr Jungs von der Spezialeinheit würdet einen Rachefeldzug führen."

„Ich habe keine Ahnung", sagte ich. „Wenn wir das wüssten, hätten wir eine Menge Zeit sparen können."

Jackson nickte. „Und Papierkram. Wenn Sie sie an die Alligatoren verfüttert hätten, hätte ich pünktlich Feierabend machen und im Bett sein können."

„Um des Mädchens und ihrer Mutter willen", erklärte ich dem Detective, „musste diese ganze Sache ein Ende haben, und zwei Männer vor den Augen eines dreijährigen Mädchens zu töten, wäre da nicht hilfreich gewesen."

„Trotzdem haben Sie die beiden vor ihren Augen angeschossen", sagte er.

„Ja, aber wir haben sie nicht getötet", betonte ich. „Das muss doch auch etwas zählen."

Jackson blickte zu Jay hinüber, der an dem Geländefahrzeug lehnte und Abbie beobachtete. „Er ist ein verdammt guter Schütze, wenn er die Kniescheibe des Mannes trifft." Sein Tonfall war voller Bewunderung.

„Der Mann ist ein Naturtalent", merkte ich an.

„Ich kannte einige Scharfschützen in der Armee", antwortete Jackson. Und alle waren ein bisschen daneben."

„Jay ist ein bisschen anders", erklärte ich ihm. „Es macht ihm keinen Spaß. Hat es noch nie. Er hat nicht den Machtrausch, den manche Jungs verspüren. Unsere ganze Einheit war so. Wir konnten töten, aber wir waren keine Killer. Vielleicht war das der Grund, warum wir die beiden nicht getötet haben. Es gab keinen Grund dazu. Rache würde Tristan nicht zurückbringen. Wenn es die einzige Möglichkeit gewesen wäre, Abbie zu retten, wäre das etwas anderes gewesen."

„Einige Deputys sind auf dem Weg, um Mrs. Locke zu holen. Wir werden sie zu dem Mädchen bringen. Sie und Detective Delp werden für weitere Verhöre vorläufig in Gewahrsam genommen. Planen Sie also in nächster Zeit nicht, die Stadt zu verlassen."

Ich nickte zustimmend. Er ging weg, um mit zwei Deputys zu sprechen, die sich darauf vorbereiteten, die verletzten Männer in den Hubschrauber zu begleiten.

„Was denkst du?", fragte ich Jay.

„Es wird ein paar lange Tage dauern", meinte er. „Wenn die Bundespolizei beteiligt ist, wird es ein Hin- und Hergerangel um Zuständigkeiten geben. Wir werden der Knochen sein, um den die Hunde kämpfen."

„Toll", murmelte ich vor mich hin.

„Aber am Ende", sagte er, „werden sie keine Anklage gegen uns erheben. Das wäre zu viel Aufwand. Die Medien würden sich über zwei Kriegshelden aufregen, die ihr Leben riskiert haben, um ein Kind zu retten. Ein medialer Albtraum. Zu Hause werde ich wahrscheinlich Ärger bekommen, aber wir werden sehen. Mein Hauptmann war Jahre vor uns bei der Einheit, daher versteht er das."

„Tut mir leid, dass ich dich da mit reingezogen habe", meinte ich.

„Hey", winkte er ab. „Beleidige mich nicht. Du weißt, wie es läuft."

Ich deutete auf Detective Jackson. „Er hat mich gefragt, warum wir die beiden nicht umgebracht haben." Jay zuckte nur mit den Schultern. Das schien mir Antwort genug zu sein.

35

HUNTER WAR ÜBERGLÜCKLICH, ALS ich endlich wieder hinter der Bar stehen konnte. Ich hatte das Gefühl, dass ich ihm ein paar freie Tage schuldete. Er sprach davon, an den Strand zu fahren, als ich ihm eröffnete, dass ich arbeiten könnte.

In den letzten 24 Stunden war ich verhört und von einem Ort zum nächsten gebracht worden. Nachdem ich von Detective Jackson im Wald befragt worden war, wurden Jay und ich von zwei Agenten des FBI und einem kleinen, aufgebrachten Beamten von U.S. Fish & Wildlife befragt, der sich weigerte, auf seine Möglichkeit, sich auch einzumischen, zu verzichten.

Eine Stunde, nachdem Detective Jackson angekündigt hatte, dass er sie holen wollte, tauchte Kayla auf. Ein Deputy fuhr sie in einem anderen Geländefahrzeug heran. Sie nahm das schlafende Mädchen in die Arme und küsste es, bis Abbie aufwachte. Nach mehr als fünf Minuten der Zusammenführung von Mutter und Tochter ließ sie Abbie endlich los und fiel Jay und mir um den Hals. Die Wiedervereinigung dauerte nicht lange, bis die Locke-Mädchen vom Campingplatz abgeholt wurden und wir mit den Polizisten dort reden mussten. Wir ertrugen die stundenlangen Verhöre sowohl am Tatort als auch später, als wir zum Polizeirevier gebracht wurden. Als sich die Fragen zum fünften Mal zu wiederholen schienen, wurden wir gegen zehn Uhr am nächsten Morgen endlich freigelassen.

Seitdem hatten wir kein Wort mehr von Kayla gehört. Vielleicht hat die Polizei sie und Abbie festgesetzt, oder die Frau hat ihre Tochter einfach mitgenommen und ist zum Haus ihrer Mutter zurückgerannt. Ich hoffte, dass Letzteres der Fall war. Ich würde mich in ein paar Tagen bei ihr melden, wenn sie das nicht tun würde.

Als die Beamten uns schließlich entließen, erinnerte Jay Detective Charles daran, dass ich die gestohlene Halskette zurückgebracht hatte und dass die Versicherung das berücksichtigen sollte.

„Wird das überhaupt eine Rolle spielen?", fragte ich ihn im Auto.

„Versicherungen sind oft bereit, einen Finderlohn zu zahlen anstatt den ganzen Schaden zu ersetzen."

„Es wäre nur fair, wenn wir ihn uns teilen würden."

Er schüttelte den Kopf. „Ich bin ein Cop. Die sehen es nicht so gern, wenn Polizisten für ihre Arbeit eine extra Belohnung bekommen."

„Wenn es etwas gibt", entschied ich, „dann geben wir es Kayla. Sie kann die Unterstützung gut gebrauchen."

Noch immer etwas benommen, wurde ich in die Realität zurückgerissen, als ich meinen Namen hörte. Kristy stand an der Bar und wartete darauf, dass ich ein paar Drinks für ein paar Kids zubereitete. Sie waren zwar volljährig, aber nur knapp, wie Kristy betonte. Keine Überraschung.

„Ich habe gehört, dass du heute Morgen in den Nachrichten warst", sagte sie, als ich ihr die beiden blauen Getränke reichte.

„Das wundert mich nicht", antwortete ich. Als wir heute Morgen das Revier verließen, versuchten zwei Nachrichtenteams, ein Statement von mir zu bekommen. Ich hatte die Berichterstattung nicht gesehen, aber Missy hatte mir bereits gesagt, dass es Aufnahmen von mir beim Verlassen des Polizeireviers gab. Zum Glück war mein Name nicht erwähnt worden.

Mit etwas Glück würden die Nachrichten mich vergessen, sobald die nächste große Sache passierte. „Ich will hören, was passiert ist", gurrte sie mich an. „Wir könnten nach der Arbeit etwas trinken gehen."

Ich lächelte sie an und steckte zwei Papierstrohhalme in die blauen Cocktails, ohne ihr zu antworten.

Sie erwiderte mein Lächeln und ich schätzte, dass erst jemand erschossen werden musste, damit sie es als interessant empfand.

Ich füllte eine Schale mit dem Barmix, den wir servierten. Sie bestand hauptsächlich aus Erdnüssen und Getreideflocken.

Oft diente mir diese Mischung als Abendessen, wenn ich zu beschäftigt war, um eine richtige Mahlzeit zu essen. Ich konnte mich an einer Handvoll davon satt essen, begleitet von Oliven oder Maraschino-Kirschen.

Die volle Schale mit dem Mix ersetzte die leere Schale von Miller Lite am hinteren Ende der Bar. Er nippte an dem einen Bier und mampfte sich durch den Barmix. An manchen Tagen hätte ich mich darüber aufgeregt, aber heute trug ich es mit Fassung.

Anstatt mich zu ärgern, ging ich hinüber, um mit Bombay Sapphire und Tonic zu reden. Eine bildhübsche Brünette in einem ordentlich gebügelten Jackett und einer Bluse.

„Wie war der Drink?", fragte ich.

Sie blickte von ihrem Handy auf und war überrascht, dass sie nicht allein war. Dann warf sie einen Blick auf die wenigen Eiswürfel und die zerquetschte Limette.

„Ich glaube, ich nehme noch einen."

Als ich zu ihr zurückkehrte, fand ich Jay neben ihr sitzen. Er blieb noch ein paar Tage, falls das FBI weitere Fragen stellen wollte. Er war durchaus gewillt, die paar freien Tage auszunutzen.

„Jay", begrüßte ich ihn. „Bier?"

„Ja, vom Fass."

Er fing an, mit Bombay Sapphire zu reden, und nachdem ich ihm ein Twisted Trunk Finn McCool hingestellt hatte, überließ ich ihn der mutmaßlichen Anwältin. Bei seiner Hartnäckigkeit würde Jay am Ende mit ihr zu Abend essen, oder noch schlimmer, sie könnte am Ende sogar zu Mrs. Bombay Sapphire Delp werden.

Als ich Wilson Peterson reinkommen sah, winkte ich ihn heran. „Isst du heute allein?", fragte ich.

„Ja, nur einen Drink", erwiderte er und zog sich einen Hocker von der Bar weg.

„Bevor du dich hinsetzt, begleite mich." Sogar ich hörte den unheilvollen Ton, aber ich korrigierte ihn nicht.

Petersons Gesicht verzog sich vor Verwirrung, aber er gehorchte und folgte mir aus der Bar und die Treppe hinunter.

„Bringst du mich zur Toilette?", fragte er mit einem Hauch von Neugier und Vorsicht.

„Ja", antwortete ich.

Peterson sah zu, wie ich auf die Toilette kletterte und den schwarzen Rucksack von der Decke zog.

„Chase, was zum Teufel ist hier los?", fragte er eindringlich.

„Ich habe deine Erpresser gefunden", erklärte ich ihm und reichte ihm die Tasche.

„Ich habe dir doch gesagt, dass du das nicht tun sollst." Seine Stimme war streng.

„Ich kann das Geld ja behalten", schlug ich vor und öffnete die Tasche.

Er starrte auf die Stapel von Scheinen. „Wie hast du das bloß angestellt?", fragte er.

„Das war gar nicht so schwer", erklärte ich. „Ich würde sogar vermuten, dass du weißt, wer sie sind."

„Ich ...“, stammelte er.

„Das Video ist auf einem USB-Stick in der Tasche“, sagte ich zu ihm. „Ich bin sicher, dass sie dich nicht noch einmal belästigen werden.“

„Hast du es dir angesehen?“ Seine Stimme zitterte.

„Ich habe es mir nicht angesehen“, versicherte ich ihm. „Ich mag dich, Wilson, und ich will nicht, dass ich dich eines Tages nicht mehr mag.“ Sein Kopf wippte wie bei einem Kleinkind, das beim Schreiben an der Wand erwischt wurde. Er sah erleichtert aus.

„Davon abgesehen“, fuhr ich fort. „Ich habe ihnen ein wenig Geld dagelassen, abgesehen von dem, was sie vielleicht schon ausgegeben haben, und das Versprechen, dass du sie in keiner Weise verfolgen wirst.“

Er hörte mir aufmerksam zu.

„Ist das in deinem Sinne?“, fragte ich ihn.

„Ja“, hauchte er schnell. Er öffnete die Tasche und starrte auf die Bündel von Hundertdollarscheinen. Er zog eines heraus und reichte es mir.

Beim Anblick der gebündelten Scheine im Wert von 10.000 Dollar, die in meine Tasche passen könnten, wurde mir ganz warm ums Herz.

Mit dem Geld, das ich bisher von ihm bekommen hatte, und diesem Bündel Bargeld könnte ich ein Jahr oder länger fernab vom Land verbringen.

„Das ist keine Bestechung“, versicherte ich mich bei ihm. „Oder irgendeine Art von Erpressung.“

„Nein, ist es nicht“, beteuerte er. „Du hast mir geholfen. Betrachte es als Bezahlung für eine Dienstleistung.“ Meine Hand legte sich sanft um das Bündel von Scheinen.

„Ich muss das irgendwo hinbringen“, sagte er und hielt die Tasche hoch.

„Ja, ich würde mich nicht wohl fühlen, wenn es in meinem Besitz wäre“, meinte ich und dachte an den Tag, an dem der Junge mir gefolgt war.

Peterson verließ fluchtartig die Toilette und ließ mich allein zurück, wobei ich mich noch schmutziger fühlte als beim Hereinkommen. Ich steckte das Geld in meine Tasche. Es würde warten, bis ich es mit den anderen sieben Riesen, die Peterson mir gegeben hatte, auf der *Carina* einschließen konnte.

Jay und Bombay Sapphire waren sich inzwischen viel näher und intimer. Sie vernachlässigte ihr Handy jetzt völlig ... Ich machte ihr noch einen Gin-Cocktail. Die beiden waren so beschäftigt, dass sie gar nicht bemerkte, dass ich ihr noch einen Drink servierte.

Ich ging an der Bar vorbei und sah Julio Moreno und Narbengesicht auf der anderen Seite der Bar sitzen. Ich hatte sie gar nicht reinkommen sehen und erstarrte für einen Moment.

„*Señor Gordon*", begrüßte mich Moreno. „Ich hätte gerne ein Glas Cabernet Sauvignon, bitte." Ich warf einen Blick auf Narbengesicht. „Er fährt", erklärte Moreno.

Er wusste nicht genau, welchen Cabernet er wollte, also wählte ich den besten Cab, den wir in der Bar hatten. Er war kein Typ für Wein aus dem Tetrapack, da war ich mir sicher. Ich kehrte mit dem Wein zu den beiden Männern zurück.

„Kann ich sonst noch etwas für Sie tun, Mr. Moreno?"

„Ich hätte nie gedacht, dass Sie Barkeeper sind", bemerkte er. „Machen Sie denn einen guten Mojito?"

„Einen verdammt guten."

„Ich habe Sie heute in den Nachrichten gesehen", sagte er. „Das kleine Mädchen, das gekidnappt wurde? Sie war die *niña* von Señor Locke?"

Ich antwortete zunächst nicht. Stattdessen wog ich ab, wie ich mit dem Mann umgehen sollte. Schließlich erklärte ich: „Tristan ist tot. Diese beiden Typen haben ihn umgebracht."

Moreno nickte. „Eine Schande", sagte er. „Das mit deinem Geld tut mir leid."

„Das ist die Gefahr des Geschäfts", meinte Moreno nachdenklich. „Manchmal muss man einen Verlust hinnehmen."

„Ich hoffe, dass seine Familie in Zukunft keine Probleme mehr haben wird." Mein Ton war ernsthaft mit einer nicht gerade dezenten Andeutung einer Warnung.

„Nein", antwortete er, „das kann ich mir nicht vorstellen. Die Fehler eines Mannes sollten nicht auf seine Kinder abgewälzt werden."

Er nippte an seinem Wein. Sein Gesicht verriet, dass er ihn annehmbar fand. „Aber, *Señor Gordon*", sagte er, „ich habe einen Vorschlag für Sie."

„Ich bin nicht auf der Suche nach neuen Vorschlägen", sagte ich wehmütig.

„Hören Sie mich an", beharrte er. „Sie haben gezeigt, dass Sie durchaus fähig sind. Jemand mit Ihren Talenten könnte bei mir eine Menge Geld verdienen. Ich brauche jemanden, der so zuverlässig ist wie Sie."

Ich lächelte. „Nein, danke."

„Es wäre viel mehr Geld, als Sie mit dem Mixen von Mojitos verdienen."

„Das bezweifle ich nicht", sagte ich, „aber wenn ich hier einen Drink vermassle, droht mir der Besitzer nicht, mich umzubringen, wenn ich nicht bezahle."

„So ist es nicht", versuchte Moreno zu erklären.

„Nein, Mr. Moreno, es ist ziemlich nah dran. Ich mag mein Leben so, wie es jetzt ist. Es gibt keinen Grund, es zu verkomplizieren."

Er zuckte mit den Schultern. „Wenn Sie sich jemals anders entscheiden sollten, dann wissen Sie, wo Sie mich finden können."

„Da wir uns jetzt so gut verstehen", scherzte ich, „komme ich vielleicht mal runter, um das ... wie hieß es noch gleich? *Boliche*?"

Er grinste und sah zu Narbengesicht, dessen Gesicht während des ganzen Gesprächs wie versteinert war. „Er würde es mögen, meinst du nicht?"

Der Kopf von Narbengesicht wippte einmal kurz. Der Handlanger sah erleichtert aus, dass ich Morenos Angebot abgelehnt hatte.

„*Señor Gordon*, Sie sind mein Gast", sagte er. „Jederzeit."

Moreno trank seinen Wein in zwei großen Schlucken aus. „Wir gehen jetzt, Señor Gordon."

„Sie können mich genauso gut Chase nennen", sagte ich zu ihm.

„Chase", wiederholte er. Er sah Narbengesicht an und sagte: „Bezahl die Rechnung, Esteban."

„Nein", entschied ich, „das Glas geht auf mich."

Moreno neigte anerkennend den Kopf und stand auf. Narbengesicht warf einen gefalteten Geldschein auf die Theke, als sie aus dem Ausgang in Richtung Yachthafen gingen. Ich schnappte mir den Hundert-Dollar-Schein von der Theke. Ich hatte eine unausgesprochene Abmachung mit Moreno getroffen. Solange es kein böses Blut zwischen uns gab, dachte ich, würde ich besser schlafen können.

Während ich mit Moreno sprach, füllten sich zwei weitere Tische, und Kristy wartete darauf, dass ich Drinks machte. Ich war gerade dabei, einen Moscow Mule zu mixen, als Missy die Bar betrat und die Menge musterte. Sie ließ ihren Blick über den ganzen Raum schweifen, doch dann blieb er an mir hängen. Wir tauschten ein flüchtiges Lächeln aus, und ich drehte mich um, um die Mules auf ein Tablett zu stellen und eine halbe Limettenscheibe in jedes Glas zu werfen.